元の黙阿弥《もとのもくあみ》

奥山景布子

H&I

元の黙阿弥

元の黙阿弥　目次

主な登場人物

河竹黙阿弥：狂言作者。日本橋の商家（質屋）に生まれたが家業を継がず、五代目鶴屋南北の弟子となり勝諺蔵を名乗る。柴晋輔を経て二代目河竹新七を襲名。後に黙阿弥を名乗る。本名は吉村芳三郎。家族は妻・琴と三人の娘（長女・糸、次女・島、三女・升）。

市川海老蔵：「成田屋」七代目團十郎を経て、五代目海老蔵に。八代目團十郎、九代目團十郎の実父。

市川小團次：「高島屋」市村座の火縄売りの子として生まれ、役者を目指して七代目團十郎の弟子となり、四代目小團次を襲名。

市川左團次：「高島屋」結髪師の息子として生まれ、役者となる。四代目小團次の養子となり、初代左團次を名乗る。

澤村田之助：「紀伊国屋」父は五代目澤村宗十郎、兄は訥升。由次郎を経て三代目田之助を襲名。

市川團十郎：七代目團十郎の五男。河原崎権之助の養子になり、長十郎、権十郎、権之助、三升を名乗る。後に市川宗家に復し、九代目團十郎を襲名。

尾上菊五郎：「音羽屋」十二代目市村羽左衛門の次男。十三代目羽左衛門、四代目家橘を経て、五代目菊五郎を襲名。

守田　勘弥：「喜の字屋」十一代目守田勘弥の養子となり、十二代目を襲名。興行師として活躍し、初め守田座、後に新富座を経営。歌舞伎座の運営にも関わる。

第一章

海老蔵

「武蔵坊弁慶　市川海老蔵寿海老人白猿」
豊国画（部分：国会図書館蔵）

おやまあ、父さん、あ、いえ、河竹黙阿弥《かわたけもくあみ》の話を聞かせてくれって？　そりゃあまたずいぶん、ご酔狂な。

九代目《くだい》（市川團十郎《いちかわだんじゅうろう》）や高島屋《たかしまや》（市川小團次《いちかわこだんじ》）、三代目の紀伊国屋《きのくにや》（澤村田之助《さわむらたのすけ》）のことを知りたいって訪ねてくる人は時々あるけど。

ただねぇ。なにぶん、作者はやっぱり黒衣《くろこ》ですから。お役者衆みたいな面白い話なんぞ、何にもありゃしませんよ。何しろ「おれん家《ち》なんざぁ、狂言のネタになるようなことは一つもありゃしない。穏やかなもんだ」って、いつも言ってました。まあ、自慢なんでしょうけど。

母さんがとにかくできた人でした。家の中は、いつだって父さんに居心地の良いように、なってたと思いますよ。身内のもめ事で煩《わずら》わされたなんてこと、一度もないはず。

家ではあまり仕事の話はしなかったけど、それでも、いつだって頭の中が芝居のことでいっぱいで、他のことはそっちのけなのは、母さんも私も、妹たちもみんな分かってましたから。

実はどの役者を一番買っていたかって？　野暮《やぼ》なお尋ねですね。そんなこと、私の口から言えるわけないじゃありませんか。

ああでも、五代目（市川海老蔵《いちかわえびぞう》）の旦那、そうそう、七《しち》代目（團十郎）のことですよ、九代目（團十郎）のお父上。そのお方のことは、亡くなったずーっと後になっても、何かの拍子にふと口に出すことがありましたね。良いお方だった、世話になったって。

残念ながら、私が十歳になるかならないうちに亡くなられているんで、私自身はあんまり、覚えてることはないんですけどね。

一　勧進帳　かんじんちょう

天保《てんぽう》十一（一八四〇）年春――。

〽旅の衣は鈴懸《すずかけ》の　旅の衣は鈴懸の　露けき袖やしおるらん……。

木挽《こびき》町の河原崎《かわらざき》座では、新狂言〈勧進帳《かんじんちょう》〉の稽古が続いていた。

――この曲付け、いいなぁ……。

三味線に乗って聞こえる長唄は、杵屋六三郎《きねやろくさぶろう》の作曲だ。これまでに聞いたどの踊りの地方《じかた》にも決して負けぬ品があり、それでいて、どこか親しみやすい節回しでもある。

狂言方《きょうげんかた》の勝諺蔵《かつげんぞう》こと芳三郎《よしさぶろう》は、もうすっかり覚えてしまったこの新曲に、体ごと委《ゆだ》ねてしまいたいような快感を覚えていた。

――筋も良いし。

義経《よしつね》役の團十郎が花道へ出てきて姿良く止まる。当年取って十八歳の八代目は、行く末楽しみな、江戸の新しい花である。

「寿　歌舞伎十八番の内」と銘打たれたこの新狂言は、初代團十郎生誕百九十年を記念して工夫されたものだ。初代が〈星合《ほしあい》十二段〉という狂言の中で演じた中の一場面がもとになっている。

「いでや関所を、踏み破らん」

四人の山伏が揃《そろ》ったところで、主役の弁慶《べんけい》がゆうゆうと現れた。五代目海老蔵だ。

先代、つまり七代目の團十郎。芳三郎などにはまだ、團十郎といえばこちらの方がしっくりくるくらいだが、今では八代目の実父、海老蔵として、江戸の芝居の頂《いただき》から睨《にら》みを利かせる人である。

「やぁれ、しばらく、おん待ち候《そうら》え。この関一つ踏み破って……」

弁慶役の海老蔵の台詞《せりふ》を聞いて、義経がぴくりと眉根を動かした。「おん待ち候え」と「この関一つ」との間にあるはずの台詞が飛んだことに、團十郎の方が気づいたらしい。

「道々も申すごとく、これはゆゆしき御大事にて候」

芳三郎は弁慶が飛ばしてしまった台詞を脇からそっと言った。弁慶がもう一度「やぁれ、しばらく」からやり直す。

――旦那にこんな弱点があったとは。

海老蔵は台詞の覚えが遅い。

義経役の團十郎を始め、常陸坊《ひたちぼう》も伊勢三郎《いせのさぶろう》も皆、すっかり台詞が入っているが、なんといっても弁慶が主役だから、稽古は同じ所を行きつ戻りつ、どうにも滞《とどこお》りがちである。

本舞台でのすっきりした台詞回し、おおらか、かつ勇壮で盤石《ばんじゃく》な立ち姿しか知らない江戸の芝居好きたちがこの稽古風景を見たら、さぞがっかりすることだろう。

それでも、義経とのやりとりはまだ良い。團十郎がうまく引き取ってくれるからだ。難物なのは、富樫左衛門《とがしさえもん》役の市川九蔵《いちかわくぞう》との激しい台詞の応酬《おうしゅう》だった。

そもそも海老蔵の発案で始まったこたびの狂言。見せ所は多くて、芳三郎からすると、すべての場を、すべての客に、瞬《まばた》きも惜しんで見てほしいと思うほどだが、中でもの一つが、富樫と弁慶とが仏道修行のあれこれについて丁々発止《ちょうちょうはっし》せめぎ合う「問答」である。

当代随一と言われる講釈師、伊藤燕凌《いとうえんりょう》の講釈で人気の一場面を、当の燕凌を何度も自宅へ招き、直《じき》に教えを乞うて、立作者《たてさくしゃ》の並木五瓶《なみきごへい》とともに海老蔵が工夫したというこの「問答」は、何よりも二人の台詞の間《ま》、寸分ずれても台無しの、この間が命だ。

互いの間がじりじりと縮まっていくこの場は、真剣を構えた剣の達人同士の気迫をも思わせる、迫力のある場面になる――と芳三郎は期待するのだが。

「じゃ、手前はお先に失礼を」

結局台本を手から放せぬままの海老蔵に対し、九蔵の方はすべての台詞を立て板に水、楽々と本無しで言うのみならず、立つ位置や振り付けなどもすっかり覚えてしまった様子だ。師匠である海老蔵に遠慮しいしい、それでも自信ありげな笑みを口もとに浮かべて、稽古を先に切り上げていく。

「ああ、お疲れ。そっちも、今日はもう良いよ。明日、また頼む」

海老蔵は鷹揚《おうよう》にそう言うと、他の役者や唄方、三味線方もみな帰してしまった。

弟子や息子の方が先に帰るのを、「けしからぬ」と目くじらを立てたりしないのが海老蔵のおおらかで良いところと、側付き狂言方である芳三郎はひいき目に言いたくなるものの、実際には、台詞覚えに苦心する己の姿を、あまり見られたくない精一杯の見栄っ張りであるらしい。

「おまえさん、柝《き》の打ち方がうまいな。どうやって覚えた？」

二人だけになると、海老蔵は芳三郎にそう話しかけてきた。

「はい。三十郎《さんじゅうろう》の旦那に教わりやして」

「ほう、関三《せきさん》に……。道理で、全体が見えてるってわけだ」

芳三郎が作者部屋に入門し、見習いから狂言方になるまで、何くれとなく惜しまず教えてくれたのは、やはり海老蔵の弟子の関三十郎だった。

柝を打つのに、役者を目で見ているようじゃだめだ。その役者の肚《はら》になって打つんだ――そんな教えの一つ一つ、まだまだその言葉通りできているとは言いがたい一つ一つが、今でも身に染みる。

「おれの台詞覚え、呆れているだろう」

「え、あっ、いや……」

海老蔵がたばこ盆を引き寄せ、煙管《きせる》からふうっと煙が上った。

「体なら、どんなふうにだって動くんだが」

西川流の家元、西川扇蔵《にしかわせんぞう》が付けたこたびの振りは、剛柔のめりはりが利いた、良い振り付けだが、これを十分にこなせる体を持った踊り手はそう滅多にあるものではない。が、海老蔵が動き出すと、三味線や唄との見事な一体感に、芳三郎は惚れ惚れしてしまう。

「こたびは、台詞が気になって、気になって。そうなると、結局動きもできてこねぇ。困ったもんだ」

海老蔵が自分で言う通り、台詞のない、地方に合わせて体のみ動かす場はもう何の不足もない出来だが、台詞の応酬はまだまだとても客の前で披露できるものではない。もともと、口跡《こうせき》の爽《さわ》やかさでも定評のある人だけに、覚えられないことだけが惜しかった。

「いつもなら、黒衣を頼りにできるんだが、こたびばかりは、なあ」

黒衣は、芝居の流れが滞らないよう、舞台上で様々の仕事をする。使い終わった小道具を後ろへ引いたり、装束の着替えを助けたり、客からは見えているものの、いない者と見なされている存在で、後見《こうけん》と呼ばれることもある。

「そう、ですね……」

「己で己の首を絞め、か」

海老蔵がかように言うのには、訳があった。

「言い出したのは、そもそもおれなんだが……」

芳三郎には、海老蔵の言わんとすることがすぐに分かった。

いつもなら、初日が開いてしばらく、まだ海老蔵の台詞があやしいうちは、いわゆる仕事をする黒衣とは別に、同じく黒衣に身を包み、台本を持った狂言方が、書き割りや道具の影に潜《ひそ》み、間合いを上手く計って台詞を教える。何日かすれば、やはり客の前でやるのは身になるのか、稽古の時よりも遥かに円滑に台詞が身に付いていくので、心配はない。

だが、こたびはそうはいかぬ事情があった。

「黒衣、隠れるところがないですからね」

「そうなんだ……」

海老蔵肝《きも》煎《い》りの新狂言〈勧進帳〉。その眼目は、お家芸の荒事《あらごと》の醍醐味《だいごみ》は生かしつつ、全体の空気を能に近づけることだった。花道は橋がかりに見立てられ、舞台の奥には能舞台の鏡板《かがみいた》を模して老松《おいまつ》が一面に描かれてあるきり。道具らしい道具は何一つない、すっきりとした仕立てで、台本を持った黒衣の控える場所など、どこにもない。

「芳。おまえさん、今ずっと、無本《むほん》で稽古につきあってくれていたよな」

並木五瓶が作った台本から、海老蔵の台詞の書き抜きを作り、地方や動きとの相性を量りつつ、稽古に立ち会ううち、芳三郎の頭にはすっかり、弁慶だけでなく、富樫や弁慶の台詞まで、ほぼ頭に入ってしまった。おかげで、いちいち台本を見ずとも、海老蔵が飛ばしてしまった台詞を伝えられる。

「どうだろう。おまえさんが後見の黒衣として舞台に立って、おれに台詞を教えてくれるってのは」

芳三郎は耳を疑った。

——台本を持たずに、ってことか。

「おれの見たところ、おまえさんの物覚えの良さは、狂言方の中でも図抜けてる。どうだ、やっちゃあくれないか」

確かに物覚え、とりわけ芝居の台詞を覚えることにかけては、これまで誰にも負けたと思ったことはない。

しかし、それはあくまで、稽古場でのことだ。本舞台の、客が大勢見ている前へ、台本を持たずに黒衣で立って、海老蔵にこっそり教えるとなれば、一つのしくじりも許されない。自分が忘れたら、舞台全部が台無しになり、天下の海老蔵の名に疵《きず》を付けることになる。

――できるだろうか。

迷いで曇った脳裏に、嫌な顔が一つ浮かんだ。立作者、並木五瓶である。

五瓶は、座元《ざもと》や役者に重宝がられている器用な芳三郎が妬《ねた》ましいのか、何かというと陰へ回って嫌味な仕打ちをする。先日もせっかくきれいに仕上げた台本の清書を、うっかり――いや、きっとわざとだ――水たまりに落として汚し、「すまんな、もう一度書いてくれ」と何食わぬ顔で命じてきた。

上下関係の煩わしいのは作者部屋も同じで、こんなことが知れたら、どんな嫌がらせをされるか分からない。

――下手をすれば、くびだ。

せっかく入った芝居の世界。道の厳しさは嫌というほど身に染みているが、己で見切りを付けるならまだしも、あんな偏狭《へんきょう》な人から追い出されるのでは悔し過ぎる。

「なあ、芳さんよ。どうだろう」

海老蔵が大きな目でこちらを見た。

「分かりました。手前が全部覚えて、旦那のおそばに控えます。お任せください」

大きな日に、安堵《あんど》の色が浮かんだ。

「そうかい。そうと決まれば、安心して稽古ができる。今晩は高枕で高いびきだ。その代わり、明日からはおまえさんと二人、ここへ籠城《ろうじょう》する覚悟だから、よろしく頼む」

海老蔵はそう言うと、芳三郎の肩をぽんと一つたたいて、稽古場をあとにしていった。

――えらいこと、言っちまった。

しかたない。あんなお方に頼まれて、断れるわけがない。あんな、本当なら雲の上の人に。

ゆらり、遠ざかっていく後ろ姿を見送りながら、芳三郎はこれまでのことを思い出した。

役者と同じで、作者の方も、もともと芝居にゆかりのある家に生まれた者が少なくないが、芳三郎は物堅い商家の生まれ、おまけに長男である。

なのに何の因果か、幼い頃から無類の本好き、芝居好きに加え、なんでも茶番《ちゃばん》にして洒落のめしたがる、およそ商売には不向きな性分《しょうぶん》だった。派手な茶屋遊びが親に露見、「勘当相当」として伯父の家に預けの身となったのが十四歳の時で、その後、貸本屋に奉公したものの、因果な性はいっこうに収まらなかった。結局、二十歳になると伝手《つて》をたどって、狂言作者、五代目鶴屋南北《つるやなんぼく》に入門した。

――もう五年か。

好きな道だ、毎日楽しい――と言いたいところだが、「これでいいのか」との己への疑念を、いつも無理矢理抑え込んでいるというのが、正直なところだ。

――考えるのはよそう。

立作者になるまでは、とにかく目の前のことをきちんとやれ。あれこれ考えるのは、一番最後でいい。

師の南北の口癖である。あの〈東海道四谷怪談《とうかいどうよつやかいだん》〉を書いた四代目南北の孫にあたる人で、今は席を中村《なかむら》座に移して立作者をつとめている。自分もいっしょに移る話もあったのだが、本好きの果ての博《はく》覧強記《らんきょうき》や、茶番仕込みの物覚えの良さ、器用さを、河原崎座の総支配、帳元である鈴木屋松蔵《すずきやまつぞう》に見込まれ、師匠の許しを得て、留まることになった。

――よし、改めて、覚え直しだ。

芳三郎は台本を手に取ったが、既に日が落ちていて、文字を目で追うのは無理である。

――お誂《あつら》え向きだ。無本でどこまでできるか、勝負だ。

芳三郎は目を閉じて稽古場の壁にもたれ、己の脳裏で勧進帳を上演し始めた。

その役者の肚になれ。関三の声が聞こえてくる。

……勧進帳を遊ばされ候え。これにて聴聞《ちょうもん》つかまつらん。

ニセ山伏の弁慶を見咎《みとが》めた富樫が、本物の山伏なら勧進帳を読み上げよと迫ってくる。

〽もとより、勧進帳のあらばこそ……

笈《おい》から巻物を取り出し、白紙であることを悟られぬよう、朗々と東大寺建立《とうだいじこんりゅう》の趣旨を述べ立てる弁慶。

「これも謂《いわ》れあるや、いかに」

なおも追及の言を緩《ゆる》めぬ富樫。山伏の由緒を聞き糾《ただ》す。

「それ修験《しゅげん》の法と言ッぱ、胎蔵金剛《たいぞうこんごう》の……」

毛筋ほどの動揺も見せず、朗々と答える弁慶。じりっ、じりっと二人の間合いが詰まり……。

白々と夜が明ける頃、海老蔵がキッと見得《みえ》を切り、六方《ろっぽう》を踏んで、花道を駆け抜けていった。


三月五日。河原崎座は、初日を迎えていた。

芳三郎は震える身を黒装束に包み、舞台の上にいた。

「しくじるなよ。おれの顔が潰《つぶ》れる」

すれ違いざま、五瓶がぼそっと吐き捨てたのを、目を一杯見開いて、やり過ごす。海老蔵になったつもり、である。


〽これやこの、行くも帰るも別れては……


花道に海老蔵が姿を見せる。兜巾《ときん》に鈴懸、小《ちい》さ刀《がたな》、能〈安宅《あたか》〉の弁慶に寄せた、山伏の出で立ちである。

兄・頼朝《よりとも》の発した捕縛《ほばく》の命から逃れんため、五人連れの山伏と、荷物持ちの強力《ごうりき》に身をやつし、越路《こしじ》から陸奥《みちのく》へ抜けようとする義経主従。安宅の関でそれを見咎めた富樫。力尽くで関所を破ってでもといきり立つ他の四人を抑えながら、弁慶は智恵と胆力で富樫と対峙《たいじ》する。

「それ九字《くじ》の真言《しんごん》といッぱ、所謂《いわゆる》……」

問答の終盤、九字の真言について説く台詞。海老蔵が一番間違えやすいところを、芳三郎はさりげなく、黒装束で立ったまま、海老蔵と呼吸を合わせながら、低く呟《つぶや》いていく。まるで綱渡りだ。

ようよう、疑念も晴らせたかと思ったところで、富樫は今度は、強力姿の義経に目を留める。弁慶はとっさに、「判官殿《ほうがんどの》よと怪しめらるるは、己が業《ぎょう》の拙《つたな》きゆえなり、思えば憎し」と言い放つと、金剛杖《こんごうづえ》を振りかぶって主人を散々に打ち据える。

義経と弁慶は主従、團十郎と海老蔵は父子。危難を乗り越えるために、あえて主君を打擲《ちょうちゃく》する家来。伎芸《ぎげい》上達のためには、時に厳しくあたることもいとわぬ、役者の父。ここは、役と役者とが綯《な》い交《ま》ぜになって、客が思わず涙ぐむはずの、見せ場である。このあたりは海老蔵も覚えやすかったらしく、芳三郎の助けはほとんど不要だった。

「さても弁慶、今日の機転、さらに凡慮《ぼんりょ》の及ぶところにあらず……」

富樫が関所の門内へ引っ込んだ隙に、弁慶から受けた打擲を誉め許そうという場で、義経の台詞にほんの少し、妙な間が空いた。

珍しいことに、どうやら、團十郎の方が台詞を飛ばしてしまったらしい。

「とかくの是非を争わずして」

自分でも気づかぬうちに、芳三郎の口から義経の台詞がこぼれていた。團十郎が何食わぬ顔で台詞を続けると、一瞬凍りかけた海老蔵はじめ他の役者たちの空気が、ふっと解けていくのが伝わってきた。

やがて、ふたたび姿を現した富樫が、弁慶に酒を勧める。酒杯をぐっと干した弁慶が花道を駆け抜けて、客からはなんとも言えぬどよめきが漏れた。

――やった。つとまった。

総身《そうみ》にびっしょりかいた汗が段々と冷えていくのを感じながら、芳三郎が楽屋に挨拶に行こうとすると、途中で團十郎がこちらの顔を認めて寄ってきた。

「芳さん。忝《かたじけな》く思うぞや」

「忝く思うぞや」は、さっき團十郎が飛ばしそうになった台詞の、最後の部分だ。それをそのまま使って礼を言ってくれたのだと分かり、芳三郎の顔は笑みと涙でぐちゃぐちゃになった。

「若旦那……」

涼やかな笑顔を返してくれた團十郎を見送ってから、海老蔵の楽屋前まで来て、暖簾《のれん》をそっとめくってみると、海老蔵は至極上機嫌で五瓶やご贔屓《ひいき》たちに囲まれていた。

――おっと。

うっかり出過ぎればまた五瓶から何を言われるか分からない。挨拶は機会を改めた方が良かろうかと階段を降りかけると、付き人の一人が追ってきて「芳さん、これ、旦那から」と紙包みを渡された。

――何だろう。

墨黒々、「合力御礼《ごうりきおんれい》」と書かれた祝儀袋を開くと、微《かす》かだが、なんとも言えず良い香りが漂った。四角な小さい塊《かたまり》が包まれている。

――墨だ。こんな極上品、使ったことないぞ。

もっとどんどん書け、ってことか。

團十郎といい、海老蔵といい、どちらもどこまでも、粋《いき》な人たちである。

その粋な褒美《ほうび》とともに、達筆に認《したた》められた手紙が入っていた。

「……楽日《らくび》までよろしく頼む。それから、おまえさんが本気でこちら側に骨を埋《うず》める覚悟ができた暁《あかつき》には、おれは必ず、力になろう」

文面を見て、芳三郎はぎょっとした。

――見抜かれてる。

恐ろしいお方だ。そんな話は一度だってしたことがないのに。

――本気でこちら側に、か。

胸の内に沈めてあった迷いがまたぞろ、ふわふわと浮き上がってくるようであった。

二　景清　かげきよ

その年の暮れ、芳三郎は芝新網町《しばしんあみちょう》の質屋「越前屋《えちぜんや》」で、主人として帳場に座っていた。

「武士が刀を質入れしようと言うのだ。もう少し、なんとかならぬか」

「そうおっしゃられましても」

「頼む。この身が立てばすぐ、請《う》け出しに参る。この通りだ」

「はぁ……」

番頭がわざとらしく咳《せき》をするのが聞こえる。早く切りあげろというのだろう。

「ご事情は重々……。ですが、手前どもではこれが精一杯で。得心《とくしん》いただけないようでしたら、どうぞ他へ」

できるだけ相手の顔を見ぬようにそっと、金と質札《しちふだ》を差し出す。しばしの沈黙の後、筋張って荒れた手でそれを摑《つか》むと、壮年の武家は悄然《しょうぜん》と店から出て行った。

三ヶ月前、弟の金之助《きんのすけ》が二十三歳の若さで病死した。芳三郎が〈勧進帳〉で海老蔵に褒美をもらってから、半年後のことだった。

それを機《しお》に、芳三郎は作者部屋から身を退き、家業の質屋を継いで、六代目越前屋勘兵衛《かんべえ》を名乗るようになった。

――これで良かったんだ。これで。

しょせん、芝居は水物《みずもの》だ。こうして戻れる家があるうちに、性根《しょうね》を入れ替えて、堅い生業《なりわい》に戻った方が身のため、それに何より、母のためだ。

父は既に亡く、しっかり者の姉も三十歳の声を聞きやらぬほどに先だっていたところへの、「ちゃんとした跡取り」の死。身寄りといえば芳三郎一人になってしまった母の胸中を思えば、これ以上自分の勝手ばかりは許されまい。

海老蔵に見透《みす》かされた通り、心のどこかにずっと迷いがあった。放埒《ほうらつ》な兄に代わって家を継いだ実直な弟が死んだと聞いた時は、とうとう、我が身に重罰が当たったと思った。選《よ》りにも選って、好き勝手している自分ではなく、その尻拭《しりぬぐ》いを一手に引き受けてくれた弟の命が奪われてしまうとは。

「あの、すみません、この着物を」

武家と入れ替わりに、今度は大店《おおだな》のお内儀《ないぎ》風の女が風呂敷包みを手に現れた。

――こんな女が、いったいなんだって。

どこからどう見ても金に困っていそうには見えぬのに。包みを解くと、着物と帯、それに銀の簪《かんざし》が二本入っていた。

「あの、いかほどご用立ていただけますか」

品は良いが、目はおどおどと定まらず、怯《おび》えているようだ。何にご入り用で、と思わず尋ねたくなるのを、ぐっとこらえる。

「さようでございますね……」

間男《まおとこ》でもできて、駆け落ちしようというのだろうか。それとも、旦那が相場にでも手を出して店が左前《ひだりまえ》になったたか。あるいは……。

ついつい、芝居の筋書きを考えるように、客の事情を勝手に詮索《せんさく》して思い描いてしまう。当たり前のことだが、質屋の客というのは金に困って何かを持ち込んでくる人たちだ。その様子を見聞きしていると、芳三郎の帳面には、商売とは関係のない落書きばかりが増えるのだった。

――不運や不幸ってのは、とりどりなんだろうなぁ。

武家が無念そうに置いていく刀。裕福そうに見えるお内儀が広げる、着類《きるい》の入った風呂敷。白髪頭《しらが》の隠居が名残惜しげに差し出す香壺《こうご》や茶碗……。それらが質屋に来るまでに、いったいどんな曰因縁《いわく》があったのか。

質草《しちぐさ》となった品々を前に、河原崎座に置いてきたはずの「作者根性」がまたぞろむっくりと頭をもたげるのを、芳三郎は正直、持て余しつつあった。

折も折、河原崎座の方も作者部屋が人手不足だとかで、繰り返し、「戻ってこないか」との手紙が首席の中村十助《なかむらじゅうすけ》から届く。

性根を入れ替え、質屋の主人になりきるつもりだったが、芝居町界隈《しばいまちかいわい》から離れ、算盤《そろばん》と帳面を手にする日々は、覚悟していた以上に窮屈《きゅうくつ》だった。その上、質草を前にして思い浮かぶのは、利を得る算段ではなく、芝居の筋立てばかりである。

暮れをなんとか越したいと店の暖簾をくぐる客が、一際《ひときわ》多かったある晩、芳三郎はその日の帳面をなんとか〆《しめ》てから、母の前に座って神妙な顔で手をついた。

「おっ母さん、すまない。やはりおれに商人《あきんど》は無理だ。店は今年限りで畳《たた》ませてもらう」

「おまえ、そんな……」

「頼む。どうしても芝居に帰りたいんだ。向こうでも、来いと言ってきてる」

「なんでそうおまえは……」

嗚咽《おえつ》が聞こえる。袖で覆《おお》われて顔の見えぬ母だが、その胸中は、痛いほど分かっていた。

「な、おっ母さん。こたびだけは、おれを信じてくれ。必ず、立作者に、首席になって、一旗揚《あ》げて見せる」

十四歳の頃からずっと裏切ってきたものを、信じろという方が無理だろう。

それでも、今はこう言うしかない。

「もうどうでも……好きにおし」


翌天保十二年の四月、河原崎座に戻った芳三郎は、十助の肝煎りで、元の狂言方ではなく、作者部屋の次席に就《つ》いた。首席の書いた筋書きに添いつつ、いくつかの幕を任されて書くことになる。復帰早々の身には余りある、抜擢《ばってき》だった。

「一つ、言っておきたいことがあるんだが」

ある日、いつものように作者部屋に顔を出すと、十助が声を低くし、まわりを見渡して、ことさら、他の者がいないのを確かめるようにした。

「実はな。おまえさんに、河原崎を名乗らせようって話が出てるらしい」

座元から姓を許されるというのは、見込まれている証《あかし》で、作者にとっては花も実もあるありがたい話だ。名誉でもあるし、座のある限り、席は保証される。

「悪いことは言わねぇ。受けるなよ」

「えっ、そりゃあいったい」

「僻《ひが》んで言ってるんじゃねぇ。おまえさんを見込んでのことだ。座元や役者との付き合い方には気をつけろ。ちょっと隔てがあるくらいが、実はちょうど良いんだ」

芳三郎は十助の意図を図りかねた。座元や役者に気に入られた方が、仕事がやりやすくなるんじゃないのか。

十助がふいにそっぽを向いて、苦しそうに咳をした。そういえば近頃急に痩《や》せたようだ。

「座元や役者の言うことばっかり聞いてるとな。おれみたいになっちまうぞ」

「師匠みたい、とは……」

十助の喉《のど》がひゅうと風を切るような音をさせた。

「座元はな、行き着くところ、儲《もう》けることしか考えちゃいない。片や役者の方は、自分の出番のことしか考えちゃいない。で、両方とも、何かあった時の責めは全部、おれたち作者に負わそうとするんだ」

「責めは、全部……」

「そうさ。客の入りが良けりゃあ、役者の手柄、座元の儲けだ。けど、悪けりゃ、全部、台本《ほん》が悪い、ってな。散々そっちの都合で書き直させたことなんぞ、まるっきり忘れたみてぇに」

風切り音がいっそう激しくなった。芳三郎は湯飲みに白湯《さゆ》を注いで差し出した。

「ありがとうよ……。自分の思うように書いて客が入らなかったなら、諦《あきら》めもつく。けどな……。ともかく、世界の決め方、役の割り振り、台詞に曲付け、振り付け。どこでも良い、少しでも作者の意地の張りどころを残しておかないと、おれみたいに、体も心も、ぼろ雑巾《ぞうきん》にされる」

十助はさらに、吐き出すように言った。

「あいつら、役者の芸は重んじるくせに、作者にもそれぞれ芸があるってことは、ちっとも分かろうとしねぇ。自分たちの黒衣としか見ちゃいねぇんだ。まあ確かに、客は役者の名で来る。作者の名で来る訳じゃないからな。どうせおれらは黒衣でしかない。けどそれでも、座元や役者の言うことばっかり聞いてたら、黒衣どころか、幇間《たいこ》にされた挙げ句に、皮まで破られちまうぞ。……おれみたいに」

大和屋《やまとや》のことを言っているのだと、だんだん芳三郎にも分かってきた。岩井半四郎《いわいはんしろう》と紫若《しじゃく》。そういえば、十助はこの親子にしょっちゅう呼びつけられては、台本を何度も何度も書き直している。挙げ句、初日の様子を見ながら苦虫《にがむし》を嚙《か》みつぶしたような顔でため息を吐《つ》いていたことも、一度や二度ではない。きっと書き直した台本が、自分の方では気に入らないものに変わってしまっていたのだろう。

「いいな。これはおれの、遺言だ」

「遺言って、師匠、縁起でも無い」

芳三郎は苦笑いしたが、それからふた月も経たないうちに、本当に十助は病死してしまった。三十五歳の若さだった。

……作者の意地の張りどころ。

十助の言葉を胸中深く刻んで、作者として再び木挽町に出勤し始めた芳三郎だったが、この年は、芝居に関わる者にとって、厄年《やくどし》としか言えぬ年となった。

「火元は中村座の裏らしい」

「市村座も燃えちまったそうだ」

「えらいことになったな……」

十月七日の夜明け、堺町《さかいちょう》、中村座の裏にある茶屋から出た火は、あっという間に燃え広がり、市村座のある葺屋町《ふきやちょう》も含め四町余を焼き払ってしまった。

再建までの辛抱——火事には慣れっこの江戸っ子の思いとは裏腹に、本当の災厄がやってきたのは、その後だった。

「再建の許しが出ない？」

「ああ。お上《かみ》は、芝居を潰す気らしい」

今年の二月以降、事細かに「倹約」「風俗取り締まり」に関わる禁制が出されている。衣食住のみならず、市中に百以上もあった寄席《よせ》が次々と潰されるなど、触れは多岐《たき》にわたっていた。

――芝居がなくなる？　そんな馬鹿な。

覚悟を決めて、やっと戻ってきたというのに。芳三郎は己の巡り合わせの悪さを呪った。

場所が離れていたおかげで助かった河原崎座には、これまで他の二座に席を置いていた役者たちが
「自分たちも出してくれ」と押し寄せた。

「このまま小屋が一つになっちまったらどうするんだ」

「ちぇっ、役がねぇとよ。しょうがねぇ。上方《かみがた》へでも行くか」

誰もが先行きを不安がる中、十二月《しわす》ももう半ばを過ぎた頃になって、ようやく再建の許しが申し渡されたが、それには大きな条件が付いていた。

「浅草《あさくさ》……」

焼失した二座は、浅草へ移ることを命じられた。浅草寺《せんそうじ》の東北あたりだと言う。

――吉原《よしわら》に近いあたりだな。

悪所はひとまとめに寄せておけ、ってことか。

残っている河原崎座についても、いずれは同様に移れという。

「身分の差別も之有《これあ》り候ところ……狂言仕組《しく》み、並びに役者ども、猥《みだ》りに素人《しろうと》へ立ち交じらひ候はぬよう……」

沙汰の文面を読んだ芳三郎は、己の顔から血の気が引くのを感じた。

……素人へ立ち交じらひ候はぬよう。

お上は、芝居に関わる者たちに、素人——町方《まちかた》で暮らす町人や武士たちと付き合うなと言うのだ。身分の差別。舞台姿がもてはやされ、錦絵《にしきえ》になり、年に千両の俸給を取る者もいる役者。しかしそれは、素人と交わるなとお上から命じられる身上《しんしょう》と引き換えなのだ。

自分がどんなところに戻ってきたのかを、芳三郎は改めて突きつけられた思いだった。


「こんな時こそ、お江戸の海老はしっかりしなきゃいけねぇんだ」

天保十三年の正月。

三座のうち、一つしか開いていないという寂しい江戸の初春を盛り上げようと、河原崎座では海老蔵、團十郎父子を芯に、その名も〈飾海老曾我門松《かざりえびそがのかどまつ》〉の名題《なだい》を掲げて幕を開けた。

十助に代わり首席に座った南北から、芳三郎はこの序幕を任された。

——仕切り直しだ。

新年。新春。新玉《あらたま》。めでたい言葉を並べて、春を呼び込む。

楽しみをお上に取り上げられた江戸っ子たちが大勢押しかけ、去年の厄を払うかのように、正月の興行は大入りが続いた。

「三月は、〈景清〉をなさりたいんだそうだ」

海老蔵の意向が作者部屋に伝えられた。〈勧進帳〉に続いて、〈景清〉を「歌舞伎十八番」と称して、成田屋《なりたや》の「家の芸」に定めようということらしい。

「十八番」の定めは明らかに、他の役者たちから、成田屋だけは別格であることを認めさせようという試みだ。〈景清〉は、二代目團十郎が演じて以後、成田屋代々しか演じていないから、今更あえて言挙《ことあ》げせずともという気が芳三郎にはするが、競争の激しい役者稼業にあって、海老蔵、團十郎父子にとっては、成田屋の地位をより盤石にする、一つの戦略だろうか。

悪七兵衛景清《あくしちびょうえ》。世界は源平合戦、景清は平氏の侍大将《さむらいだいしょう》で、壇《だん》ノ浦《うら》で生き延び、その後捕らえられてなお、頼朝率いる鎌倉方に決してなびかぬ反骨の武将である。

「おおい。こたびは一鳳《いっぽう》さんにも加勢してもらうから。ちょいとこれ、持って行って、話を聞いてきてくれないか」

上方の狂言作者として知られる西沢《にしざわ》一鳳が、去年の春から江戸に下ってきていた。海老蔵が大坂へ行った時に台本を書いたことがあるとかで、こたびはぜひ、一鳳と南北とで台本を練ってほしいというのも、海老蔵の希望だ。

芳三郎はそれから南北と一鳳との連絡役もつとめながら、台本の仕上がりを見守った。一鳳に見込まれ、任されて書いた一幕もあった。

「じゃあ、これ、旦那に届けてきてくれ」

おおよその案ができたところで、芳三郎はまず深川木場《ふかがわきば》の海老蔵の自宅へ台本を届けることになった。狂言方に任せてもいい仕事だが、芳三郎が行った方が海老蔵の機嫌が良いことを、南北はよく知っていた。

――懐かしいな。

以前、まだ狂言方であった頃にもこうして、台本を届けたことがあった。雪の降る寒い日で、ようやく海老蔵の住まいにたどり着いた時、煌々《こうこう》と点《とも》っていた灯りが、まるで極楽の入り口のように見えたのを、今も思い出す。

漆《うるし》で塗られた床框《とこがまち》、赤胴七々子《しゃくどうななこ》の釘隠し、天井は金泥《きんでい》の格天井《ごうてんじょう》。大名屋敷もかくやと思《おぼ》しき見事な室礼《しつらい》は昔と変わらないが、今日はそれに加えて、緋毛氈《ひもうせん》の上に漆塗りの道具をあまた従えた雛《ひな》人形まで勢揃《せいぞろ》いしている。

「おう、芳さん、よく来たね」

「うん。よし、よし……」

海老蔵は上機嫌で迎えてくれると、すぐに台本を芳三郎に読み上げさせた。

うなずきながら一通り聞いてくれた海老蔵にほっとしていると、膳が用意され、盃が勧められた。

「恐れ入りやす」

障子の向こうがぼんやり明るい。庭の御影石《みかげいし》の燈籠《とうろう》に灯が点っているのだろう。

「よく戻ってきたな……ところで、おまえさんの望みはなんだ」

「望み、とおっしゃいますと？」

「堅気《かたぎ》のお素人で暮らせる身上を棄てて、こっちへ来たんだろう？　でっかい望みの一つや二つ、なくてどうする」

海老蔵はにこにこと、こちらの盃を満たしてくれる。

「そう、そうですね」

望み。そもそも、覚悟を決めてこっちの世界に来ること自体が第一の望みだったから、これからの望みと言われて、芳三郎はちょっと慌《あわ》てた。

――確かに、大きな望みがなくっちゃあな。

立作者になる、なんていう、もうそこまで見えていそうな望みじゃなくて、もっと大きな、遥《はる》かな望みが。そうでなきゃあ、母を泣かせてまでこっちに来た甲斐がない。

「おうよ。威勢の良い啖呵《たんか》を切りな」

酔い心地の頭に、十蔵の遺言が浮かんでくる。とはいえ、そのまま言えばいくら海老蔵でも怒るかもしれず、芳三郎は慎重に言葉を選んだ。

「……役者の名だけでなく、作者の名でも客が来る、そんな書き手になろうと思いやす」

「ほう、そりゃあ良い。そんな芸のある作者がいてくれりゃあ、こっちだってありがたいってもんだ」

そう言いながら、海老蔵は景清が牢《ろう》を破ろうと右手を振り上げる仕草をして見せた。

「おれはな、成田屋は江戸の守り神であるべきだと思ってるんだ」

海老蔵はそう言うと、目をぎらぎらさせてこちらを見た。白目に浮く血の脈まではっきりと見える大きな目は、錦絵に描かれる通りの凄《すご》みだ。

「何しろ、あの将門《まさかど》公を調伏《ちょうぶく》した、不動尊《ふどうそん》の申し子なんだから」

大きな目で、何から江戸を守るつもりだったのか。

後になって思い返せば、その意図をもっと深くくみ取って、事によっては別の演目に変えるよう、説得すべきだったのかもしれない。しかしその時の芳三郎には、とてもそこまで思い至らなかった。

翌日から、熱の入った稽古が始まった。

景清は歌舞伎に限らず、能はもちろん、浄瑠璃《じょうるり》にも仕立てられていて、様々の筋立て、演出があるが、海老蔵が演じるのは「牢破り」と呼ばれるものだ。

牢に囚《とら》われ、平家の重宝《じゅうほう》である青山《せいざん》の琵琶《びわ》と青葉《あおば》の笛のありかを問いただされる景清。頑として口を割らぬ景清の前に、妻と娘、それに主人筋の若君までが引き出され、責め苛《さいな》まれる。それまで抑えていた怒りを爆発させた景清が、ついに牢をぶち破ると、その格子の柱をぶん回して、源氏方、頼朝の家来たちを蹴散らし、平家再興の志を掲げながら去って行く。

「旦那、また凝《こ》っているな。わざわざ誂《あつら》えて、本物の甲冑《かっちゅう》を着るそうだ」

いよいよ明日は初日という日、作者部屋では海老蔵の拵《こしら》えが話題に上った。

「相変わらずだな。籠手《こて》も脛《すね》当てもちゃんと革《かわ》だし。それにあのどてらに描かれた牡丹《ぼたん》、金銀の摺箔《すりはく》だぞ。いったい拵えにいくらかかっているやら」

「おまけに蒔絵《まきえ》の印籠《いんろう》に珊瑚《さんご》の根付《ねつけ》。いやいや、豪勢だねぇ」

客の目を驚かせたい、喜ばせたいという海老蔵のこだわりが随所にあふれた芝居は、見事に当たり、連日の大入りで、河原崎座は賑《にぎ》わった。心配された長台詞もあったが、こたびははじめから黒衣の隠れられるところを計算した大道具を仕立てて、狂言方にも無茶をさせることなく、安定した舞台が続いた。

「ありがてぇ」

桟敷《さじき》や平土間《ひらどま》だけでは足りず、舞台の脇や後ろにまで客を入れる人気に、座元の河原崎権之助《ごんのすけ》はほくほく顔だ。四年前、生まれたばかりの海老蔵の五男を養子にした権之助にしてみれば、成田屋が自分のところで大入りを続けてくれるのは、願ってもない慶事だろう。

初日からひと月が経った、四月六日――。

「おい、成田屋の旦那、遅いな」

「そうだな。いつもならとっくに楽屋入りだが」

狂言が軌道に乗れば、首席と次席は、必ずしも毎日顔を出さなくても良いというのが、作者部屋の習わしである。芳三郎も三月の終わり頃からは、狂言方に舞台を任せ、家で終日《ひねもす》書見をしたり、寄席をのぞいたりの日もあったが、その日はたまたま、様子《ようす》を見《み》に河原崎座へ来ていた。

「なんだ。旦那、そろそろ出番じゃないか。誰か様子見に走らせろ」

「はい」

狂言方に指図した、その時だった。

「あ、あの」

海老蔵の若い弟子の一人が、真っ青な顔でぶるぶると震えながら、楽屋口から姿を見せた。

「すいやせん。し、師匠が」

「おう、旦那が、どうしたんだ」

「ば、番屋へ連れて行かれました」

弟子はそれだけ言うと、腰が抜けたようにその場へ崩れ込んだ。

――番屋?

「南町《みなみまち》の旦那方が大勢来て、師匠を……」

南町奉行は、老中水野忠邦《みずのただくに》の懐刀、鳥居耀蔵《とりいようぞう》だ。去年から吹き荒れている「倹約」「風俗取り締まり」のお触れの旗振り役で、目を付けられた者はどこまでもとことん、執拗《しつよう》に調べられるという。

――旦那、いったい……。

楽屋を覗《のぞ》くと、着る人のない甲冑がぼんやり、薄明かりに浮かび上がっていた。

芳三郎は、思わずぞっと総毛立つのをどうすることもできず、その場に立ち尽くした。

三　閻魔小兵衛　えんまこへえ

「……まず目の前の怨敵《おんてき》たる、右幕下《うばっか》頼朝公へ見参《けんざん》せん」

身中深く漲《みなぎ》る力を一息に放出、河原崎座を一瞬にして荒ぶる気で満たした、海老蔵の〈景清〉。芳三郎の脳裏には、今でもその姿がしっかりと焼き付いている。

しかし今、この江戸に海老蔵の姿はない。いや、居場所はない、と言うべきか。

天保十三年六月二十二日、申し渡されたのは「江戸十里四方追放」の沙汰《さた》であった。舞台の上でも暮らしの中でも、とかく奢侈贅沢《しゃしぜいたく》の度が過ぎるというのが処分の理由だった。

番屋へ連れて行かれてから、この沙汰が出るまでの二ヶ月余の間、手鎖《てぐさり》をされて押し込められていた姿も世間の噂となり、「身の程を白猿《しらざる》ゆえのお咎めを　手にしっかりと市川海老錠《じょう》」などと、海老蔵と俳名の白猿《はくえん》とをご丁寧に両方詠《よ》み込んだ落首《らくしゅ》が人々の口に上ったりもした。

――悪七兵衛景清か……。

徳川家は、本姓は「源《みなもと》」であると称している。幕府を開いた家康《いえやす》と、鎌倉幕府の源頼朝とが、何かにつけ重ね見られる存在であることは、狂言作者になろうという者なら、誰でも知っていることだ。

牢を破る、平家の残党、景清。それを海老蔵が演じれば、何かと咎め立てのやかましいお上にもの申したい、江戸っ子の心情を集結させるような芝居になる。そんな芝居をあの時期にかけることの危うさを、座元も作者も見過ごしたまま、海老蔵追放の事態を招いてしまったことで、河原崎座にはなんとも言えぬ重苦しさが澱《おり》のように淀《よど》んでいた。

「家移《やうつ》りは、かえって良いかも知れねぇな。厄払いだ」

座元の権之助がそう話しかけてきた。

「そうですね……方違《かたたが》えなんて、古風な言い方もありますし」

中村座、市村座に続いて、河原崎座も浅草に移ることになり、興行は今年の暮れでいったん打ち切ることになった。

「で、どうだ、名前の方は」

立作者への昇進、それに伴う改名の話が、芳三郎に持ち上がっていた。

河原崎の姓を丁重に辞退した後、「三代目瀬川如皐《せがわじょこう》を継いでは」との声もあった。役者ほどではないにせよ、知られた名跡《みょうせき》とゆかりのある方が仕事がしやすいのは芳三郎も分かっていたが、十助の遺言を思うと、むしろ、敢《あ》えてそうした名は遠ざけたい気持ちが強かった。

「柴晋輔《しばしんすけ》のままでもいいんですが」

柴晋輔は、芝の家業を畳んで戻ってきたことに因《ちな》んで、使うようになった名である。

「そうはいかない。左交《さこう》さんも言ってただろ。作者も名は大事だって。初名《しょめい》になるより、何かを継ぐ形を作った方が良い」

左交とは、三代目桜田治助《さくらだじすけ》の俳名だ。世話好きで、近頃ずいぶん芳三郎を見込んでくれている。

「ええ……。まあ一つ、意中の名がなくはないんですが」

「なぁんだ。じゃあさっさと言ったら良い」

「河竹新七《かわたけしんしち》を、二代目として」

「河竹新七？　そんな名、あったか」

「はい。初代は、榮屋《さかいや》さんの初代（中村仲蔵《なかぞう》）あたりと仕事してたらしいんですが」

権之助はまじまじと芳三郎の顔を見た。本当にそんな名で良いのかと言いたいらしい。「河原崎」を辞退したことも、いくらか尾を引いているのかもしれない。

「あの、〝河〟って字も入ってて、こちらとの由縁《ゆかり》もあるかと」

言い訳として用意しておいた台詞である。

「ふうん。なんだかよく分からんが、一度旦那方や師匠方にも聞いてみよう」

なんでこの名が良かったのか。自分でもよく分からない。

大きな名をもらうより、忘れられた名を大きくしてやろうとの野心もあった。加えて、「゛」《にごり》が一つも入らず、どこかさらっとした響きが、好みに合った、ほどのことか。

天保十四年十一月、二代目河竹新七襲名が披露された。


——またありものか。

名を改めて六年が過ぎた。新七は、出勤の便を考えて、浅草寺正智院《しょうちいん》の寺内《じない》にある一軒家に移っていた。河原崎座だけでなく、市村座も中村座も歩いてすぐ、猿若町《さるわかまち》と名付けられた同じ町内に三座がひしめき合っている。

吹き荒れた倹約、風俗取り締まりの嵐は、水野忠邦が老中を罷免《ひめん》されたのを境に次第に収まり、寄席も芝居も元のような活気を取り戻しつつある。

新七は、無事立作者になり、嫁をもらい、子にも恵まれた。家業を畳んでしばらくは、口もきいてくれなかった母も、穏やかな顔で孫を抱いてから、あの世へ旅立った。

傍目《はため》にはきっと、何の不自由もなく見えているだろう。

——この前は天竺徳兵衛《てんじくとくべえ》、その前は忠臣蔵《ちゅうしんぐら》、その前は……菅原《すがわら》だったか、それとも……。

新七はため息を吐いた。

——どれもお馴染《なじ》みの焼き直しばかりだ。

立作者になったばかりの頃、自分で新しい筋を立てて、座元の権之助に何度か談合に行ったが、どれもこれも、突き返されてしまった。

「無理に新しい狂言を出すこたぁない。客が入らなかったらどうする。お馴染みで良いんだ」

権之助は渋い顔をした。

「当分は手堅く行ってもらわないと困る。うちは今大変なんだから」

海老蔵の追放と浅草への移転で、河原崎座は多額の借金を負ってしまった。

「絶対に大入りにできるっていう自信があって、おまえさんが金を出してでもって言うなら、話は別だがな」

そう言われてしまうと、一言もなかった。

権之助の「当分」は結局今でも続いていて、馴染みのある狂言を、出る役者の顔ぶれに合わせて作り替えるだけの日々が続いていた。新しい筋を立ててみようという気力さえ、どうかすると失いがちである。

妻のお琴《こと》の「いってらっしゃい」に送られて、その日はいつもより早く、家を出た。

「お若いの。渋い顔じゃの」

嗄《しわが》れた声のした方を見ると、見慣れた小屋から白髪頭が覗いていた。客が入っているのをほとんど見たことがなく、これでどうして生計が立っているのかと思う、八卦見《はっけみ》だ。

「ちと見て進ぜよう」

常ならば断るところだが、その日はなんとなく、暇つぶしにでも見てもらうかという気になり、声のする方へ歩みを進めた。

「お若いの、どれ、なかなか、頑固な顔をしておるの」

お若いのと言われて苦笑いが浮かぶ。新七ももう三十路《みそじ》をいくつか越えてしまった。

「ほう、おまえさま、六十を超えるととんでもなく運が開ける」

――六十って。まだ二十年以上あるぞ。

こちらの胸中を見透かしたのか、八卦見は皺《しわ》がちの口元に笑みを浮かべた。

「がっかりしなさんな。それまでに、おまえさんはたくさん功徳《くどく》を積む。自分より、人を生かす相だ。腐らずにおやんなさい」

そう言うと、老人は手を出した。

――自分から声をかけてきたくせに、銭はしっかりとるんだな。

言い値で払うと、新七は辻駕籠《つじかご》を拾った。

「亀戸《かめいど》まで行ってくれ」

立作者になると、入門してきた者の面倒を見なければならない。細々《こまごま》とした仕事を教えるのは狂言方たちに任せればいいが、そうはいかないこともある。特に身上に関わることは、師である自分が出て行くよりしょうがない。

――人を生かす、か。さあて、どうだか。

駕籠を降りて歩いて行くと、弟子の能晋輔《のうしんすけ》が裏長屋の入り口で立っていた。

――ここか。

晋輔は元は時宗《じしゅう》の僧だったのだが、無類の本好き、芸事好きが高じて病膏肓《やまいこうこう》に入《い》るほどになったのと、さらに常磐津《ときわず》の女師匠との色恋沙汰《いろこいざた》が露見したのとで、破門された身だった。

そうした危うい来し方も含めて、作者の素養がありそうだと入門を認めたのだが、色恋の方に二幕目が開いてしまい、女師匠の家に躍り込んで刃傷《にんじょう》に及ぼうとした晋輔が、番屋へ連れて行かれるというあまり出来の良くない切れ場になってしまった。

幸い、薄手《うすで》さえ負わせることなく捕まったため、「屹度お叱り《きっと》」で放免されたのだが、新七としては今後のために、身元の引受人をしっかり立てさせておくことにしたのだ。

「ごめんなさいよ。仏師の重兵衛《じゅうべえ》親方はこちらで」

「おう。締まりなんぞしちゃいねぇから、てめぇで開けて入ってくれ」

野太い声がした。蚊遣《かや》りの煙が目に染みる。

――おっと。

新七は思わず声を上げそうになった。

顔の上半分ほどを金に塗られた阿弥陀《あみだ》仏、背負っているはずの炎と別々に置かれた不動明王《ふどうみょうおう》、頭だけの地蔵、顔がまだ彫られていない閻魔《えんま》……そんなものが押し合いへし合い、みっしり並ぶ中に、肌脱ぎになった男の凛《りん》と張った半身が黒光って見えている。

「日輪寺《にちりんじ》の破戒坊主が芝居に入ったっていうから、そいつぁ性《しょう》に合いそうな所をよく見つけたって思ってたんだが。女に刃物を向けるなんざ、しょうがねぇやつだ。昔の誼《よしみ》で判は押しといてやるが、厄介《やっかい》かけねぇでくれよ」

晋輔が僧侶だった頃からの知己だという重兵衛は、憎まれ口をたたきつつも、快く請け人の判を押してくれた。

――まるで閻魔の裁きみたいだ。

頭《こうべ》を垂れながら証紙を押し頂く晋輔の姿に、新七は狭い裏長屋で冥界《めいかい》を見た思いだった。

「師匠、成田屋の大旦那は、やっぱりお許しが出ませんかねぇ」

自分の身が保証されてほっとしたのか、晋輔が帰りの道中でそんな言葉を漏らした。

「そうだなぁ……」

「なんだか、若旦那が痛々しくて」

晋輔の言いたいことはよく分かる。

父海老蔵が追放されてからの、團十郎の精進《しょうじん》ぶりは、誰もが認めるところだ。

それは芸の上だけに留まらなかった。母親のすみを始め、残された弟妹から父の弟子たちに至るまで、一族一門に関わるすべての者の暮らしに心を配り、さらに、地方を転々とする父への仕送りも欠かさない。もとより信仰する成田山への崇敬ぶりもますます厚い。

そうした暮らしぶりが殊勝だというので、弘化《こうか》二（一八四五）年の夏にはお上から「孝子表彰」を受け、金子《きんす》十貫文の褒美をもらった。

「おれが狂言で書くなら、〝この十貫文の代わりに父のご赦免《しゃめん》を〟とでも台詞を入れたかったところだが、本物の奉行相手に、なかなかそうも言えまいし」

同じように思った者は多かったようで、海老蔵赦免を期待する声は一層高まったが、残念ながら表彰から四年経った今も、海老蔵は江戸へ帰れぬままである。

……望みはなんだ。

朗々とした海老蔵の声が耳に蘇《よみがえ》る。

「作者の名でも客が来るような」――そんな狂言を書ける日は、当分来る気がしない。

それでも、海老蔵が帰ってきてくれたら、少しは何かが変わるんじゃないか。

おればかりあてにするな、手前《てめえ》でどうにかしろ――そんな威勢の良い叱声《しっせい》が聞けたら、どんなに良いだろう。

――帰ってきておくんなさい。江戸へ。

それが今の、新七の望みだった。

その年も暮れた。

新作が書きたいという望みの方はいっこうに叶《かな》う気配はなかったが、海老蔵に帰ってきて欲しいという望みの方は、孝子團十郎の徳の賜《たまもの》か、めでたく叶った。先代の公方《くぼう》さまの七回忌の恩赦とかで、ついに赦免の沙汰が出たのだ。

嘉永《かえい》三（一八五〇）年三月、河原崎座は海老蔵の「御土産《おみやげ》狂言」と銘打って、興行を打つことになった。演目は、追放の咎めを受けた時に演じていた〈景清〉である。

「しまった。こんなことなら若旦那を中村座へ譲るんじゃなかった。親子共演なら、なおのこと大入りが見込めるものを」

團十郎が今年から中村座へと席を移すことになっていたのを、権之助はしきりに悔しがった。

「芳さん、もとい、河竹の師匠。こたびはよろしく頼む。何しろ、おれはここ、初御目見得《おめみえ》だから」

一方、当の海老蔵は、河原崎座の移転や新七の昇進をこんな言い方で受け止めて、早速仕組みの相談に訪れた。

「師匠、何か良い工夫はあるかい？」

「旦那、どうでしょう。この通りにやってみるってのは」

「ほう、これは……。こりゃあ良いな」

海老蔵は目を輝かせた。

新七が見せたのは、歌川豊国《うたがわとよくに》の描いた錦絵である。「岩戸神楽乃起顕《いわとかぐらのはじまり》」と題された三枚続きの錦絵には、岩戸から海老蔵演じる景清が姿を見せ、それまで暗闇だった世界に光が満ちあふれる様子が描かれていた。牢を破って外へ出る景清と、岩戸から出てくる天照大神《あまてらすおおみかみ》とが重ねられ、〝暗闇の江戸に海老蔵が戻ってきた〃と熱狂する芝居の空気を表したものだ。

「しかし、だいじょうぶかな、本当に、〈景清〉で……」

海老蔵の大きな目がふっと足下に落ちた。以前には見たことのない、不安げに泳ぐまなざしだ。

――そうか。

考えてみれば当然だ。押しも押されもせぬ江戸の大看板《おおかんばん》、一番上の飾り海老の座からいきなりたたき落とされ、八年もの間、足を踏み入れることも許されぬ日を送ったのだ。

――ご苦労なさったんだろうな。

なればなおのこと、神の再生した岩戸から出て、新しい力をその身に漲らせてもらいたい。

「旦那。今度の狂言は、言わば旦那の二度目の〃お誕生〃です。そう思って仕組ませてもらいやす」

「お誕生？　……そうか」

海老蔵はなんともいえぬ照れくさそうな笑みを浮かべると、錦絵を見ながら深くうなずいた。

〃江戸の芝居に夜明けが来た〃客はみんなそう感じるはずだ――新七の狙いはあたり、八年ぶりの海老蔵の姿は客を魅了し、何日も大入りが続いた。

――今なら。

「親方。旦那。新しい狂言の筋を拵えてみたんですが、見てもらえませんか」

新七は満《まん》を持《じ》して、ここしばらく練ってきた新作の筋を、権之助と海老蔵のところへ持って行った。

「……面白そう、だな」

海老蔵はそう言うと、権之助の方を探るように見た。

「ふむ……まあ、預かっとこう」

常ならば読みもせず突っ返してくる権之助が、海老蔵の反応を見て「預かる」と言った。あえて、二人がいっしょにいる時を狙って持ってきたのは、やはり正しかったようだ。

しかし、期待とは裏腹に、新七に命じられるのは、相変わらずお馴染みの補綴《ほてい》ばかりだった。粂寺《くめでら》弾正《だんじょう》、岩藤《いわふじ》、鬼一法眼《きいちほうがん》、不破伴左衛門《ふわばんざえもん》……もちろんどの役でも海老蔵は見事にはまり、芝居としては見応えがあったが、それだけに、作者が芸を見せうるところは少なかった。

――おれの筋は塩漬け、いや、お蔵入りか。

そのうちこちらの身が腐ってしまいそうだ。

嘉永四年八月、河原崎座は若太夫こと、長十郎《ちょうじゅうろう》――海老蔵の五男で権之助の養子――が〈六歌仙《ろっかせん》〉を踊るというので、話題になっていた。実父も養父も、尋常でない熱の入れようである。

ところが、初日が開いてしばらくすると、河原崎座のある三丁目ではなく、一丁目へばかり、人がどんどんと流れていく。

――なぜだ。中村座、何をやっている。

今月は〝木綿《もめん》芝居〟だ、何の花もなくて見込み薄だと、確か向こうの狂言方の一人がこぼしていたのに。

「小團次、いいぞ、浅倉当吾《あさくらとうご》」

「役者も良いが、話も新しくて良い。哀れで気の毒なんだが……、それでもなんだか心持ちがすっきりすらぁ」

「作者は瀬川如皐だってさ。やるじゃないか」

三座が近くにあると、客たちの反応もすぐに伝わる。この八月は、中村座の〈東山桜荘子《ひがしやまさくらぞうし》〉が、芝居好きの話題をさらっていた。

――小團次と如皐。

市川小團次は四年ほど前に上方から下ってきた役者で、海老蔵の弟子の一人である。河原崎座にも出たことがあって、新七も何度か同席した覚えがあるが、背は低く、お世辞にも男前とは言えぬ鬼《おに》瓦《がわら》のような風采《ふうさい》で、芝居も泥臭い印象だった。

一方の如皐。新七が辞退した三代目を継いだのは、同じ南北一門の弟弟子、藤本吉兵衛《ふじもときちべえ》だ。〈東山桜荘子〉は月が変わっても大入りが続き、ようよう時間のできた新七も見に行くことにした。

——こんな……こんなのを芝居にするなんて。

中村座の切り落しにそっと身を沈めながら、新七は悔しさに打ちのめされていた。

小團次演じる主役の浅倉当吾が、講釈で有名な佐倉宗吾《さくらそうご》であることはすぐ分かった。領主の圧政に苦しむ百姓のために、将軍へ直訴《じきそ》に及ぶ。おかげで村は救われるが、その代わり宗吾は家族ともども磔《はりつけ》になって死に、怨霊となって領主一族に仇《あだ》を為す。

「浮かぶ背もなき修羅道の、苦患《くげん》もやがて報《むく》わでおこうか」

台詞とともに消えた当吾の怨霊が、ふたたび襖《ふすま》に朧《おぼろ》な影を写すと、やがて舞台にいる役者全部の面相が一斉に変わり、大きな陰火《いんか》が青く燃えた。

「はて、執念深い有様《ありさま》じゃなァ」

柝《き》の音と客席のどよめきを耳に残しながら、新七は中村座をあとにした。

豪華な衣装も、女客を喜ばせる色男も、粋な廓《くるわ》のさざめきも、何にもない芝居。だが、小團次の演じる当吾の強い使命感、深い悲壮感、挙げ句の果ての執念《しゅうね》い恨み、孫子《まご》の代まで及ぶであろう復讐を予感させる幕切れは、客の肝《きも》を素手で摑みに行くような凄みに満ちていた。

——新しかった、面白かった、見事だった……。

そして何より、悔しい。これが自分の作だったなら、どんなに誇らしいだろう。

——もう、だめだ。あいつに先を越されるなんて。

作者部屋で席を並べていた頃は、自分の方がずっと重宝がられていたのに。知識も気働きも上だと、密《ひそ》かに見下していた相手なのに。

どこをどう歩いたか、ふと気づくと、新七は両国橋《りょうごくばし》に立っていた。

——もういい。どうせおれに、良い目なんて回ってこない。

いっそ飛び込んでしまえと水面《みなも》に目を落とした時、どんと突き当たって来た者があった。

「ぼうっと突っ立ってんじゃねえ。邪魔だ」

地面に突き転がされ、口汚く罵られて我に返り、はっと懐に手を入れると、財布が無くなっていた。

「あの野郎！」

相手の姿はもう、人混みに紛れて見えない。新七は膝の泥を払い、猛然と立ち上がった。

「おいおい、大丈夫かい？　気の毒だが、追っかけたって無駄だと思うよ」

誰かがそう声を掛けてくれたようだが、新七にはまるで聞こえていなかった。

——弱気になってる場合じゃねぇ。

諦めるな。先は長いんだ。まだこれからだ。

——行くんだ。旦那のところへ。

新七は、その足でそのまま走り出した。

海老蔵の今の住まいは、猿若町の一丁目だ。まずそこを訪ねたが、姿はなかった。

——あっち、いや、向こうかな。

何人かいる妾のところを順繰りに回ってもなかなか居所は摑めず、途方に暮れて自分の家の側まで戻ってきたところで、「河竹の」と声を掛けられた。

「旦那……。わざわざ、手前を訪ねて？」

「おう。どうも、すれ違いばっかりだったようだな……どうだ、観音さまにお参りするか」

こんな時の海老蔵は、商家の隠居が被《かぶ》るような頭巾《ずきん》を戴《いただ》き、わざと猫背気味に歩を進める。見事なやつしぶりに、誰も正体に気づく者はない。

「前に見せてくれた筋な。あれはあれで悪くない。だが、もう一工夫してみないか」

「もう一工夫、ですか」

「中村座の評判は知ってる。ずいぶん、台本が小團次のニンに合ったようだな」

弟子の大当たり、やはり気に掛かっていたらしい。

「……まさか、おれがお百姓を演じても様《さま》にならないだろうが……どうだ、何か、良い工夫がないか。世間があっと言うような」

世間があっと言うような。言うは易《やす》し、行《おこな》うは難《かた》しだ。

「良い台本が書けたら、座元はおれが説得する。師匠はともかく、最後の一滴まで智恵を絞ってくれ」

本堂でお賽銭をあげて手を合わせると、海老蔵はそう言い置いて、猫背のまま去って行った。

――一工夫、一工夫……。

毎日考え込む新七が、権之助に呼び出されたのは、十月のことだった。

「顔見世に、おまえさんの書く新しいのをなにかやりたいって、成田屋が言ってきた」

また、だめだって言われるのか。

「旦那があそこまで言うんじゃしょうがない。幸い上方から葉村屋《はむらや》が来る。お得意の道風《とうふう》や山姥《やまんば》を出して、それと並べてってことなら、まあ試しに新しいのをちょっとだけやってもいい」

葉村屋。上方の大看板、嵐璃寛《あらしりかん》だ。璃寛が演じるお馴染みの小野《おの》道風や荻野八重桐《おぎのやえきり》を客入りの約束手形にした上で、「ちょっとだけ」新作をやる隙を与えてやろうということらしい。

新七は、本来なら立作者が書くべき時代物については璃寛を主役にして次席以下に任せ、自分は海老蔵を主役にした世話物の新作に専念することにした。

――今の旦那の、一番の持ち味はなんだ。

築き上げた人気、華。一転して、地獄に落とされた苦労の八年……。

――そうか。閻魔大王だ。

いつか見た、重兵衛の太い腕。無造作に置かれた作りかけの仏像たち。この世とあの世がごちゃっといっしょになった、狭い部屋。

裏長屋で地続きになる、地獄と極楽。「実《じつ》ハ」でつながる、世話と時代……。

新七は一心に筆を走らせた。

四　児雷也　じらいや

嘉永四年十一月十三日から始まった、新七の〈升鯉瀧白旗《のぼりごいたきのしらはた》〉は、海老蔵が「仏師閻魔小兵衛《ぶっしえんまこへえ》、実ハ平家の落人《おちゅうど》平 盛次《たいらのもりつぐ》」を演じて評判を取った。仏像のひしめき合う裏長屋で起きる禍福《かふく》の糾《あざな》い、その只中《ただなか》で身分、心情の裏表に揺れる小兵衛の姿は、まさに「今の」海老蔵ならではだった。

「集古堂《しゅうこどう》が誉めてたぞ、今回は作者のお手柄だって」

うるさ方の見巧者《みごうしゃ》、博学の物書きとしても知られる、芥子《からし》屋の主人、集古堂の石塚豊芥子《いしづかほうかいし》こと、鎌《かま》倉《くら》屋重兵衛《やじゅうべえ》がそう言っていたと伝え聞いて、新七はしてやったりの思いだったが、座元の権之助はそれでも「あんまり調子に乗るなよ」と釘を刺してくるのを忘れなかった。

——この座組《ざぐみ》なら、必ず。

十一月からの河原崎座、これから一年の新しい座組には、海老蔵とその息子たちがほぼ勢揃いしていた。團十郎は今や海老蔵をしのぐ人気者。さらに権之助の養子になっている長十郎も何かと期待される存在だ。加えて女方《おんながた》の方も、嵐璃寛に岩井粂三郎《くめさぶろう》と手厚い。

この顔ぶれなら何か、新奇で客の目も耳も奪うような新しいものができると思うのだが……。

年が改まると、新七はいくつか書いた筋を権之助に見せたが、「預かっとく」と言われるばかりで、いっこうに「じゃあそれで」とはならなかった。

和田合戦、妹背山《いもせやま》、熊谷《くまがい》、伊勢音頭……相変わらず新七の仕事は「お馴染み」の補綴だった。

……六十を越えると。

いつぞやの八卦見の声が蘇る。

——冗談じゃねぇ。そんなに待っていられるか。

苛立《いらだ》ちを押し隠して作者部屋に行くと、晋輔がびくっと背を震わせ、何かをそっと懐に隠すのが見えた。

「おい、何を隠したんだ」

素養は抜群の晋輔だが、本好きが災いして、読みたいものがあると仕事そっちのけになるのが悪い癖だ。度々《たびたび》叱責《しっせき》しているのだが、相変わらずである。

「見せてみろ」

平身低頭しながら晋輔が出して見せたのは、絵双紙《えぞうし》だった。

「なんだ、柳下亭《りゅうかてい》の『児雷也《じらいや》』じゃないか」

怪盗児雷也が主役の『児雷也豪傑譚』は、十年ほど前から開板されている、人気の絵双紙だ。もともとの作者は美図垣笑顔《みずがきえがお》だが、笑顔が死んだ後、絵師でもある一筆庵こと渓斎英泉《けいさいえいせん》が書き継いだ。嘉永元年に英泉が死ぬと、今度は柳下亭種員《たねかず》が作者を継いだのだが、この種員は本名を坂本新七と言い、新七が名前を今の河竹新七に改めて以来、「これも何かの縁だ」というので、付き合いのある間柄だった。

――そうか、これなら。

主役の美男子児雷也こと尾形弘行《おがたひろゆき》は、実は團十郎を当てて書いているのだと柳下亭から聞いたことがある。ならば、児雷也に妖術を伝授する仙素道人《せんそどうじん》を海老蔵に、相手役の女方は粂三郎に、そうして、宿敵大蛇丸《おろちまる》を璃寛に――。

あっという間に、新七の頭の中で狂言の配役が仕立てられた。

「親方、どうでしょう。これなら、芝居の方では馴染みがなくても、絵双紙の方では知られています。うちの今の座組にもぴったりです」

「絵双紙の妖術変化《へんげ》か……」

早速簡単な筋を書いて持って行くと、権之助はうーんと腕組みをした。

「市村座の〈八犬伝《はっけんでん》〉も入ってたでしょう」

正月には、曲亭馬琴《きょくていばきん》の読本『南総里見八犬伝《なんそうさとみはっけんでん》』を市村座が狂言にして、かなりの大入りだった。

「分かった。やってみな」

新七は早速台本に取りかかった。絵双紙が元だから、自分の新作というわけではないが、お馴染みの補綴よりは、腕の見せ所がある。

「児雷也の蝦蟇《がま》、綱手《つなで》の蛞蝓《なめくじ》、大蛇丸の大蛇。これは大道具にかなり凝らないと、子どもだましになっちまいますね」

きっかけを作った晋輔はそう言いながら楽しそうだ。

「まあそこは、長谷勘《はせかん》と相談だ。腕を振るってもらおう」

七月に入り、初日を開ける算段をしながら、新七は気に掛かっていることがあった。

「若旦那。あの、旦那はまだ」

「済まない。もう戻る頃なんだが」

仙素道人を演じるはずの海老蔵が、旅に出たっきり、戻ってこない。やむを得ず、当分の間、稽古は、九蔵に代役を努めてもらった。

しかし、十五日を過ぎても、海老蔵が姿を見せる気配はなかった。

「しょうがない。九蔵さんの仙素道人で、初日を開けよう」

十九日に初日が開くと、團十郎目当ての女客が毎日束になって押し寄せた。児雷也は「光源氏《ひかるげんじ》のようなイイ男」となっていたが、今の團十郎の風情はまさにその通りだった。

「なるほど。さすがに作者が若旦那に当てて作ったというだけはあるな。お手柄だ」

権之助のそんな褒《ほ》め言葉を、新七はいくらか複雑な思いで聞いた。

作者。こたびの場合、それは自分ではなく、絵双紙の作者の方だろう。

無理に自分で筋を立てなくても、いくつものお馴染みの狂言、役者たちの当たり役さえあれば、芝居小屋は十分回っていく。

――作者の名でも、客が呼べるような……

身の程知らずの高望み、儚《はかな》く叶わぬ夢なのだろうか。〈閻魔小兵衛〉でいくらか得たと思った手応えが、すり抜けて遠ざかっていくようだ。

大入りに湧く楽屋で一人、物思いにとりつかれていると、團十郎の付き人の一人が、「師匠、あの」と話しかけてきた。

「若旦那、ちょっと様子がおかしいんです」

「どういうことだ」

「なんていうか、その……うまく言えないんですが、この世のものではないっていうか」

「おいおい、物騒なこと言うもんじゃない」

「すみません、ただなんだか、心配で」

「体の具合が悪いわけじゃないんだろ？　去年患《わずら》ったのは、もう大丈夫だって」

去年の五月、團十郎は市村座出演中に倒れ、一時は亡くなったとの流言も飛び、河原崎座の芝居まで止まるほどの一大事だったが、秋になると、復帰の口上を狂言の中に入れ込むほどの快復ぶりだった。

「ええ。ただ、あの時もなんですが、なんていうか、具合が悪いどころか、むしろ声も体も抜群に良い出来なのに、急に様子が変わるんで……」

どうも要領を得ない。ともかく、何か異変があれば知らせてくれとしか言いようがなかった。

「済まなかった。いろいろあってな」

そう言って海老蔵が姿を見せたのは、もう八月も二十日を過ぎた頃だった。

二十六日から、海老蔵が九蔵に代わって仙素道人を勤めた。ただ、既に毎日大入りの続くこの狂言では、二人の交替が客の数にも反応にも、良くも悪くもさほど響かなかったことが、新七に一抹《いちまつ》の寂しさをもたらした。

――もうすっかり、若旦那の天下か。

ご赦免で戻ってきた時、海老蔵は確か、来年は本卦還《ほんけ》りで六十一になると言っていた。おそらく一番脂ののる、技も肚も十分の五十代を、この人が江戸で暮らせなかったことは、本当に惜しまれる。

新七が当初目論《もくろ》んでいた配役になって六日目の、大入り満員の九月一日——。

「降参なぞとは何の戯言《たわごと》、一旦思い立ったる大望……」

幕切れ、後日の一戦を期して、児雷也と他の面々が対決姿勢を見せつつ、どんじゃんと鳴り物が響く中、おのおのが引っ張りの見得で決まり、幕が引かれた。

——今日はいつにもまして見事だな。

その日の團十郎の美しさ、凜々《りり》しさは水際立っていた。桟敷の着飾った女たちの目が蕩《とろ》けて落ちそうである。

「おい！」

児雷也が見得の形のまま、仰向けに倒れた。

舞台にいる者たちが一斉に児雷也の方へ駆け寄った。幕の向こうにはまだ、客たちの喧噪《けんそう》が鳴り響いている。

「まずい。口から泡が吹いてる。白目を剝《む》いたまま、返事がないぞ」

力なく横たわる團十郎を抱きかかえ、海老蔵がしきりに「しっかりしろ、しっかりしろ」と声をかけ続けている。

——そんな。さっきまで、この世のものとも思えぬ動きを。

新七はそう思いかけて、はっとした。

「ともかく、楽屋へ運べ。それから、誰か医者を。客に気づかれねぇように」

駆けつけてきた医者は「極度の気上《のぼ》せと、疲れだろう。まずは静かに寝かせるように」と言って、薬を置いて帰っていった。

「どうする？　閉めるのはもったいなかろう……」

権之助が思案顔で新七に寄ってきた。

「代役で回せないか」

「しかし、他の役者でできますか」

團十郎あっての芝居であることは、誰が見ても明らかだろうに。

「できるように、どうにかしてくれ」

——どうにかって。

「頼む。これだけいるんだ。何とかなるだろう」

無理だと言えないのが、作者の悲しさだ。

「分かりました。では……」

同じ場に多く出て、兄の芝居を目の当たりにしていた弟の高麗蔵《こまぞう》にさせるのが順当だろうと一通りさらわせて見たものの、なにしろ児雷也はすべて團十郎の充実した技と体をあてにして仕組まれた役なので、高麗蔵では形にならぬところも多く、幕が進めば進むほど粗《あら》が目立つばかり、正直見るに堪《た》えない。

——いやだな、こりゃあ。どうする。

そう思った時、体の芯までざわっと触るような、薄ら寒い隙間風が吹き込み、悪寒《おかん》がした。新七は思わず狂言方を叱りつけた。

「おい、誰か、ちゃんと戸を閉めろ」

「すいやせん」

小走りに去って行く狂言方と入れ替わりに、新七に近づいてきた人影があった。

「河竹の。三幕からはおれが代わろう。おれの代わりは九蔵がすっかりできるんだし」

海老蔵だった。

――そりゃあ、高麗蔵さんがやるよりずっと良い。ただ。

新七の迷いを見透かしたように、海老蔵が目尻に涙を滲《にじ》ませながら、にやっと笑った。

「とはいえ、さすがに〈鹿六宅《しかろく》の場〉は無理だ。あそこを抜きで話が通るように、何とかならないか」

〈鹿六宅の場〉での児雷也には、上方の和事《わごと》風、優男《やさおとこ》のはんなりした芝居が求められる。

本来成田屋の芸風にはないのを、当代の團十郎が精進して身につけた台詞回しや仕草が見せ所で、いくら海老蔵でもあの場は難しそうだと新七は思ったのだが、そのあたりはさすが、自らのニンを悟っての指示だった。

「分かりました。ちょっと抜き差ししましょう」

「ありがたい。それから、狂言方はしっかり頼むぞ」

海老蔵はそう言うと新七に目配せをした。その昔、〈勧進帳〉で無本の黒衣をつとめた折のことが蘇ってきた。

――ようし、これでなんとか明日も開けよう。

しかし、新七と海老蔵の思いも空しく、客の反応は冷ややかだった。

代役と分かると客足が目に見えて落ちた。高麗蔵はともかく、海老蔵の児雷也は、貫禄があって立派で、新七には十分魅力的に映ったが、それでも今の團十郎と比べられては、残念ながら太刀打ちできなかった。

一旦落ちた客足は容易に戻らない。九月の九日になると、小康を得た團十郎が再び児雷也をつとめたが、病み上がりの陰が芝居の端々に滲んで痛々しく、ほどなくして〈児雷也豪傑譚話〉は打ち切りとなった。

〈児雷也〉で、何か思うところがあったのだろうか。

海老蔵は九月になると〝一世一代〟──もう二度とこの役はやらぬという意味だ──と銘打って〈勧進帳〉を出した。富樫は團十郎、義経は猿蔵《えんぞう》、他も成田屋一門で固めたこの狂言が好評のうちに打ち止めになった十月、海老蔵はお上からの沙汰ではなく、今度は自らの意志で、江戸を離れていった。

「江戸にいると借金が嵩《かさ》むばかりだろうからなぁ」

「正福院《しょうふくいん》さんだけでも、二百両からの借りがあるらしいぞ」──猿若町界隈では、誰言うともなく、海老蔵の上方行きはそんなふうに取り沙汰された。

──借金か。

追放の沙汰を受ける前、海老蔵の給金は一年に千両と言われた。若い頃の新七は、なるほど、だからこんなに暮らしが豪勢なのだと思っていたのだが、今思えば、実情がそうではないことはよく分かる。給金が千両、いや二千両あったところで、一度の芝居で使うだけの甲冑に六百両もかけていては、ひとたまりもない。

しかし、江戸で〝海老蔵〟や〝團十郎〟の名を背負う者が、舞台でも暮らしでも、ちらっとでも物惜しみする様が見えては、芝居の夢は壊れてしまう──少なくとも、海老蔵は自らをそういう存在と任じているのだ。

地方へ行けば、道具も暮らしも、土地土地のご贔屓の丸抱えでどうにかなる。海老蔵が来たと言えばそれだけで喜ぶ、江戸の口うるさいすれっからしの見巧者とは違う、鷹揚な田舎のお大尽《だいじん》は多い。

若い頃の海老蔵は艶福家《えんぷくか》でもあって、今や一門は子だくさんの大所帯だ。江戸の芝居の先陣は團十郎に任せて、自分は地方で稼ぎ、殿《しんがり》をつとめようというのだろう。

――達者で、また江戸へ戻ってきてくださいよ。

新七は西の方へ向かい、胸の内で呟いた。


海老蔵が江戸を離れて、二年が経った。

今の河原崎座の芯は成田屋ではなく、璃寛と小團次である。

市村座へ移った團十郎が、上方から下ってきた大看板、中村富十郎《なかむらとみじゅうろう》と何かと折り合いが悪く、同じ舞台に出るのを嫌った挙げ句、海老蔵のいる名古屋を目指して旅に出てしまったと聞いて、新七は心配していたが、自分は自分で、他人様のことを気にしているゆとりのない日々が続いていた。

――難しい御仁《ごじん》だからなぁ。機嫌を損ねないようにしないと。

この八月、ついに新七は始めから終わりまで、すべての筋を自分で新しく立てることが許された。渋る座元を説き伏せてくれた、何よりの恩人は、小團次である。

しかし、この小團次、とても一筋縄ではいかないくせ者だった。

――三月はえらい目に遭わされた。

思い出しても肝が煮えそうだ。

この八月の新作〈吾孺下五十三驛《あずまくだりごじゅうさんつぎ》〉についても、小團次の要求はなかなかしつこく、幾度となく「これではやれない」と突き返されたが、幸い、八日に無事に初日を迎えられた。

今のところ客の入りも良いし、うるさい見巧者たちの評判も悪くない。芝居の筋をそのまま、草双紙に仕立てて売り出そうという景気の良い話も持ち上がっている。

前には、草双紙の力を借りて筋を立てていたのが、今度は自分の筋で立てた狂言が草双紙になるというのだから、新七にしてみれば、ようやく己の作者の芸が少しは認められたような気がする。

「師匠、ちょっと来てくれ」

小團次の機嫌も良く、明日には十日目を迎えられようという、十六日の夜のことだった。新七は座元の権之助に呼び出された。

——今度は何だ。

十日目にもなって、まだ書き直せとか言うんじゃないぞ。

「えらいことになった。今、大坂から知らせが」

「大坂から？」

「若旦那が、團十郎が死んだって言うんだ」

「え、なんですって。大旦那の間違いじゃないんですか」

海老蔵が旅先で病に、というのは、かねて新七も心配していたことだ。

「いや、違うんだ。若旦那が、八代目が自殺したって言うんだ。大坂の旅籠《はたご》で、喉を突いて」

そんな。

なぜ。

第二章

小團次

「天日坊法策　市川小團次米升」豊国画（部分：国会図書館蔵）

八代目（市川團十郎）の自殺について、父さんはどう言ってたかって？　さあ、私はまだその時五歳でしたからねぇ。なんだか、大人たちがばたばたしていたってことぐらいしか、覚えてないんですよ。

ええ、もちろん、その後も、人の口の端《は》に上ることはありましたよ、「八代目さえ生きていてくれたら」ってのは、芝居に関わる者ならみんな思ってたことでしょう。父も時々、筆が進みあぐねて、「八代目がいればもっと思い切った筋も立てられるんだが」なんて呟いていたこともありました。

高島屋（市川小團次）さんのこと？　父さんと一番仲が良かったのは小團次さんだろうって？　さあて、どうでしょう、「仲が良い」なんて言葉があてはまるかどうか……。

あの二人は、意地の突っ張り合いっこ、やじろべえの両端みたいなものだったんじゃないかしら。互いをどう思っていたかなんて、きっと誰にも分からない。でもやじろべえって、突っ張りあってないと倒れちゃうでしょ。

まわりの人はどう思っていたか分かりませんけど、あの二人、似たところがいっぱいあって。だからこそ、互いの良いところも、ヤなところも、ようく知っていたんじゃないですか。

一　忍の惣太　しのぶのそうだ

「いざ、介錯《かいしゃく》なせよ、大江廣元《おおえひろもと》」

「言うにや及ぶ」

幕が下り、「えい」とかけ声が飛ぶ。

閉じた幕内、すなわち客の眼《まなこ》の内で、小團次演じる天日坊《てんにちぼう》こと木曾《きそ》義仲《よしなか》のご落胤《らくいん》義高《よしたか》の首が落ちた、という体《てい》である。

嘉永七年十月二十日。河原崎座の〈吾孺下五十三驛〉はついに千秋楽を迎えた。初日が開いたのは八月四日だから、二月半ほども続いたことになる。座元の権之助は、大入りでさぞ喜んでいることだろう。もちろん作者としても鼻高々である。

――不思議な御仁だ。

骨太な悪党天日坊、貞淑な武家の奥方賤機《しずはた》、凜々しき若侍香川三作《かがわさんさく》、亡き飼い主の恨みを宿した化け猫……。一つの芝居の中で、老若男女異形異類に至るまで、美醜《びしゅう》様々の役をめまぐるしく演じて、これだけどの役にもはまる役者を、新七は小團次以外に思いつかない。

――素《す》が色男じゃないのが、良いんだろうが。

もちろん、それだけではない。台詞にせよ動きにせよ、傍らで見ている者がはらはらしてしまうほど、自分をいじめ抜くように執念く没頭する稽古が、本番での小團次を支えていることは、今更新七が言うまでもないことだ。

――難しい御仁だが。

小團次が執念いのは、自分の演技にだけではない。新七は今年の二月のことを改めて思い出した。

春の河原崎座は、権之助の意向で、文政《ぶんせい》の頃に四代目の中村歌右衛門《なかむらうたえもん》がやった〈忍の惣太〉――名題は〈桜　清水清玄《さくらさくらきよみずせいげん》〉という――をやることになり、新七はこの台本を今の河原崎座の顔ぶれに合うよう補綴し、名題を〈都鳥廓白浪《みやこどりながれのしらなみ》〉とした。

権之助に「師匠、ちょっと」と呼び止められたのは、最初の本読みが済んだあとのことだった。

「悪いんだが、旦那の所へ行ってきてくれないか」

――やっぱりか。

小團次の機嫌が明らかに悪いのは、新七も気がついていた。

「こっちは大枚払ってるんだ。気乗りのしないまま出てもらっちゃあ困る。何か存念があるなら聞き出して、工夫し直してくれ」

権之助に言われて家へ出向いた新七に、小團次は挨拶もそこそこ、仏頂面《ぶっちょうづら》でこう告げた。

「梅若《うめわか》殺し、ねぇ。歌右衛門さんならこれで良かったでしょうが」

いくらかやぶ睨み気味の小さな丸い目がじろりとこっちを睨む。成田屋の大きな睨みとはまるで趣の異なる不気味さだ。

「私はこの通り、男前でも口跡爽やかでもないんでね。なんの取り柄もない私の体にでも合うよう、もう少し仕組み直しておくんなさい。でないと、できませんよ」

そう言ったきり、小團次はぷいとそっぽを向いてしまった。その背に押し出されるようにして自分の家に帰ってきた新七は、改めて、小團次の言った「梅若殺しの場」を読み返した。

――何が気に入らないってんだ。

思案に暮れる様子の惣太。もとは歴とした武士だが、主家が取り潰され、今は浪々の身。加えて目に病を得て光を失っている。

――もしかして、ここが、イヤなのかな。

独り言の長台詞。込み入った身の上を、惣太のとわずがたりで客に聞かせるところだ。

主君であった吉田惟貞《よしだこれさだ》は謀反《むほん》の濡《ぬ》れ衣《ぎぬ》を着せられて亡くなってしまった。惣太の心にかかるのは惟貞の忘れ形見で、かつ今も謀反人の子として追っ手をかけられている若君二人だが、兄の松若丸《まつわかまる》は幼い頃に神隠しにあい、行き方知れずになったまま。

たまたま、吉原の遊女花子《はなこ》が松若丸にうり二つなのを見かけた惣太は、花子を身請けして若君の身代わりに使おうと思い立つ。が、それには百両の金が要る。

折も折、濡れ衣の元凶となった重宝「都鳥の印」が古道具屋で売りに出されているのを見つける。その値《あたい》、やはり百両。

——この後は、動きがあって良いんだが。

合わせて二百両もの大金の工面《くめん》に悩みつつ、通りがかった長命寺《ちょうめいじ》近くの堤で、癪《しゃく》に苦しむ童《わらわ》を助ける。と、品の良いその童の懐に、大金のあることに気づく。

惣太は童に向かって金の無心をするが、むろん断られて……。

大の男が子ども相手に必死にかき口説き、伏し拝んだかと思えば一転、強奪に及ぶ。しかも目が見えぬせいで、猿ぐつわをかけたつもりが首を絞めているのに気づかず、金ばかりか命まで奪ってしまうという筋書きである。

忠臣がその忠義ゆえに人を、しかもまだ頑是《がんぜ》無《な》い童を殺してしまう。心ならずも人殺しの原因となった目の病も、花子を得ようと吉原へ通ったせいで罹《かか》ったものだ。

善人が重罪を犯す、やるせなくも、のっぴきならぬ芝居。そんな一幕の始まりにどうしても必要な長台詞なのだが、確かに今のままでは、単調かもしれぬ。

——動きで魅せるお人だからな。

最初に演じた四代目の歌右衛門は一昨年に亡くなった。大柄で立派な風采で、「絵のように決まる」役者だったから、小團次とはずいぶん柄《がら》もニンも違う。

——台詞、掛け合いにしてみるか。由坊《よしぼう》だし。

童を演じる沢村由次郎《さわむらよしじろう》はまだ十歳だが、幸い利発で達者だ。台詞が増えてもつとまるだろう。

新七はようよう考えをまとめると、件《くだん》の長台詞を、童とのやりとりになるよう、書き換え始めた。

灯芯《とうしん》の燃える音だけがじりじりと鳴り続け、やがてしらじらと夜が明けた。

「出かけてくる」

「おまえさま、せめて朝餉《あさげ》を」

言われ、今更空腹に気づく。そういえば昨晩は夕餉《ゆうげ》も食べぬままだった。妻のお琴は、新七の様子を察して、膳を整えてくれたらしい。

かき込むようにして平らげると、小團次の家へ行った。

「おはようございます。開けておくんなさい」

早朝だったが、小團次はすぐに顔を見せた。来るのを予期していたのかもしれぬ。

「おう。読んでくれ」

小團次の目の底に滾《たぎ》る光に負けないよう、書き換えたところを懸命に読み上げた。

——どうだ。

小團次はまず黙ったまま、首を横に振った。

「前のよりはいくらか……。でも私の動きが見えて来ない」

新七は思わず拳《こぶし》を握り締めてしまった。突き出さなかったのは、辛うじてまだ残っていた分別のおかげだった。

「旦那。そう仰《おっしゃ》られちゃあもうこっちの手には負えません。どう書けばお気に召すのか、そっちから注文してください」

「おいおい、馬鹿を言うんじゃないよ」

顔の真ん中であぐらをかいたような鼻から、ふんと小さな息が吹き出された。

「そんなものがこっちにありゃあ、作者なんていらないじゃないか。どうぞ、上手に書いておくんなさい」

小團次はそう言い捨てると、さっさと立って行ってしまった。

猿若町から浅草寺まで、どう帰ってきたかも覚えていない。

――こうなりゃ、意地だ。

投げ出したら負けだ。両国橋から身を投げようとした、三年前のことを思い出す。

新七はもう一度、台本に向かった。

――どうしろって言うんだ。

小團次の動き。時に鞠《まり》のように弾《はず》み、花道と舞台を縦横無尽《じゅうおうむじん》に使って、やがて小屋全体を我が物にする役者。

「……賤《いや》しい農夫の身分のわしが、いくら願いのためとはいえ……」

脳裏に蘇ってきたのは、三年前に見た〈佐倉宗吾〉の一幕だ。直訴に及んだ自分の咎に妻を連座させまいと離縁状を書くものの、結局破って燃やし、どこまでも夫婦でと決意を固めるところである。

――そうか。やるせなさが倍になる。

宗吾には宗吾の、妻には妻の悲しみ。それが義太夫《ぎだゆう》に乗った台詞の掛け合いで、舞台の上に積み重なっていく。

今度の芝居、惣太に殺される童は、実は吉田家の次男、梅若丸である。梅若には惣太の素性が分からず、惣太の方では目が見えぬために、本来主人であるはずの若君と気づけない。梅若の方では、幼い自分に立て続けに理不尽な難儀が降りかかるのをどう受け止めて良いか分からない。

それぞれの悲痛なやるせなさ。互いが知り得ぬ事情が、客には伝わることで、それは層倍になっていくだろう。

――そうか、やっぱり義太夫だ。

単に台詞のやりとりにせず、すべてを三味線に乗せる。互いに知り得ぬ事情を、義太夫の語りが補う。

江戸生まれだが、上方でみっちり仕込まれている小團次は、絃《いと》に乗る――義太夫の三味線の響きと体の動きを合わせるのが得意だ。染みついたものと言っても良いだろう。

瀬川如皐と同じ手を使うのは悔しい気がしなくもないが、今は手段を選んでなぞいられない。

――如皐さんより面白くするんだ。

そう心に決めて、丸一日かけて直した――というより、まるっきり違うものになった台本を持って、その日の夕方、また小團次の家へ行った。気づけばこの二日の間に、三度もここに足を踏み入れている。

「……憂き世の中とは言いながら、今宵《こよい》につづまる金《かね》の切羽《せっぱ》、足手《あしで》ばかりに才覚なせど……」

読み上げながらふと目を遣ると、小團次の肩がこちらの台詞に合わせて右に左に揺れているのが見えた。

「師匠。おまえさん、本読みだけじゃなくて、義太夫もそこそこいけるんだな」

こんな紆余《うよ》曲折《きょくせつ》を経て、三月の芝居はようやく幕が開いたのだった。義太夫に乗せ、二人が交互に台詞を言う――というより、語り、唄い合う――演出は、新七の狙いどおり、殺し殺される二人のやるせなさが溶け合うような、凄惨《せいさん》なまでの陶酔《とうすい》を舞台にもたらし、大当たりとなった。

――あのおかげで今日があるんだが。

お馴染みばかりを出したがる座元の権之助がようやく、筋すべてを新七が書き下ろした〈吾孺下五十三驛〉を八月に選んでくれたのは、三月の大入りがあってこそのことだった。

とはいえ、小團次の台本への注文が事細かで、作者泣かせであることは変わらないどころか、いっそう度を増していた。

——作者冥利《みょうり》ってことにしておくか。

そうでも言わなければ、とてもつとまらない。やったという手応えと、次々に書いて書いて書いて、工夫を続けなければ幕の開かない重圧と。

「あの、師匠。旦那がお呼びです」

作者部屋で一人、千秋楽ならではの感慨にふけっていると、小團次の弟子が顔を見せた。

「お、すぐ行く」

楽屋へ行ってみると、扮装をすっかり解いて素に戻った小團次が手招きしていた。

「よう。こたびは、子どものお手柄が多かったな。良いことだ」

梅若を演じた由次郎が喝采を浴びたのはもちろんだが、大道具方を仕切る長谷川勘兵衛《はせがわかんべえ》の、八歳になる息子が工夫した蜘蛛《くも》の巣がよくできていたというので、小團次はわざわざ部屋へ呼んで誉めたりしていた。

——隅々までよく見ているお人だ。

「時に師匠。おまえさんは、八代目、どうして死んだと思う？」

「えっ、いや……」

大入りの八月も、團十郎死すの知らせからしばらくはさすがに芝居どころではなく、三日ほどは閉めざるを得なかった。

——なんで。

なんで今頃になってそんなことを聞くのか。

道頓堀に船乗り込みまで仕立てられ、熱く出迎えられたという大坂、中《なかの》芝居。その初日の朝、喉をついて死んでいたという。

遺書もなく、これといった理由も見当たらない團十郎の死には、江戸でも大坂でも、種々の憶測が飛んでいた。

「なんというか……もともと、この世の人とは思えぬところがおありでしたが」

——小團次はどう思っているのだろう。

胸の内の呟きが聞こえたかのように、小團次が口を開いた。

「殺されたんですよ」

「え……。誰に、なぜ」

「誰でもない。己にです。團十郎っていう名前に」

真意を測りかねていると、小團次がさらにぼそっと呟いた。

「おれは逆立ちしたって團十郎にも海老蔵にもなれやしないから、死ぬ気遣いはない」

独り言のような、ごく小さな声。でも確かに、そう聞こえた。

小團次は何事もなかったかのようにずずっと茶をすすると、弟子の一人に声を掛けた。

「おうい。さっきいただいた反物《たんもの》な。師匠の分もあっただろう。差し上げてくれ」

贔屓のお大尽、津藤《つとう》こと津国屋《つのくにや》藤次郎《とうじろう》からの手土産を抱えながら、新七は帰途に就いた。

小團次は、江戸へ来る前のことをあまり語りたがらない。

新七より四つほど年長で、市村座の火縄《ひなわ》売りの子に生まれ、魚市場の奉公人を経て、子ども芝居の役者に転じたというから、もしかしたらどこかで出会っていたのかも知れないが、幸か不幸か、覚えは無い。

長ずるにつれて、伊勢や名古屋、金沢などあちこちを渡り歩いていた頃、縁あって海老蔵の弟子の升蔵《ますぞう》の門下に入ったという。

その後、大坂の芝居に出ていたところを、江戸を追放されていた海老蔵に見込まれ、その口利きで江戸へやってきた。七年前のことだ。

海老蔵のことはむろん、親とも師とも、神とも仏とも思っている様子だが、一方で、その師への思いに、どこか暗い捻《ねじ》れた影を、新七は垣間《かいま》見ることがある。

作者という立場上、新七にはあれこれと辛辣《しんらつ》な言葉を浴びせることもあるが、小團次の日ごろの暮らしぶりはいたって物堅く、人当たりも決して悪くない。役者の中では真面目で、裏方での評判も良い方だ。

ただ一方で、不快の念をはっきり表に出す一面もあり、絶対に同じ舞台に上がらないと公言して憚《はばか》らぬ相手が何人かいるなど、なかなか激しい気質の持ち主でもある。

大坂にいた頃に楽屋の梯子段《はしごだん》から蹴落とされて以来、根に持っているという嵐璃珏《あらしりかく》や、今年上方から江戸に来ていきなり人気の出た片岡我童《かたおかがどう》らとの不仲は、芝居町界隈では夙《つと》に知られている。

とりわけ我童との不仲はひどく、中村座から河原崎座へ移ることになったのもそのせいらしい。我童の人気が出たのが、面差《おもざ》しが團十郎によく似ており、「團十郎の綿入れ」などとあだ名がついて以来だったのを、小團次が不快に思っているからだろうと邪推する人もいて、それは案外当たっているのではないかという気もしていた。

――海老蔵にも團十郎にもなれやしない、か。

海老蔵のように心楽しく付き合えるというのではないが、肚に一物《いちもつ》どころか、二物も三物も抱えていそうな、心底《しんてい》の見えにくい人柄に、新七は興味を惹《ひ》かれていた。その肚に響くような筋をこちらが拵えたら、もっととんでもない芝居ができるのではないか。

——先が楽しみだ。

小團次がいればきっと、もっと新作が書ける——そう思っていた新七だったが、次の年になると、また中村座へ戻っていってしまった。

「河竹の。どうだ、こっちへ移ってきちゃあ」

市村座の帳元《ちょうもと》（支配人）、中村翫左衛門《なかむらかんざえもん》から「内密で話がある」と言われたのは、安政《あんせい》二（一八五五）年の九月のことだった。

「そう、ですね……」

江戸三座、本櫓《ほんやぐら》と言い習わされているが、それは本来、勘三郎《かんざぶろう》の中村座、羽左衛門《うざえもん》の市村座、勘弥《かんや》の森田座《もりたざ》のことだ。

河原崎座は森田座が何らかの事情で興行できない時に限り代わって立つことのできる「控櫓《ひかえやぐら》」なのだが、実はこのところ、森田座が河原崎座に「権利を返せ」と訴えを起こして争いになっていた。

「新作、書かせていただけますか」

「いいでしょう。ただし、当たるものにしてくださいよ」

当たるもの。やる前から分かれば世話はない。

——これだからな。座元や帳元ってのは。

そう思いつつも、新七は移籍の話を承《う》ける気になっていた。

この五月、河原崎座は権之助の意向で〈児雷也〉を出した。亡くなった團十郎がやっていた主役を、実弟で権之助の養子である権十郎《ごんじゅうろう》にあてての仕組みだったが、これは無残に失敗だった。まだ十八歳の権十郎には、どうにも荷が重過ぎたようである。

――追い打ちをかけたみたいになっちまった。

表だっては誰も言わぬものの、團十郎の死には海老蔵に少なからず責めがある、つまり、「海老蔵から無理矢理大坂の芝居に引っ張り出されたせいで自殺した」と考える者は少なくない。律儀で生真面目で、人一倍潔癖だった團十郎が、江戸での約束を反故《ほご》にしてまで大坂に出るなど、決して本意ではあり得なかったはずと。

海老蔵があれからいっこうに江戸へ帰ってこないことも、芝居町界隈で密かに囁《ささや》かれるこうした噂に拍車《はくしゃ》をかけている。

二人をよく知る新七としては、それだけが理由ではなかろうと思うものの、海老蔵が江戸へ帰りにくい空気があることは痛感していた。

権十郎の〈児雷也〉の失敗は、團十郎の死の痛手の大きさを、江戸の芝居好きたちに改めて思い出させることになった。上方にいるとは言え、風の噂で耳に入ることもあろう。傷心《しょうしん》の海老蔵をいっそう鞭《むち》打《う》つ仕打ちになったのではなかろうか。

――成田屋は、しばらく鳴りを潜めていた方がいい。

折悪しく、海老蔵の四男猿蔵が大坂で病死したとの知らせまで届いた。

そんなこんなで、新七にとっては河原崎座での自分の行く末に、あまり望みが持てなくなっていたから、市村座へ、というのはありがたい話だった。

「師匠の腕にはこっちも期待してます。支度金に五十両差し上げましょう」

手付け五十両。作者の値としては、悪くない。

「分かりました。前向きに考えましょう。ただ」

新七はそう言ってちょっと間を置いた。

「何ですか。他に、何かお望みでも」

「ええ。ぜひ、一つ」

「何でしょう。できることなら、手配しましょう」

翫左衛門が身を乗り出した。

「高島屋をぜひ、連れてきてください」

「なるほど、そういうお望みですか」

しばし腕組みをしていた翫左衛門だったが、やがて「なんとかしましょう」とうなずいた。

これできっと何か新しいこと、大きなことができる――そう思っていた新七だったが、そんな矢先、芝居の神様、いや、すべての神様が、江戸を冷たく突き放した。

「うわっ。なんだ今の」

「地震だ。早く外へ出ろ！」

「たいへんだ、あっちもこっちも火が出てる」

「とにかく、逃げろ」

「家財なんかどうでもいい。命あっての物種《ものだね》だ」

十月二日。大きな地震が江戸を襲った。

ほとんどの者が経験したことのないとんでもない揺れの後、崩れた建物からいくつも火の手が上がった。

夜のこととて、行きつけの寄席にいた新七はすぐに逃げ出すことができたが、家へ帰ろうにもまるで景色が変わっていて、どこがどこやら分からない。

――とんだだんまりだぞ、これは。

暗闇の場で役者たちがやるように、方角を手足で探りながら歩き、文字通り這々《ほうほう》の体で戻ると、幸い女房も娘たちも無事だった。ただ家作《かさく》は、潰れこそせぬものの、四方の壁がごっそり落ちて無残な有様になっていた。

翌朝になると、猿若町の江戸三座が、すべてすっかり焼け落ちてしまったと知れた。劇場だけでなく、芝居茶屋や役者たちの住まいもほぼ焼けてしまい、残った建物はごくわずかだった。

――どうしろと。

新七は来年、四十一になる。

――厄年《やくどし》……。

前厄《まえやく》がこんなに大きくちゃあ……。

薄ら寒い風が、背筋を抜けていった。

二　鬼薊　おにあざみ

――亀蔵《かめぞう》さんがあと十歳若かったら……。

安政三年三月。

新造なった市村座では、早くも柿落《こけら》としの幕が開いていた。三座の中では一番早く、再建を果たしたことになる。

――あるいは、彦三郎《ひこさぶろう》があと十年積むか。

こたび新七の書いた〈雪駄直し長五郎《せったなおしちょうごろう》〉――名題は〈夢結蝶鳥追《ゆめむすぶちょうにとりおい》〉という――は、後先を考えず悪に手を染めてしまう、その場限りの生き方をする男女二人の転落の様を描いた芝居だ。

ともかく客の気持ちを一瞬でも他へ逸《そ》らさないよう、次から次へと幕を開け、時に回り舞台を使って、幕も閉めないままに景色を変え、文字通り早幕《はやまく》で進む目新しさが真骨頂である。

「苦肉の策か。ずいぶん今時《いまどき》の芝居だな」

見巧者の芥子屋には、そう一言で片付けられてしまったが、こちらにも事情がある。

去年の大地震の後、幾人もの役者が江戸を離れて地方回りに出かけてしまった。正直、顔ぶれにあまり花がないのを、仕組みで補うべく、新七が大道具の長谷勘をはじめとする裏方一同と共に総掛かりで工夫したものだ。

何もかも壊し尽くした地震だが、それでも半年も経てば娯楽を望む人は多く、新七たちの苦心の甲斐あって、まあまあの入りである。

花がないと言っても、役者の出来が悪いわけではない。座頭《ざがしら》の坂東《ばんどう》亀蔵、その養子の彦三郎などが、品の良い芸でこの忙しい芝居を支えてくれていた。

ただ残念ながら、市村座の今後を考えると、五十七歳の亀蔵ではこれから人気者にとは望めぬし、二十五歳の彦三郎では屋台骨を背負うには若過ぎる。

四月には中村座が、五月には森田座が開いた。森田座の立作者は、中村座から移った瀬川如皐だ。如皐は〈佐倉惣吾〉に続いて、三年前には〈お富与三郎《とみよさぶろう》〉という新作の大当たりを出した。存命だった團十郎が全身傷だらけの遊び人の扮装で出てきた時の凄惨な美しさは、未だに忘れられない。

――今に見てろ。こっちだって。

きっと、江戸中をあっと言わせてやる。そのためには……。

「師匠。お待ちかねの便りがありましたよ」

伊勢にいるという小團次の手紙を翫左衛門が持ってきたのは、五月の末のことだった。

——帰ってきてくれるか。

待ちに待った七月。小團次が加わって最初は、お馴染みの〈義経千本桜《よしつねせんぼんざくら》〉になったが、新七の頭の中はすでに、小團次にやらせたい新作でいっぱいになっていた。

思案の源にあったのは、寄席で聴いた人情噺《にんじょうばなし》〈座頭《ざとう》殺し〉だった。幾人かの噺家が持ちネタにしているが、作ったのは金原亭馬生《きんげんていばしょう》だという。

——この筋なら。

小團次の良いところ全部、舞台で見せられるんじゃないか。

「旦那。二役《ふたやく》の早変わり。どうでしょう」

「どんな二役だ。聴かせてもらいましょう」

目の底が光っている。

「若くてきれいな座頭とその亡霊。それと、東海道で知らぬ者のない悪党の道中師。いかがです」

今度は目を閉じて、こちらの話す目論みに、黙って耳を傾けだした。

金を奪う者、奪われる者。

見た目にも対照的な善人と悪人を、一人の役者がやれば目を惹くだろう。相手役には、いかにも実直そうな居酒屋の亭主なのに座頭殺しに至る気の毒な因果を背負った男、こちらは亀蔵に演じてもらう。物語の後半では、座頭の亡霊が亭主を悩ませる場もあり、ここでは小團次が、舞台の各所、思いも寄らぬあちこちから亡霊として出て、客を驚かす寸法である。

――気に入ってくれたか？

しばしの沈黙。閉じられた小團次のまぶたのうちで、目玉がしきりに動いているのが分かる。

「悪くない。やってみましょう」

九月十八日から始まった市村座の新狂言〈蔦紅葉宇都谷峠《つたもみじうつのやとうげ》〉――〈文弥《ぶんや》殺し〉の通称で呼ばれる――は、評判を呼び、一日で六十両近い利をたたき出すほどの大当たりとなった。通常、三十両の利が出れば芝居の興行としては御《おん》の字と言えたから、帳元が喜んだのは言うまでもない。

〈文弥殺し〉をきっかけに、新七と小團次は次から次へと新奇な筋と工夫を繰り出した。

八百屋お七《しち》、木の葉天狗《てんぐ》、鼠《ねずみ》小僧、正直清兵衛、小猿七之助……。中でも、四十半ばの醜男《ぶおとこ》の小團次が、十六歳の可憐なお七を、しかも浄瑠璃の操り人形の所作《しょさ》で演じたのに客は驚き、以後、お七と言えば人形振りとまで言われるようになった。

「なあ師匠。今度は〈助六《すけろく》〉がやりたい」

「えっ……」

安政五年になると、亀蔵と亀三郎が市村座から抜け、ついに小團次が名実ともに座頭となった。その最初の興行で〈助六〉をと言われて、新七は頭を抱えた。

――成田屋の十八番じゃないか。

紫紺《しこん》の鉢巻き、黒羽二重《くろはぶたえ》の着流しからちらちら覗く紅絹《もみ》の襦袢《じゅばん》。高下駄を履いたすらりとした足を踏ん込み、両腕で高々と蛇《じゃ》の目傘《めがさ》を掲げる見得。江戸の粋という粋を集めて漉《こ》して澄み切らせたような、この上ない男伊達《おとこだて》の役である。

今は権十郎も市村座にいる。むろん、かつてのように「座元の若太夫」扱いではなく、あくまで一役者としての所属だが、胸中では「きっと、いつかは自分のものに」と思っているだろう。

「他のものではどうですか。もっと旦那に……」

「合うものをって、言いたいのか」

小さいが底光りする目。下から上に睨《ね》めつけるようなまなざしに、新七は黙らざるを得なかった。

「師匠なら、助六だって私に合うように仕組んでくれるだろう?」

探るような、試すような目だ。

「分かりましたよ。なんとかします」

結局新七は、元の助六から古風な要素をほぼ取り去り、背景を今の時代に移し変えることで、小團次の要求にどうにか応えた。

その後も、お馴染み、新作とり交ぜて、市村座の興行は概《おおむ》ね、好調を続けた。座頭市川小團次の名声は上がり、加えて立作者河竹新七の名も、多くの人に知られるようになってきた。わざわざ新七を名指しての楽屋見舞いや祝儀が届くこともある。

作者部屋への入門志願は後を絶たず、今ではよほどのことでないと許さないが、それでも部屋が窮屈なほどの門人の数だ。

「客に親切、座元に親切、役者に親切ってな。ともかく工夫をすることだ」

ついしたり顔で、こんな言葉を弟子たちに聞かせている自分に気づいて、一人勝手に胸中恥じ入ったりもする。

——六十代なんて……当たらなかったな。

大入りの祝いだと言って、津藤の仕切りで品川の廓を買い切るような派手な遊びもする。若い頃の放蕩《ほうとう》気分がふと蘇ることもあるが、新七にとっては今、廓遊びより何より、芝居そのものが面白くてならなかった。

夢中で書くうちに、前厄どころか本厄も後厄もいつしか越えた。

「師匠。すまないが、高島屋の旦那を連れて、一度うちへ訪ねてきてくれないか」

今は金主《きんしゅ》として市村座に関わっている権之助から呼び出しがあったのは、五月の末のことだった。

「旦那」

「師匠」

小團次と新七が、ほぼ同時に叫んだ。

――お帰りになってたのか。

七年ぶりに見る、海老蔵の姿であった。額にも口元にも細かく増えた皺が、時の流れを物語っている。

「公事《くじ》で呼び出されて、江戸へ出てきたんだが、存外早く片付いてな……。せっかくだから、ここでしばらく世話になることになった」

海老蔵が芝居へ出る契約を巡って、いくつかの訴訟を抱えていることは、新七にも伝わってきていた。

「それならぜひ、市村座に」

小團次が前のめりになる。

「もう一度、師匠と同じ舞台に立たせていただきたい。ぜひ」

引き上げてくれた恩師に、今の自分の姿を見せたい。同じ舞台に立ちたい。小團次の必死な思いは痛いほど分かる。

「な、ほら。言っただろ、小團次さんもこう言うに決まってるって。翫左衛門さんからも再三言ってきてるし」

海老蔵は首を横に振った。

「團十郎が新しくできないうちは、江戸の芝居に出るわけにはいかない」

目尻の皺に水滴《しずく》が滲んでいる。新七は思わず目を背《そむ》けた。

「頼む。お二人からも言ってくれ」

「師匠。お気持ちは分かります。でも、若太夫と同じ舞台に立ってあげることが、その一番の近道じゃないんですか」

若太夫。権十郎のことだ。

血を引く男子だからといって、この先、確実に権十郎が九代目になれるとは限らない。そこまでの花道を敷ききる力が、果たして今の海老蔵にあるだろうか。

八代目が生きていれば——決して口には出せぬ繰り言である。

小團次の切々とした説得に、新七ももらい泣きしそうになったが、心のどこかに、不安が湧くのも否めない。

——だいじょうぶだろうか。

今の小團次と海老蔵を、同じ舞台に上げて。

結局、説得を聞き入れた海老蔵は、小團次、権十郎とともに七月の市村座に出ることになった。

久しぶりの海老蔵出演の知らせに江戸の町が沸き立つ中、七月十五日に初日が開いた。その何日目のことだったか——。

こたび、足を悪くしていた海老蔵が歩く姿を客に見せなくても済むよう、大道具の民家の裏に、楽屋からそのまま入って出番待ちできる小さな控えの座が作られていた。客から見れば、芝居が進んで民家の襖が開くと、すでに海老蔵が座っているという寸法である。

――おかしいな。

小團次と女房役の尾上菊五郎《おのえきくごろう》が台本にないでたらめな台詞のやりとりをえんえん続けていて、いっこうに襖の開く気配がない。新七は、慌てて裏へ回ってみた。

――旦那……。

もぐもぐと口を動かしていた海老蔵が茶を一飲みし、外してあった入れ歯を徐《おもむろ》にはめると、「どっこいしょ」と小さく呟いて、座敷へ続く小さな梯子段《はしごだん》を大儀そうに上がっていき、ようやく芝居が動き出した。

後には、亀戸の老舗《しにせ》「船橋屋《ふなばしや》」の紙包みが散らかっていた。くず餅で評判の店だ。

――おいおい。

「菓子はやっぱり江戸に限る」――そう言って毎日のように弟子を亀戸まで買いに行かせるので困る――小團次がこっそりこぼしていたのは知っていたが。

傲《おご》りと緩み。長らく江戸の空気を吸わぬまま、技量の劣る顔ぶれの中で、お山の大将で気ままに過ごしたツケだろうか。

もうすぐ七十にもなろうという人に向かって、厳し過ぎる見方であろうと思いつつ、新七は天を仰いだ。

――見たくなかった。こんな旦那を。

久しぶりの海老蔵だというので、客は大入りだ。小團次や菊五郎の好演で、芝居そのものも悪くない。だが新七は、なんともいたたまれない気持ちを抱えたまま、七月を過ごすことになった。

晦日《みそか》が近づく頃、目に見えて客が減ってきた。

海老蔵のせい、というわけではなさそうだった。

コロリという面妖な病が流行り、人がばたばたと死んでいた。客入りだけでなく、地方や道具方、狂言方の人手にも、差し障りが出てきた。

いつ打ち切りにするか。八月に入って、帳元の翫左衛門は見切りどころを考えあぐねているらしい。しかしその答えは、まったく別のところから突然出た。

八月八日。

十三代将軍家定《いえさだ》の死が発表され、「鳴物御停止《なりものごちょうじ》」の沙汰が出るに至って、芝居の幕は三座とも一斉に下ろされた。これで五十日、興行はできない。

「いろいろ、残念だったな」

翫左衛門から御停止の沙汰を聞かされた小團次が、帰り際、そう声をかけてきた。

何が「残念」だったのか――それを小團次に問いかけてみる勇気は、新七にはなかった。

御停止の五十日が過ぎ、十月の芝居の幕が開く頃になって、コロリはようやく下火になったが、清元《きよもと》の延寿太夫《えんじゅだゆう》や長唄《ながうた》三味線の杵屋六左衛門《きねやろくざえもん》、絵師の歌川広重《うたがわひろしげ》、戯作者の柳下亭種員、吉原の楼主で狂歌師でもあった六朶園二葉《ろくだえんふたば》など、猿若町では知られた人が大勢この病で亡くなったこともあって、どうにも意気の上がらぬまま、その年は暮れた。

「海老蔵の旦那、来年は中村座に移ることになったよ」

翫左衛門からそう聞かされた時、新七も小團次も、もう何も言わなかった。

明けて、安政六年正月。

――やっぱり、あれを。

新七は、ここ数年、何度か仕組もうとしては諦めていた筋を、もう一度引っ張り出していた。

——あんな大事件、仕組まないでどうする。

あれならきっと、面白くなる。

お馴染みでなく、新しいものを小團次にあてて仕組むと、どうしても金に絡んで大事に及ぶ役が多くなり、勢い、盗みや人殺しが描かれる。

こういうものをつい素材にしたくなるのは、小團次が人の生身の感情、それもどちらかと言うと、人の上に立つよりは、下々のほうで痛い目に遭っている人の、心の浮き沈みや宿命の移り変わりを見せるのに向いているから、というのもあるが、新七自身、そういった人に興味があるのも事実だった。

——人が悪事を働く様《さま》、その理由。

むろん、名を残した人の立身出世を描く芝居だってあるのだが、今の江戸の客たちには、そうした芝居よりも、悪事の芝居の方が響くような気がする。

——考えてみるか。

そう思って作者部屋で筆を握っていると、「師匠、いなさるかい」と聞き慣れた声がした。

「おや、旦那。言ってくだされば、こっちから伺うものを」

「いや、今日は折り入ってお頼みがあってね。出向いてきたんだ」

小團次の後ろに、誰か人影がある。

「大和屋さんじゃないですか」

黙ってしおらしく頭を下げたのは、女方の岩井粂三郎だった。

昔、新七を何かと引き立ててくれた作者部屋の恩人、中村十助。あの十助を悩ませていた大和屋は、この人の祖父と父だが、どちらもすでに亡くなって久しい。

「師匠には今更言うまでもないが、この人、このままじゃ惜しいだろう」

三十路を越えたばかりの粂三郎は、七代目岩井半四郎、四代目瀬川菊之丞《せがわきくのじょう》という、往年の名女方二人分の血筋を引くだけあって、芸も容姿も申し分なく、團十郎が生きていた頃は何度も相手役をつとめたほどなのに、どうしたものか、未だ、世間の評判が高くない。

「おまえさんの工夫で、この人をもっと押し出してくれないか」

粂三郎の頬がぽっと薄紅に染まり、白くきれいに揃った指先がおちょぼ口を隠すようにすっと伸びた。

――おっと。

男だと分かっていても、下腹のあたりが妙にむずむずしてくる。清楚な色気だ。

女方の中には、舞台とはまるで違って素は男っぽい者と、平素から女と見まごうばかりの者とがあるが、粂三郎は典型的な後者、というか、女以上に女らしい役者だ。見た目ばかりでなく、暮らしぶりや心根までも控えめで好ましい人柄なのだが、それが災いして、なかなか日の目を見ずに今日まで来てしまったらしい。

「分かりました。なんとか考えてみましょう」

小團次は安心した様子で出て行った。二、三歩控えた後から細かな内股の歩みでついていく粂三郎の白い項《うなじ》が美しい。

――とは言ったものの。

大泥棒。飛びきりのいい女。お城の御金蔵《ごきんぞう》。

――そうか。あの話を入れたら良いんじゃないか。

新七は、覚え書きを書き連ねている帳面にもう一つ、「坊主の心中」と書き加えた。しばらく前に行った釈場《しゃくば》で、講釈師がマクラでしゃべっていた、寛永寺《かんえいじ》の坊さんと吉原の女郎との心中話を思い出したのだ。

――よし。これでどうだ。

所は鎌倉、極楽寺《ごくらくじ》。将軍源頼朝から預かっていた大事の金子三千両が、何者かに奪われてしまう。吟味が進むうち、金蔵番の役僧、清心坊《せいしんぼう》が、女郎の十六夜《いざよい》と深間《ふかま》になっていることが露見、寺を追放される。そこへ追ってきた十六夜。世をはかなみ、共に川へと身を投げた二人だったが――。

二月五日に初日が開いた〈小袖曾我《こそでそが》薊色縫《あざみのいろぬい》〉は、新七の目論み通り、大当たりとなった。

中でも、濡れて輝く豊かな黒髪の美しい女郎十六夜が世をはかなむ坊主頭の尼と変わり、さらに続く幕では一転、伸びかけの毬栗頭《いがぐりあたま》でいっぱしの悪党気取りにゆすりたかりの台詞を吐くという趣向は、粂三郎の評判を一気に上げた。出番のたびにかかる「大和屋」のかけ声に、小屋が揺れ動くほどである。

とりわけ、坊主頭を初めて人に見られる場面の恥じらいぶりは美しく、一緒に舞台に出ていた小團次が「あれじゃあ清心ばかりじゃない、誰だって迷って堕ちる」と呟いたほどだ。

「師匠。ちょっと」

二月の半ば、甑左衛門に呼ばれた新七は、てっきり祝儀でも出るものと思ったのだが、その表情は険《けわ》しかった。

「さっき、役人が来た。どうも、まずいぞ」

――おいでなすったか。

幕府や大名など、実在する武家に絡む話をやるのは御法度だ。もちろんそれは百も承知で、時代も場所も、人物の名や生業も違えて筋にしたのだが、やはり事が事だけに、お上は見逃さなかったらしい。

「御金蔵の件を少しでも匂わせるようなことは削れ」

二年前、安政四年の五月十三日、千住《せんじゅ》の小塚原《こづかっぱら》で男が二人磔にされた。一人は浪人藤岡藤十郎《ふじおかとうじゅうろう》、もう一人は無宿《むしゅく》者富三《とみぞう》という。

二人の犯した罪は当初明らかにされなかったが、次第に「江戸城の御金蔵から小判四千両を盗んだ者」だったらしいと噂になった。盗んだのは安政二年の二月だが、役人が盗難に気づいたのはその三ヶ月も後だったというから、お粗末この上ない。事が事だけに、探索も吟味もすべて、極秘に行われていたという。

弛んだお上から御用金を奪った泥棒。こんな面白い素材はないと、新七はなんとか仕組もうと思案に思案を重ね、やっと実現したのである。

「削るったって」

清心、後に盗賊鬼薊《おにあざみ》となる小團次と十六夜の粂三郎。品と貫禄で二人を支えるのが、大泥棒白蓮《びゃくれん》こと大寺正兵衛《おおでらしょうべえ》を演じる関三十郎だ。新七にとっては往年の恩人でもある。

——それを削ったら、関三の出番が。

「頼むぞ。高島屋の猫又《ねこまた》の、二の舞になってては困るからな」

猫又。

以前小團次が中村座にいた頃、化け猫の出るお家騒動ものをやろうとして、さる大名家の横やりで結局初日さえ開かなかったことがあった。如皐の書いた筋立てである。

——ちぇ。

新七は悔し涙に暮れながら台詞を削った。

「師匠。今日も役人が来て渋い顔をするんだ。もう少しなんとか……」

「なんだって。帳元、袖の下を出し渋ったんじゃないでしょうね」

「おいおい、妙な言いがかりはやめてくれ。こたびの片は金では付かぬと、向こうから先手を打ってきたんだぞ」

――まだ削れっていうのか。

台詞も場面も、日ごとに削らされる。とうとう仕舞いには、初めて見た客には筋がまるで分からないと苦情が出るほど無残な形になって、ついに三月十一日、「演目ごと別のものに差し替え」の決断となった。

「師匠、ちょっと」

急遽出すことになった別の演目の打ち合わせをしていると、小團次が新七を自分の楽屋に呼び出した。

「これ、見てくれ。今届いたんだ。師匠と私にって」

差し出された書状を開くと、判読するのもやっとの、ひょろひょろとした文字が並んでいた。

……ふたりとも　どうか　きをつけてくれ　今何かあれば　ふたりとも　おれの二のまいになる
　たのむ……

「これ、旦那の」

「ああ」

海老蔵は中村座に出ていたが、体調を崩して今は休んでいるはずだ。

「だいぶ悪いのかな」

忙しさを言い訳に――だけではないけれども――ろくに見舞いにさえ行っていなかったのを、新七は悔いた。

慌てて二人で権之助のところに行くと、海老蔵は二階の六畳に寝かされていた。

「来てくれたのか」

海老蔵は二人の姿を認めると、やっとそれだけ言った。

「旦那」

小團次の目から、大粒の涙がぼろぼろと流れる。

「な。頼む。二人とも」

二人して、海老蔵の口元に耳を近づけた。

「團十郎を、頼む」


海老蔵が亡くなったのは、それから十日ほどが過ぎた、三月二十三日のことだった。

葬儀が終わってしばらくして、新七はふらりと亀戸へ出かけた。なんとはなし、くず餅が食べたくなったのだった。

「師匠じゃないか」

編笠を被った男が声をかけてきた。

「旦那。どうしなすった」

「くず餅、買いに来たんだ」

小團次も同じ思いだったらしい。

「それにしても、なんだって編笠なんか」

「これから外へ出る時は、これをちゃんと被ろうと思って」

役者は、素人と立ち交じってはいけない。猿若町以外のところでは、暑かろうと寒かろうと編笠を被って歩け――海老蔵が追放され、芝居が移転させられた天保の頃に、出されたお触れの中の一条だ。そんな決まりを今、律儀に守っている者など誰もいない。

「じゃあ、また。次も、よろしく頼む」

編笠を深く被り、背を丸めて去って行く後ろ姿。あれが今、年に千両の俸給を取る、人気役者市川小團次とは誰も思うまい。

まだ大方がつぼみの亀戸の藤浪《ふじなみ》に、やがて編笠が紛《まぎ》れていった。

三　縮屋新助　ちぢみやしんすけ

――はて、臆病な奴だな。

道の用心、ちょうど幸い。
月《つき》も朧《おぼろ》に白魚《しらうお》の、篝《かがり》もかすむ春の空……。

万延《まんえん》元（一八六〇）年五月。

新七は途方に暮れていた。

「こいつァ春から、縁起が」

――縁起なんぞ、ちっとも良くねぇ。

正月に仕組んだ〈三人吉三廓初買《さんにんきちさくるわのはつがい》〉のお嬢の台詞を口ずさみつつ、新七の言葉尻はため息に変わった。

　これまで自分が作った台本のうちで一、二を争う出色《しゅっしょく》の出来。密かにそう自負していたのに、客は不入りだった。

　お馴染みの〈八百屋お七〉を背景に置きつつも、同じ「吉三郎」を名乗る三人の盗賊を主役に、百両という金を巡る因果を描いた芝居だ。

　今年の干支《えと》は庚申《かのえさる》。十干《じっかん》と十二支《じゅうにし》には巷間《こうかん》何かと俗説や迷信が多いが、庚申《こうしん》にはとりわけ、昔から広く知られた話がある。

　年に干支があるように、日にも干支がある。古来、庚申の夜には、人が眠ると、身の内にいる三尸《さんし》虫《ちゅう》という虫が抜け出て、天帝のもとへその人の悪行を告げにいくと伝えられる。なのでその晩はうっかり眠らないよう、大勢で集まって夜明かしするという習慣を持つ土地は多い。

　その裏返しなのか、もう一つ、庚申の夜に身ごもられた赤子は泥棒になるという言い伝えがある。こちらは、皆で集まるはずの夜に、こっそり二人で乳繰り合って自分たちだけ良い思いをした男女への咎めの意味なのかもしれないが。

　様々ある、こうした言い伝えの真偽のほどは、新七には正直よく分からない。ただ、客の興味を惹くことは確かで、芝居の筋を仕組むには好都合の素材だ。

　干支に因んだ盗賊を、やはり干支の因縁で名高い〈八百屋お七〉――丙午《ひのえうま》の年に生まれた女は男を食い殺すという――と取り合わせる。さらに、親が犬を斬り殺したせいで、生まれてきた子どもたちが畜生道《ちくしょうどう》へ堕《お》ちる――互いに兄妹と知らずに契りを結ぶ――因果など、複数の筋をうまく絡め、巧みに仕組んだ、つもりだった。

　自信はあった。今でも、あの筋は面白かったと思っている。

——どんなにうまく仕組んでも、不入りじゃなぁ。

和尚吉三の小團次も、お嬢吉三の粂三郎も、役者番付風に言うなら「極上吉《ごくじょうきち》」だ。僧侶のくせに、実は盗賊。美女なのに実は盗賊で、しかも男。そんな双面《ふたおもて》も三面《みつおもて》もある人物を二人ともしっかり演じてくれた。

お坊吉三の権十郎は、どうにも台詞回しが生硬《なまがた》いのが難点で、二人に比べると見劣りしたが、まあそれでもさすがにきれいな姿で舞台を彩《いろど》ってくれたから、まあ「吉」としよう。少なくとも、客の入りが悪かったのは権十郎のせいでは決してない。

毎年正月に出る年刊の役者番付では、今年ついに小團次が立役の最上位「大上々吉《だいじょうじょうきち》」に位付けされた。粂三郎も女方の「上々吉」だから、市村座は安泰のはずなのに、なぜか去年の夏頃から、客の入りで中村座に負けることが多くなっている。

——福助《ふくすけ》。

番付では小團次に次ぐ「上々吉」に位付けされた中村《なかむら》福助が今、人気では小團次を凌《しの》いで日の出の勢いなのだ。

中村座ではこの人気をあてこんで、歌右衛門の前名だった芝翫《しかん》を福助に襲名させると決め、七月には襲名披露の興行をするという。

中村座だけではない。守田座《もりたざ》——二年前、以前の森田座から読みはそのままだが文字を変えた——でも襲名披露をということになって、新しい芝翫が掛け持ちで両方に出る。と聞かされてまたぞろ、小團次から新七に、難題が持ち込まれた。

「師匠。こうやられちゃあ大上々吉の看板が泣く。七月、あんまりみっともないことになるようなら、私はもう江戸を出ていく」

「旦那、何もそこまで言わなくとも」

「いいや」

小さな目が上目遣いに睨んでくる。こういう泣きが入る小團次はいつにもまして執念い。

「どうせ私は、お江戸の客には、いつまで経っても際物《きわもの》でしかないんだ」

芸達者、外連《けれん》の匠《たくみ》、生々しく人物を描く地芸。小團次の持ち味を「くどい」「あざとい」、さらには「江戸の粋ではない」、「江戸の芝居は本来もっとおおらかなものだ」などとあげつらって嫌う人がいるのも事実だ。それを小團次はよく承知していて、時折ぼそっと「江戸の客ってのは」と恨めしげに呟く。

「結局、芸より見栄《みば》えか。江戸の客は」

「旦那。そういうことを言っちゃだめですよ」

福助は小團次よりも二十歳ほど若い。加えて容貌の美しさは錦絵から抜き出たごとくとも称《たた》えられ、おおらかな舞台姿で、移り気な女客たちの人気を今一身に集めつつある。

――まるっきり違うからな。

人物の気持ちを抉《えぐ》るように深く掬い取り、己の総身に染ませて「動いて魅せる」小團次とは、ほとんど水と油だろう。

「じゃあ、師匠、何か良い工夫をしてくれるかい」

分かりましたよ、と言ってしまったものの、さあて、どうしたものだろう。

新七自身にも、〈三人吉三〉の不入りの苦みが、ずっと残ったままなのだ。

――しかし、なんだか因縁めいてるな。

福助は大坂の生まれだが、四代目の歌右衛門の養子となり、江戸へ下ってきた。六年前、小團次に新七が散々書き換えさせられた〈忍の惣太〉を、最初に演じた、あの歌右衛門である。

あの時も小團次は、「自分は歌右衛門と違って容姿が劣っているから、同じ台本ではできない」とさんざんごねた。

――堂々巡りしているだけみたいだ。

小團次も新七も、すっかりこの界隈ではいっぱしの顔になったつもりなのに、毎度毎度、こうして気まぐれな客の入りに悩まされるのは、何ら変わっていない。芝居で生業を立てる者の宿命と分かっていても、やりきれない気持ちになる。

――寄席でも行くか。

一番良い気晴らしでもあり、時に工夫の種をもらえる場所でもある。

日ごろは、落噺《おとしばなし》や声色《こわいろ》、音曲《おんぎょく》の出る色物《いろもの》席より、講釈を聞きに釈場へ行くことが多いのだが、新七には目下、興味を惹かれる噺家が一人いた。

三遊亭圓朝《さんゆうていえんちょう》。二代目圓生《えんしょう》の弟子だ。

見たところ、まだ二十歳そこそこのようだが、小さいながらなかなか立派な書き割りを高座の後ろに立て並べたり、芝居さながらの鳴り物を入れたり、その他いろんな小道具を使ったりと、工夫を重ねた高座を披露する。何より、次々に、自分で新しく噺を拵えて口演するというので、新七のまわりの通人《つうじん》の間では今ちょっとした注目株になっている。

「祭ってぇものは時に、人の分別を無くさせるものでございます。ああ、押すな押すな、これ以上は動けねぇよ、押すな。などと言っておりますうちに……」

八幡祭《はちまんまつり》の雑踏。やがて人の重みに耐えかねた永代橋《えいたいばし》がどーんと落ちて……。

圓朝は丁寧な口調と行き届いた所作で、橋から落ちた芸者お美代《みよ》と、助けた田舎商人新助《しんすけ》とのやりとりを描き出していく。

――嘘《うそ》から出た恋か。

田舎者で男ぶりも冴《さ》えない新助。親切心から吐いた嘘が、心で恋の種となり、やがて芽吹いて、荒れ狂う。

――かわいそうに。

お美代の本当の間夫新三郎《まぶしんさぶろう》は、浪人者の良い男。芝居にもよく出てきそうな、いわゆる江戸の優男だ。

――圓朝の良い男は「新三郎」なんだな。

前に聴いた〈牡丹灯籠《ぼたんどうろう》〉でも確かそうだった。

それはともかく、世慣れた女郎のお美代と色男の新三郎、好一対の二人に翻弄されてしまう田舎者の新助が哀れである。たまたま「新」という名の一字が同じだったばっかりに。

――〈五大力《ごだいりき》〉あたりとも似ているな。

並木五瓶の〈五大力恋緘《ごだいりきこいのふうじめ》〉。といっても、これを書いた五瓶は初代の五瓶で、昔新七に辛くあたった五瓶ではない。

あの五瓶はもう彼岸の人だ。若い頃は顔も見たくないほど大っ嫌いだったのに、病床にあると聞いたら不思議とそんな気持ちは雲散霧消《うんさんむしょう》して、思い立って見舞いに行ったのは、確か團十郎が死んだ翌年だったろうか。

「……さてここからが面白くなりますが、続きはまた明日ということで」

圓朝が高座で頭を下げた。上手《うま》い切れ場だ。続きが気になる。

――明日も聴きに来るか。

文政の頃に実際に起きた、永代橋が落ちた一件と、やはり同じ頃にあったという、吉原で客が女郎を殺した一件。二つの逸話は講釈などにも様々な形で使われている素材だが、圓朝の拵えたのは中でも出色の出来で、複雑な恋模様が面白い。

田舎者で野暮ったい口調の新助が訥々《とつとつ》と訴える恋心。お美代から見たら、二度も助けてもらった恩はあり、その親切に感謝はすれど、しょせんありがた迷惑でしかないのだろう。

——これ、小團次に誂《あつら》えたようじゃないか。

ふと思いついて、頭の芯が熱くなり、総毛立つ。

芝居にするとして、舞台にいっしょに出る色男は権十郎だろう。が、客がふと外に心を向けたらどうだ。

猿若町の二丁目にある市村座は、一丁目の中村座と三丁目の守田座に挟《はさ》まれた格好だ。両隣で、きれいなきれいな美丈夫《びじょうふ》の福助が、二座掛け持ちで皆からちやほやされている。木戸の前にはきっと襲名披露の幟《のぼり》がいくつもはためき、ご贔屓の用意した酒樽やら米俵、炭俵、まんじゅうの蒸籠《せいろ》なんぞが山と積まれて、それこそ祭のような賑わいになっているに違いない。

そんな時に、いつもと変わらぬ市村座で、朴訥《ぼくとつ》に恋を語って女郎に振られる役を演じている醜男の小團次。芸は十分なのに、人気で負けている小團次——客はきっと「かわいそう」って、思うんじゃなかろうか。

——そうか。

これまでとはひと味違う小團次になるかもしれない。

芸の巧《たく》みな小團次はついつい、何を演じていても「巧《うま》い」が全面に出過ぎてしまうところがある。客をあっと言わせたい、江戸の客の鼻を明かしたいという思いが強過ぎるのだ。

――その逆をやらせてみれば。

かわいそうと思わせる。味方に付ける。

客が小團次に、「絆《ほだ》される」――。

両隣でやってる福助が立派であればあるほど、客が小團次に味方したくなるような。そんな台本にすればいいいんじゃないか。

この思いつきは、新七を俄然《がぜん》奮い立たせた。

――しかし、圓朝には一言、断っとくか。

近頃では何かの折、宴席に同座して言葉を交わすような間柄にもなりつつある。

遥か古来の書物にあるような話。身近で起きた本当の話。いずれにせよ、芝居も講釈も噺も、そうしたいろんな「話」を材に成り立つものだから、誰がどの話を使おうと勝手だが、こたびはなぜか、圓朝にそれを一言言おうという気になった。

席亭に祝儀を預け、頃合いを見て楽屋へ訪ねていくと、圓朝は丁寧に頭を下げた。

「其水《きすい》さん。来てくださっていたんですね」

こういうところでは、皆新七を俳名の「其水」で呼ぶ。

「相変わらず派手にやってるな。面白かったよ」

「ありがとうございます」

立ち居振る舞いは丁寧だが、目の底がぎらぎらしている。どこか、小團次に似通うものを感じた。

「おまえさんの〈お美代新助〉、私に貸してくれないか」

圓朝が首を傾《かし》げ、「とおっしゃいますと」と聞き返してきた。

「いや、同じネタを使って、芝居にするかもしれないけど、いいかいってことさ」

「良いも悪いも……どうお答えして良いやら。其水さんがなさろうってことに、否《いな》やを言えるような身分じゃありませんよ、こっちは」

「いやいや、そう言われるとこっちも困るんだが……まあともかく、聞き置いたってことで、よろしく頼む」

「はぁ……」

弟子らしき若い者が茶を出そうとするのを遮って、「また来る」と楽屋をあとにした。

――あいつがこっちに来ていたら。

とんでもないことになったかもしれないなと思いつつ、新七は雷門《かみなりもん》を目指して帰途に就いた。


――さあて、どうするかな。

当たり前だが、一人で口演する噺と芝居は違う。

圓朝はしきりに新しく噺を作っていて、それが評判を呼んでいる。噺家は、何を高座にかけるか、必ずしも前もって明らかにしなくていい世界だからそれでいいのだろう。

だが芝居の場合は違う。全くの新しい話をやろうとすると、初日から数日は客が「様子見」模様になり、どうかするとそのまま足を向けないことも多い。

なので、新七はよく、新しい話を書く場合は、その背景に、客にとって馴染みのある世界を置くようにしている。お馴染みのあれなのかな、と思ってきた客を驚かせようという趣向だ。〈三人吉三廓初買〉の〈八百屋お七〉がそうだった。

ただ、これはある意味博打《ばくち》みたいなもので、下手をすると「なんだ、お馴染みのあれだと思ってきたのに」とがっかりさせてしまうこともある。もちろん、そうならぬよう、思案も工夫もするのだが

――それでも不入りになるのだから、難しい。

勝手の分からぬ江戸で右往左往する、田舎者の新助。そんな自分を助けてくれた女郎お美代が男に絡まれているのを見て、とっさに「自分はその女の間夫だ」と嘘を吐き、今度は助けてやる。自分で吐いた嘘に酔ったように、やがてお美代への思いを募らせて――。

――間夫を團十郎にさせられたらなぁ。

生きていれば三十七、八になっていたはずだ。ますます良い男ぶりだったに違いない。

死んだ子の歳ならぬ、死んだ役者の歳をふと数えてしまい、ため息を吐く。

小團次と團十郎が揃ったら、福助にだってたやすく勝てるだろう。ただ、そうなると、主役は團十郎になってしまうだろうが。

名前に、見栄え。芸だけでは勝負が決まらない悔しさは、誰よりも小團次が一番感じているに違いない。

……逆立ちしたって團十郎にも海老蔵にもなれやしないから、死ぬ気遣いはない。

いつか聞いた台詞の真意は、團十郎になれるのなら死んでもいいという意味だったのかもしれないと、今更ながら思い至る。

――作者で良かったな。

新七だって役者に憧れる気持ちがなかったわけではない。諦めたのは、若い頃、五代目南北に自分を引き合わせてくれた踊りの師匠から、「芳さんは台詞も唄もいけるけど、踊りだけはやめた方がいいねぇ。残念だけど」と引導を渡されたからだ。

だが今思えば、作者だからこそ、こうして名前にも見栄えにも左右されずにここまで来られているのだ。

「しがねえ恋の情けが仇、命の綱の切れたのを、どう取り留めてか木更津《きさらづ》から……。死んだと思ったお富とは、お釈迦《しゃか》さまでも気がつくめえ」

團十郎の見事な台詞回しが思い出される。

自分が断った名を継いだ瀬川如皐の、相次ぐ大当たりに、妬ましさ悔しさを募らせながら聞いた台詞だ。傷だらけのイイ男の團十郎なんて、その手があったか、やられたと、まわりにあるものを手当たり次第に投げつけたい気持ちを辛うじて抑えつけながら見た舞台の景色は、未《いま》だに色も音も鮮やかだ。

——そうか。〈お富与三郎〉……。

「その後」ってことにすれば。

新助に難癖を付けたり、お美代に絡んだりするのは、〈お富与三郎〉に出てくる赤間源左衛門《あかまげんざえもん》親分の一味。親分は、自分の情婦だったお富が与三郎に惚れたせいで入水《じゅすい》する羽目になって機嫌が悪い。気晴らしにやってきた廓で見初《みそ》め、惚れ込んだのが、親分好み、面差しがどこかお富にも似る、お美代……。

——いける。

話の筋が上手く立ちそうな気がしてきた。

幸い、〈お富与三郎〉で赤間源左衛門をやった関三十郎は、今ちょうど市村座にいる。そのままやってもらえばいい。しかも何より、〈お富与三郎〉には、小團次も重要な役どころで出ていたのだ。

江戸前の粋なイイ男、しかし本当は心根《こころね》の優しいぼんぼんの与三郎が、己の「善意の嘘」から放埒に向かい、さらに色恋に溺れて転落していくのが〈お富与三郎〉。一方、今度の〈お美代新助〉は、実直な田舎者、醜男の新助が——。

つながっていて、しかも、新しい筋。

新七はひとしきり、いくつかの思いつきを書いては墨で線を引いたり、〇を付けたりしてみた。

――よし。

しかし、噺家ってのは。

〈お富与三郎〉は元々は講釈だが、如皐が芝居にする時に一番頼りになったのは古今亭《ここんてい》志《し》ん生《しょう》の噺だったと聞いている。

志ん生が出ると、近隣の他の寄席がどこもかしこも空になるというので、「八丁荒し」とまで呼ばれた人気者だったが、確か五年ほど前に亡くなったはずだ。

――あいつなのかな。次に噺で天下を取るのは。

まだ若い圓朝の噺を、新七はまた聞きに行こうと思った。


「……どうした心の狂いやら、多くの人を殺したこなた。血汐《ちしお》を好むと聞き及ぶ、この村正《むらまさ》の祟《たた》りなるか……」

新狂言の稽古始め。新七が〈八幡祭小望月賑《はちまんまつりよみやのにぎわい》〉と名題を付けた新しい台本を読み上げ終わると、小團次がぼそりと呟いた。

「ひでぇ話だ」

だが、その目の底が躍っているのを、新七は見逃さなかった。

「お気に入りませんか」

素《そ》っ気《け》なく問うてみると、小團次はかぶりを振ってにやっと笑った。

「やってみようじゃねぇか」

「そう言ってもらえばありがたい。ただ旦那、口幅《くちはば》ったいようですが、こたびは一つ、こちらからも注文があります」

「なんだ」

「この役は、あんまり巧過ぎないように、やっておくんなさい」

「なんだって」

小團次は斜め上を見ながらしばらく思案していたが、やがて「分かった」とうなずいた。


万延元年七月十三日。市村座の初日が開いた。帳元は他の二座より早く開けたいと支度を急がせたが、いつもながらの小團次の執念い稽古ぶりは、変わることがなかった。

守田座は昨日から開いている。福助改メ芝翫の出番の頃には、ぎっしり満員だったらしい。

一方、中村座はまだ開いていない。

「どうだ、こっちの入りは」

「うーん。ぼちぼち、ですかねぇ」

初日はしかたないかもしれない。

だが。必ず――新七は舞台に上がっていく小團次の背を、黙ったまま見送った。

四　鋳掛け松　いかけまつ

「……恥に恥をかいた上、この衆にまでこのように手込《てご》めに逢《あ》うも誰ゆえぞ……」

満座の中、お美代に愛想づかしをされ、商人仲間からも「恥さらしだ」と爪弾《つまはじ》きにあった新助。逗《とう》留《りゅう》している宿の主人と下男は新助を心配し、女郎なんて所詮あんなものだ、もうお美代のことは忘れろと説得する。

〈お富与三郎〉で、小團次は与三郎を説得する役をやっていた。芝居好きならきっと覚えているはずだ。

それが〈お美代新助〉では、説得される方を演じている。醜男の分、女郎に振られたみっともなさ、哀れが際立つ。

表向き、一応納得の新助。だがここで、多くの客が「これでは済むまい」「刃傷沙汰《にんじょうざた》か？」と思うはずだ。そこを見越したように、宿の主人に脇差しを取り上げられるくだりを見せておいて、一呼吸置く。

——ここからだぞ。

自分で作った筋だから、もちろんどうなるかはよく分かっているが、それでもやっぱり息を呑《の》む。

小團次の熱の籠もった芝居の賜だ。

折も折、宿に来合わせた顔なじみの道具屋が、新助に脇差しを押しつけるように売っていく。

「血汐を好むとかねて聞く、この村正が手に入るも、これで殺せという知らせか」

選りに選って、刀は村正。

刀が狂気を呼ぶのか、それとも、狂気が刀を呼ぶのか。ともかく、妖刀村正が出てくれば、客はその後の「殺し場」を期待するものだが、小團次演ずる新助は、客の期待を遥かに気圧《けお》す勢いで、これでもかこれでもかと、出会う者すべてを刀の贄《にえ》にする。

女客が次々と悲鳴を上げる。

舞台の上だけでなく、客席にまで刀が振り下ろされそうな風情で、新助が粂三郎演ずるお美代を嬲《なぶ》り殺しにする。頽《くずお》れていく様が凄絶なまでに美しい。

「巧過ぎないように」――新七にそう釘を刺されて、抑えた芝居でここまできた小團次の体と気持ちが、最後のこの殺し場で最高潮の爆裂を迎える。お美代の本当の素性を知り、あまりのことに呆然《ぼうぜん》とする新助……。

「ああ、是非もなき世の」

「成り行きじゃなあ」

――あれが、きっかけだったな。

慶応《けいおう》二（一八六六）年の二月。

五十一歳になった新七は、守田座の作者部屋で、六年前の〈お美代新助〉をふと思い出していた。

数日こそ、ぽつぽつとした客の入りだったものの、小團次の哀れと狂気に満ちた芝居は日を追うごとに評判となり、ほどなく中村座も守田座も圧倒してしまった。

芝翫を凌ぎ、押しも押されもせぬ江戸芝居筆頭の立ち役になった大立者《おおだてもの》を、市村座ばかりで独占しておくわけにもいかず、その後小團次は数年ごとに三座を渡り歩くことになった。

新七はずっと市村座に本籍を置いていたが、小團次は瀬川如皐や桜田左交の書いた台本では納得せず、「河竹が仕組んでくれたものでなければやりたくない」と、どこへ出るにも新七の台本をほしがる。

いつしか新七は、市村座では立作者、あとの二座では「客演《スケ》」――作者でも「客演」というのかどうか知らないが――として位づけされ、三座すべてに自分の席が用意されることになった。

市川小團次と河竹新七。今江戸の三座を背負っているのはこの二人。それはもはや、誰もが認めるところである。

「それじゃあこれが圓朝の弟子のぽん太だな」

幕が開き、台詞が聞こえてくる。

守田座の初芝居に新七が書いた〈船打込橋間白浪《ふねへうちこむはしまのしらなみ》〉である。主役はもちろん小團次で、役の名「鋳《い》掛屋松五郎《かけやまつごろう》」から、芝居そのものも〈鋳掛松《いかけまつ》〉と通称されている。

この数年で、あの圓朝はすっかり人気者になった。〈鋳掛松〉の序幕で戯《たわむ》れに「圓朝の弟子」の役を作ってみたら、客は皆その名を聞くだけで楽しそうに笑う。

「たとえ百万石取る大名のお通りでも、懐手《ふところで》をしてぼんやりと立っているのが大都会、この膝元の有り難さ……」

町人が啖呵を切る、大都会江戸。将軍のお膝元。

江戸から離れたことのない新七は、まさか将軍がいない江戸で正月を迎える年があろうとは思いもよらなかった。なんでも朝廷から、長州の大名毛利《もうり》を討ち取れと命じられたのだそうで、去年の夏に大軍を率いて出立していった。たくさんいる子分の大名の誰それでなく、親分である将軍が御自《おんみずか》ら出陣せねばならぬとはよほどのことだ。いずれ狂言に仕組んでみてもいいかもしれない。

「本当に、この物価の高いのは、貧乏人殺しだ」

とはいえ、江戸で暮らす者には厳しい世相だ。数年前に黒船とやらが来て以来、物の値は上がる一方、金持ちはますます金持ちに、貧乏人はますます貧乏になるようで、新七のように架空事《つくりごと》の世界にどっぷりはまっている者にも、浮世の世知辛《せちがら》さがふいに隙間風に乗って染みてくることもある。

「鋳掛屋なんかをしていちゃあ、一生できねえあの贅沢」

妾《めかけ》と思しき女と船遊びに興ずる野暮な田舎商人を、小團次扮《ふん》する松五郎がじっと見つめている。

「ああ、あれも一生、これも一生」

ここで小團次が見せる思い入れは実に見事だ。こつこつ生きてきた人間がすべてを放り出し、深く冷たい善悪の川の境目をふと踏み越えてしまう刹那《せつな》の顔。

「こいつあ宗旨《しゅうし》を」

水音がちょうどいい間で鳴って、新七はほっとする。松五郎が鋳掛の道具を川へ棄ててしまう音、己の生業に見切りを付ける音――人の途《みち》から外れる音だ。

「変えなきゃならねえ」


本籍である市村座は十四日に初日を開けていたが、不入りが続き、新七は座頭の彦三郎から「高島屋ばっかり肩入れしないで、こっちにも良い台本書いてくださいよ」と恨み言を言われる始末だった。

一方、十二日に初日の開いた守田座の〈鋳掛松〉は、月が変わっても大当たりが続いていた。

盗賊になった松五郎。悪事を働いて富貴《ふうき》に暮らすつもりのはずが、人の難儀を見ていられぬ性根は変わらず、悪事で得た金で人を救う。ところがそれがかえって仇となり、恩のある人を窮地に陥《おとし》れ……。

「旦那、だいじょうぶですか」

三月九日、芝居の途中で小團次の足がふらついているのに気づいた新七は、幕が下りた後、楽屋を訪ねていった。

「すまない……」

小團次は横になったまま、小さな声で言った。

「さすがに歳かな」

「そんな気弱なこと言わないでくださいよ」

こたびの芝居では、松五郎が盗みを働く場を、柝《き》を使わず、回り舞台で見せている。屋敷の屋根から屋根へ渡って忍び込む早間《はやま》の身のこなしは小團次のお家芸だが、五十五歳の体には無理をさせ過ぎだったかもしれないと、新七は申し訳なく思った。

「悪いが、明日は休ませてくれ。勤めきる自信がないんだ」

そう言ったきり、小團次は目を閉じてしまった。

「じゃあ、どうぞそのままお休みに。今日の寄り合いの方へは、私が断っておきましょう」

小團次が軽く手を上げた。

くれぐれもお大事にと言い置いて守田座を出た新七は、二丁目の茶屋中菊《なかぎく》へと向かった。

――また何か言ってきたのかな。

三座の座元、座頭、立作者らが顔を揃えると、町名主《まちなぬし》が「すまないが皆《みんな》、今から読み上げることをようく肚に入れといてくれ」と前置きして、書状を読み上げた。

「近年、世話狂言人情を穿《うが》ち過ぎ、風俗に係わる事なれば、以来は万事濃くなく、色気なども薄くするように」

座敷にさざ波が立った。彦三郎をはじめ何人かが、新七の方をちらちらと見ては、目を逸らす。

「何か、お咎めですか」

新七は思わず名主に詰め寄った。

「いや、何か今はっきり言ってきてるというわけじゃないんだが……。三分《さんぶ》の理をむやみに持ち上げるような芝居は、困るってな。他にもいろいろ、やり過ぎな点もあるようだから、天保の時のようなことにならないよう、お咎めになる前に、気をつけてくれってことだ」

盗人《ぬすっと》にも三分の理。

――おれの芝居を、そんなふうに。

そんな芝居じゃない。どう見たら、そんな芝居に見えるんだ。

書状に、承引《しょういん》の判を押せという。問答無用らしい。

震える手をなだめながら、懐から出した印を、書状の上に押しつける。

「まあ、調子に乗るなってことだ」

帰りしな、左交が新七の耳の側で呟いた。

すぐ脇を、こちらを見ないように顔を背けた如皐がすり抜けていく。

……人情を穿ち過ぎ、
人情を穿たないで、どうやって芝居を仕組むんだ。

……風俗に係わる事なれば、
今の風俗を映さないでどうするんだ。見せたいのは、見たいのは、今生きてるこの世に係わること
なんじゃないのか。

手に下げた提灯《ちょうちん》が激しく揺れる。足はまっすぐ、一丁目の楽屋新道《じんみち》にある小團次の家へと向かって
いた。

「どうぞ、そのままで……お起こしして申し訳ない」

「いや、いいんだ、私も気になっていたから。で、何の話だったんだ」

布団から起き上がろうとする小團次を制し、新七は堰《せき》を切るようにさっきの様子を話して聞かせた。

「いったい……」

そう呟いたきり、小團次は横たわったまま、目を閉じてしまった。

「どうもつまらねぇことになったもんだ」

行灯《あんどん》の明かりで、頬の染《し》みがいくつも、浮き出て見える。

やがてゆっくり小團次の目が開いて、こちらを見た。これまでとは違い、どこか縋《すが》るような弱さを含んだまなざしだった。

「師匠。それでも何か、仕組めるだろう？　私のやれるものを」

「え……ええ。もちろんですよ」

外《ほか》に、どう返答のしようがあっただろう。

「なら、安心だ。ひと眠り、させてもらうよ」


小團次の体の具合はその後もなかなか好転しなかった。

〈鋳掛松〉は到底、他の役者で代わりの利く芝居ではない。やむを得ず、守田座は一旦休みになり、次の芝居を新たに考えることになった。


三月二十七日。

「おい、なんだ、何があったんだ」

「今日は三座とも休みだっていうじゃねぇか」

「さっき、幹部や座元が紋付き羽織袴でぞろぞろ雁首《がんくび》揃えて項垂《うなだ》れてったぞ。まるでお通夜みてぇだったが……」

猿若町界隈は騒然としていた。

北町奉行所から、三座の座元と十二名の役者を名指して、出頭を命じる正式な書状が来たのだ。

――なんだろう……。

新七は嫌な予感に怯えつつも、名指された中に作者が一人も入っていないことに、胸のあたりがざわっとするような思いも味わっていた。

――そんなものか。

小團次と自分。二人で背負ってるつもりの看板だったが、作者ってのは、どこまで行っても黒衣でしかないらしい。

一方、小團次が十二名の内に入っていたのは言うまでもない。体を気遣う周囲の者を尻目に「こんな時に座頭役者がいかなくてどうする」と、身なりを整えて出かけていった。

――いったい、どんな沙汰なのか。

気がかりで何の思案もできない。家に帰る気にもなれず、市村座の作者部屋で書見などしてみるが、中身がまるで頭に入ってこない。

「お帰りなさい」

「いかがでした」

日も傾き書けた頃、彦三郎が姿を見せ、新七同様、今日の成り行きを案じていた者たちが一斉に声をかけた。

「いやいや、念のためこれを持ってって良かったよ」

彦三郎が指さしたのは、編笠である。

「日ごろ、高島屋が被っているのを、ふと思い出してね。もしかしてと」

そう言って話し出したことによると、今日のお咎めの趣旨は、以前天保の頃に出た「身分の差別も之有り候ところ……狂言仕組み、並びに役者ども、猥りに素人へ立ち交じらひ候はぬよう……」との沙汰を徹底せよとのお達しであったらしい。

「今後、編笠なしで猿若町の外を歩《ある》ってたら問答無用で捕まえるから覚悟せよだそうだ」

こたびの出頭に編笠を用意していたのは小團次と彦三郎、それに仲蔵だけで、後の者は皆大慌てであったという。

「どうも発端は、子ども芝居らしいよ」

子ども芝居は、十七、八の若衆《わかしゅ》ばかり集めての見世物だ。台詞は言わず、浄瑠璃に合わせて首や手足だけ動かす。操《あやつ》り人形の代わりに生きてる若衆を使っての芝居である。

「ああ、南伝馬町《みなみてんまちょう》の佐野松《さのまつ》って寄席でやってる子ども芝居。なんでもそこの子ども役者が、〈先代《せんだい》萩《はぎ》〉の政岡《まさおか》をやったんだそうだが」

〈伽羅先代萩《めいぼく》〉の政岡といえば、女方の大役だ。お家騒動の渦中で命を狙われる主家の若君のために、我が子の命まで犠牲にする、女ながら天晴《あっぱ》れ忠義の物語である。

「呆《あき》れるじゃないか。その時に、贔屓の大奥のお女中から拝領した、三つ葉葵《あおい》のご紋の入った裲襠《うちかけ》を着ていたんだとさ」

「三つ葉葵……」

居並ぶ者が皆絶句した。そんなことをすればお咎めに遭うに決まっている。

「お女中は蟄居《ちっきょ》閉門、佐野松と役者はお調べの最中らしい。こっちは、とばっちりに手綱を締められってとこだな」

了見のなさ過ぎるお女中と子ども芝居なんぞのせいで、こちらに妙な矛先が向いてくるのは、勘弁願いたい。

「なんだか、あっちこっち胸がつかえそうな話ですね」

新七が言うと、彦三郎も大きくうなずいた。

「そうなんだ。だいたい、お役人ってのは全然芝居のことなんぞ分かっちゃいない。〈先代萩〉がどういう筋か、まるで知らないでああだこうだと話してくるんだから、胸くそ悪いったらありゃしない」

彦三郎はそう吐き捨てた。

「ならどうですか。本物の、ちゃんと櫓の上がってる芝居の〈先代萩〉を、次は見せつけてやっちゃあ」

「おう、それは良い考えだな。じゃあ早速考えてくれ」

考えることはみな同じであったらしく、次の芝居は三座ともが〈先代萩〉を仕組むことになった。

市村座は彦三郎が政岡と細川勝元《ほそかわかつもと》の二役に、権十郎の仁木弾正《にっきだんじょう》、中村座は芝翫の弾正に田之助の政岡である。

「守田座はどうなさるので」

小團次のことが気がかりで、左交に尋ねてみると、「三十郎の弾正に菊次郎の政岡、小團次の勝元」の心づもりだという。

——出なさるんだな。良かった。

ただ三座ともお馴染みの〈先代萩〉となると、新七はあまり、筆の振るい所がなかった。補綴だけとなると、途端にやる気がしぼむ。

四月。

話題を呼んだ〈先代萩〉の競演では、先頭を切って五日に中村座が初日を開けた。市村座が開いたのは、それから遅れること半月、二十日のことだった。

「旦那……」

新七が楽屋新道へ見舞いに行くと、小團次は横たわったまま、目だけこちらに向けた。

――お願いだ。行かないでおくんなさい。

新七の願いを嘲《あざけ》るように、小團次の顔にはもう、ほとんど生気が残っていない。

「師匠。いつもすみませんね。お忙しいでしょうに」

新七の女房とたまたま名前が同じ、小團次の女房、お琴が見送ってくれる。以前には国定忠治《くにさだちゅうじ》の女房だったなどと、まことしやかな嘘の噂が流されたこともある、気丈な女だが、滲む涙は隠せない。

「また来ますから。旦那にはもっと、舞台に上がってもらわないと。そうでないと」

新七も思わず涙声になる。


五月になっても、守田座の初日は開かなかった。

勝元を演ずることなく、小團次が逝ったのは、八日のことであった。

――旦那。

どうすれば良いんだ。

これから何を。

何を、どう、芝居にすれば。

――自分があんなことを告げにいったから。

今更ながら、三月九日のことが悔やまれた。

病の床に臥せっていた人に、なぜあんなことを聞かせてしまったのか。

……どうもつまらねぇことになったもんだ。

あの時あんなことを聞かせたりしなければ、これほど病が重くなることはなかったのではないか。

なぜもっと、体が戻るまで待ってから、言わなかったのか。

自宅の文机《ふづくえ》に、何度も拳を打ち付ける。あふれてくる涙が、覚え書き用の冊子にぼたぼたと染みを作る。

……座元や役者との付き合い方には気をつけろ。

昔聞いた十助の言葉が蘇ってきた。

……ちょっと隔てがあるくらいが、実はちょうどいいんだ。

隔てどころか、自分はすっかり小團次を頼り切って、何もかも預けて、ここまで来てしまったのだ。

……それでも何か、仕組めるだろう？　私のやれるものを。

「旦那がいなくちゃ、何にも仕組めやしないじゃないですか。何をどうすりゃいいのか、まるで分かりゃしない」

落ちてくる涙の止め方も、ずっと分からないままだ。

第三章

左團次

「丸橋中弥　市川左團次」豊原国周（部分：国会図書館蔵）

高島屋（市川小團次）さんが亡くなってからの父さん？　そりゃあもう、傍で見ていられないくらいの気落ちぶりでしたよ。

でもね、芝居町ってところは、そのあたりは容赦ないというか。それもこれも全部ひっくるめて芝居を仕組んで、ともかく次の幕を開けなくちゃいけない、そんな世界なんです。

高島屋さんがいなくなった分を埋めるような、客を呼べる芝居を仕組んでくれと、どの座からも頼まれていたんじゃないかしら。

ただ、よほど思うようにならないことが多かったのか、その頃はよくいらいらしてましたね。家ではめったに大きな声など出さない人だったのに、母さんに怒鳴ったりして。

母さんは茶道具屋の娘で、嫁《とつ》ぐ前には出羽さまのお屋敷で――そうそう、あの不昧公、出雲松江藩のお殿さまですよ。と言っても、母がお屋敷に上がっていた時のお殿さまは、不昧公のお孫さんに当たる方だったそうですけど――行儀見習いをしていたような人で、万事行き届いていました。娘のしつけなんて厳しいなんてもんじゃない、あんまりきつく当たられるから、「もしかして私は母さんの本当の子じゃないんじゃないか」って疑ったくらい。長女だったせいかもしれないけど。

だから家はいつだって隅々まで片付いてましたけど、それでもごくたまに、だしぬけに父さんが早く帰ってきたりすると、繕《つくろ》い物の片付けなんかが間に合わないこともあって。

そんな時、父さんは、いつもならじろりと睨みつけるだけであとは何にも言わないんだけど、一度だけ、「おれが帰ってきた時になんでこんなものを散らかしておくんだ」って、怒鳴ったことがありましたね。確か、高島屋さんが亡くなって、しばらく経った頃じゃなかったかしら。

あとから思うと、左團次《さだんじ》（初代）さんをなんとかしてやらなきゃ、高島屋さんの恩に報いなきゃって、思い詰めてたんでしょう。

左團次さんだけじゃない、若い役者さんたちのこと、本当にかわいがってましたよ。紀伊国屋（三代目澤村田之助）さんなんて、娘の私たちより、ずっと大事に思ってたんじゃないかしら。

なぜその頃、出家するって言い出したのかって？

おやおや、急に私に矛先を向けてくるなんて。おまけに、そんな内緒のことを。

さあ、何ででしょうね。昔のことです、忘れちまいました。

おおかた、世を儚んだんでしょう。

だって、つまらないじゃありませんか。せっかくあんな父を持っているのに、女じゃあ、芝居の世界には行けないんだもの。

もちろん、父さんに止められましたよ。母さんには泣かれたし。でも、どう怒られようと宥《なだ》められようと、折れずに強情に言い張ったから、きっと二人とも困り果てたんでしょうね。すったもんだの果てに、「尼になるのは許さないが、嫁には一生行かなくてもいい」ってことになりました。

実はそれが真の狙いだったんじゃないかって？　さあ、どうかしら。

私のことなんぞ、どうでもいいじゃありませんか。

一　若衆　わかしゅ

慶応二（一八六六）年十一月――。

「ちょっと出かけてくる」

家を出た新七は吾妻橋を渡ると、まずは業平橋《なりひらばし》を目指して歩き始めた。

——どうしたものかな。

小團次の死で、守田座はまさに灯の消えたようになった。追善と銘打って仕組まれた興行もことごとく不入り、役者に花が足りない分を補おうと、道具方の長谷川勘兵衛が工夫し、見事な擬宝珠《ぎぼし》のついた朱塗りの橋を客席の上に架けて、役者が向こう正面から舞台へ通り抜けるといった大仕掛けな趣向を見せて、それはそれで評判は得たものの、芝居として盛り上がったわけではなかった。

この不入りの理由を、将軍の代替わりにともなう再三の御停止——お江戸の公方さまが大坂で亡くなって芝居が休みになるとは、さすがの新七でも到底思いつけぬ筋書きである——にかこつける者もないではないが、決してそうではないことを、新七はよく分かっていた。

——作らねば。高島屋の跡継ぎを。

いや、高島屋だけではない。小團次に代わる、江戸の芝居の柱を一本、どうしても。

芝居の柱と言えばやはり成田屋なのだが、今の市川家には、團十郎も海老蔵もいない。

新七は去年の九月のことを思い出した。

「師匠。本当にいいのかな、私で」

小團次は手を震わせながら、一通の書状を新七に見せた。

「そりゃあそうです。当然ですよ」

そう答えたものの、新七もいっしょに書状を見て正直、胸に迫るものがあった。

役者の棟梁《とうりょう》が成田屋なら、座元の棟梁は中村座。江戸三座の礎《いしずえ》を築いた中村勘三郎である。

中村座では、初代の勘三郎が櫓を上げた寛永元(一六二四)年の干支に因み、甲子《こうし》の年には「寿狂言《ことぶき》」として特別な演目を組む。その折には舞台上に素木《しらき》の大台を設《しつら》え、そこに中村座に伝わる重宝——家康が朝廷から拝領した赤地金襴《あかじきんらん》の陣羽織やら、江戸入国を記念した金の麾《はた》といった品々である——を鎮座させ、客に披露するという他にはない口上を行う。

本来なら前年の元治《げんじ》元（一八六四）年が甲子だったのだが、四月の二十二日に猿若町一帯が焼失の憂き目に遭っており、一年日延べとされていた。

小團次に届いたのは、この口上役をつとめてほしいという当代勘三郎からの依頼状だった。

本来、この役は代々團十郎がつとめるのが吉例だが、こたびは小團次にぜひとのことで、これは市川門下の総意でもあるという。

「……はからずしもこたびは市川の流れを受け継ぎまする私こと……寿の口上を申しまするは私が身の面目《めんぼく》……」

役者の家の生まれでもなく、地方回りから上方を経ての、前代未聞、望外の晴れ舞台。座元や幹部役者、贔屓の旦那衆らを従え、裃《かみしも》を着けて口上を述べた小團次の、晴れがましくも張り詰めた顔を、新七は我がことのように覚えている。

さような大黒柱が抜けた大きな穴。たやすくは埋まらぬかような暗い穴を埋め得るとしたら、それはやはり「跡を継ぐ者」の存在を置いて他にない。

もちろん、いきなり取って代われないことくらいは客だって知っている。だから、面差しでもいい、芸でもいい、ともかくも四代目市川小團次を偲《しの》ぶ何かを持った若い誰かが、厳しいまなざしを浴びるのを承知で、そこに座らねばならない。客はその成長を楽しみに、また芝居に足を運ぶのだ。

業平橋を渡った新七の肩に、ぽつりと落ちたものがあった。

——しまった、村雨《むらさめ》か。

柳島《やなぎしま》へと足を急がせる。浅草あたりとは違い、降り出した雨に、畑の臭いが立ち上ってくる。

――確かここだったな。

前にも一度来たことがある。

「申し。ごめんくださいよ。申し、開けておくんなさい」

「そのお声はもしや……。お待ちください、すぐ開けますよってに」

品の良い、鼻筋の通った、役者にしたいようなイイ男――ではなく、生来男ぶりの良いはずの役者が一人、せっかくの立派な顔立ちを台無しにする半泣きの顔で、戸を開けた。

――またお琴さんに泣かされていたのか……。

市川左團次。小團次の養子である。

お琴は小團次の三番目の妻で、子はいない。

小團次が亡くなったあと、ゆくゆくその名を継ぐべき者として三人の名が上がった。二番目の妻の子で十七歳の清助《せいすけ》、養子で二十五歳になる左團次、そしてもう一人は左團次の兄の米升《べいしょう》、こちらは三十一歳だという。

「血を分けたお子がいなさるんだ、清助さんがいずれ小團次を継ぐのが一番いいでしょう」

座元や一門の主な者たちの意見でそう決まったのだが、ことはこれでは済まなかった。

小團次が生前、清助を役者にするのを嫌がり、また清助本人も役者にはまったく興味がなかったため、花柳寿輔《はなやぎじゅすけ》の弟子となって、踊りの道で身を立てるべく修業中だったのだ。

「まだお若いんだし、踊りをこれだけ仕込まれていなされば、今からでも遅くはない。どうです」

まわりからそうお膳立てされて、清助も思うところがあったのか、役者に転ずる覚悟を示した。

とはいえ、十七歳でこれから初舞台では、心許《こころもと》ない。

ならばということで、清助がそれなりのものになるまで、米升がいったん高島屋の跡取りになってはどうかとの話が持ち上がった。中村座での追善興行で、なかなか手の利いた踊りを披露したこともあって、まわりはすっかりその気になったのだが、肝心の米升自身がこれを固辞した。

「手前にはお江戸の水は合いません。どうぞご勘弁を。弟をどうかこれまでどおり、よろしうお頼もうします」

米升はそう言い残すと、長居は無用とばかりに、さっさと上方へ戻ってしまった。

左團次と米升はもともと、上方の生まれ育ちである。父親は名古屋の出で、小團次がまだ二十代の頃からの付き合いだという。舞台へ出る役者の髪を結ったり、鬘《かつら》を調整したりする床山《とこやま》を生業にしていて小團次に気に入られ、そのまま上方へ同行し、住み着いたと、新七は聞いている。

その息子たちが床山ではなく役者の道に入ったいきさつまでは知らぬが、ともかく、大坂で芝居に出ていた米升に、たまたま江戸から来ていた中村座の由縁の者が目を付け、「江戸へ来い」と口説《くど》こうと、住まいを訪ねたという。

しかし、米升はその時も江戸行きを渋った。なおも説得しようとした時、そこへ煙草盆《たばこぼん》を持って現れたのが、左團次——当時は升若《しょうじゃく》と名乗っていた——であったらしい。

「いや、あんまり見事な男ぶりなんでね。じゃあ米升さんの代わりにこの人をってことになったのさ」

中村座が上方からきれいな若い衆を連れてくるらしい——役者たちの間でこんな噂が広まったのが、元治元年の暮れのことだ。

かつての自分と同じように、上方から江戸を目指してくる若者に、小團次も興味を惹かれたのだろう。中村座の者に詳しく話を聞いたところ、昔馴染みの床山の息子だと分かり、「ぜひ会ってみたい」との運びになったらしい。

そこからトントン拍子に、弟子ではなく養子にするとまで話がまとまり、左團次の名をもらったと聞けば、なんと幸運者《さいわいもの》よと、誰もが羨《うらや》む成り行きであったのだが。

むしろそこが、左團次の苦難の発端になったのだと、当人を目の前に、新七はため息を吐いてしまう。

「お琴さん。どうしても、気持ちは変わりませんか」

座敷に招き入れられた新七は、養母のお琴と差し向かいになった。

「だって師匠。どうしようもないじゃありませんか」

左團次が盆に湯飲みを載せて来た。どこからどう見ても、良い若い衆だ。中村座の者が大坂から連れてこようと思ったのもうなずける。

「清助のことを思えば、この人がしっかり立っていってくれればと思いますよ。でも……」

お琴は首を横に振った。

「無理ですよ」

手切れ金をやるから、養子の縁は切って大坂へ帰れ——お琴はもう何度もそう言い聞かせているのだが、左團次は「何でもするから置いてくれ」と懇願するのだという。

これにはやむを得ない訳があった。

「ここまで日干しになるようでは」

お琴の言葉に、座敷の隅に座った左團次の肩が震えている。

小團次の死後、左團次には一つの役も付かなくなってしまったのだ。小團次追善と銘打った興行においてさえ、である。

お琴が猿若町の家を引き払い、別宅として持っていたこの柳島へ移ってきたのは、ひたすら、役の付かない養子を恥じてのことだった。

理由は二つあると、新七は思う。

一つは、生前の小團次の性分と立場である。

自らの芸にはもちろん、舞台や楽屋での行儀にも厳しかった小團次は、まわりの役者にも自分と同じ厳しさを求めがちだった。稽古中にうっかりあくびをしただけで、満座の中で足蹴《あしげ》にされるなど、ひどい折檻《せっかん》を受けた者もある。

その厳しさが役者の徳としてみなから慕われる――などというのは、残念ながらきれい事、絵空事である。

恨みとまではいかなくとも、疎《うと》ましい、煙たい大立者と見て、実は遠ざけたい思いを心底に抱く者もいたのだろう。それは葬儀の参列者が存外に多くなかったことからも見て取れた。

直接小團次と何かあったわけではなくとも、芸の力だけで地方回りから市川門下の惣代《そうだい》に上り詰め、成田屋に代わるまでの存在になった人に対し、敬意や親しみより、妬みそねみの方が上回ってしまった者も、決して少なくはないだろう。

上方からのぽっと出で、いきなりそんな人の養子にあっさり納まった左團次に、心を寄せてやろうという者が少ないのは道理である。

理由のもう一つは――左團次自身にある。

去年の正月の二十七日。中村座で、左團次は初めて江戸の客の前に立った。

演目は〈鶴亀寿曾我島台《ちよばんだいそがのしまだい》〉、御家騒動に盗賊が絡《から》む筋立てだった。本舞台が開くのを、不安と期待の入り交じった気持ちで――初日はいつもそういうものだが――迎えた。台本を書いたのは自分だが、中村座ではあくまで新七は客演《スケ》扱いなので、こたびはほとんど稽古に付き合っておらず、仕上がりはまるで予想もつかなかった。

小團次を筆頭に、河原崎権十郎――亡き七代目（市川團十郎）の遺児である――や、岩井紫若――この人はかつて粂三郎と名乗っていた頃、〈十六夜清心〉で、小團次の相手役をつとめて人気の出た人だ――といった看板役者の並ぶ中へ、左團次が編笠を被った若衆の扮装で姿を見せた。

いかにも品の良い立ち姿をゆったりと見せておいて、鷹揚な仕草《しぐさ》で笠を取る。家を乗っ取られ、哀れと苦悩を背負った美しい若君の風情がふわっと漂う。

客が「おお」とどよめき、身を乗り出した。

旅籠の主人、実は盗賊の棟梁である小團次に茶を勧められて、左團次が第一声を発した。

「……それはかたじけない」

客のどよめきに、戸惑いが混じりだした。

「さて、今し方太鼓の音が聞こえたが、小さいのが家にあるかな……」

左團次の台詞が続くにつれ、どよめきはため息と失笑の渦へと変わっていった。

「……今の女子《おなご》の話といい、最前立て場で拾いし巾着《きんちゃく》、中にありたるへその緒の……」

台詞を最後まで言いやらぬうちに、客席から大きな怒声が次々と容赦なく飛び、耳を覆いたくなったのを、新七は今でも忘れることができない。

「ひっこめ、大根」

「この贅六《ぜいろく》め。上方へ帰りやがれ」

立ち姿も所作もきれいな左團次だが、唯一の、しかし最大の欠点は、強い上方訛《なま》りだった。

この初お目見え以後も、小團次が生きていたうちは、何度かそれなりの役で同座したが、いつもいつも、同じような罵声《ばせい》が飛んだ。そうしてそのたびごとに、きっと身が縮む思いをするからだろう、左團次の本来の良いところ、きれいな見た目や動きまでがどんどんくすんで、ついには見る影もない、情けない役者になり下がってしまった。

――贅六か。

役に立たない阿呆者《あほうもの》。江戸っ子が上方の人を罵《ののし》る時に使う言葉だ。これが、左團次の置かれた難しい立場を如実に示していた。

江戸の芝居好きたちの心底には、意識するとしないとにかかわらず、上方に対してのややこしい思いがあると、新七はかねがね思っている。

芝居、いやすべての芸能において、いやいや、芸能だけではない、衣食を彩るすべての文物において、何かにつけ江戸っ子は「たぶんこれはもともとは上方でできたものなんだろう」、「だからたぶん、京大坂の方にはもっと上等のものがあるんだろう」という引け目みたいなものを、どこかで引きずっている。お江戸が一番だと言いながら、酒でも食べ物でも、上方から「下ってきた」ものをついありがたがってしまい、でも内心で「ちぇっ、これぐらい江戸にだって」と舌打ちしたりする。

お江戸に公方さまが住むようになってからもう二百年以上も経っていて、誰もが世の中の中心は江戸だと思っているのに、「それは本当は違《ちご》うとります」とかなんとか、いまだに京や大坂の者に言われそうなのが、ともかく業腹《ごうはら》なのだ。

芝居では、公方さまから櫓を上げる許しをもらっている江戸の方が「大芝居」であって上方より上位とされるものの、それでもいまだに、「女方は上方下りの役者の方が芸が上」と通を気取って言う人もあるほどだ。

ただ、立役だけは事情が違う。

立役、特に成田屋がやる助六に代表されるような男伊達は、こうした江戸っ子の、上方に対するややこしい思いをばっさり断ち切ってくれる存在になっている。

よって、女方や脇役なら上方訛りもご愛敬で許されるが、芯になる立役では嫌われる。一念発起、上方から来たというのなら、しっかり訛りを取ってから出るのでなければ、客は承知しない。背景が京の清水寺《きよみずでら》であろうと大坂城であろうと、イイ男は江戸言葉で話していなければだめなのだ。

新七は作者だから、ついこんなふうに理詰めでものを考えるが、座元や座頭の役者たちはもっとずっと単純だ。「左團次では客が承知しない」その一言で退《しりぞ》けて、一切声を掛けてこない。おそらく兄の米升も、それをどことなく肌で感じて、早々に大坂へ帰ってしまったのだろう。

「左團次さん。お琴さんは、おまえさんが憎くて縁を切るというんじゃない。大坂へ帰った方がおまえさんの身のためだと思っておっしゃってるんだ。それは分かっていなさるね」

芝居町界隈きっての女丈夫であるお琴は、決して情のない人ではないのだが、夫の小團次と同じく、自分にも他人にも厳しいところがあって、どうしても人を遠ざけてしまう。

何年か前、小團次が最初の妻との間にもうけた子で、右団次《うだんじ》の名でやはり大坂で芝居に出ていた者を、跡取りにしようと呼び寄せたことがあったのだが、お琴との折り合いが悪く、二ヶ月足らずで帰ってしまったと聞いている。小團次が亡くなったことはもちろん右団次にも知らせたそうだが、よほど遺恨があったものか、江戸に顔を出す気配は今に至るまでまったくないという。

そんないきさつを思えば、「それでもここに残りたい」と粘る左團次の根性は、買ってやるべきなのかも知れない。

「どうです、左團次さん。このまま江戸でやっていくのは、どんなに苦労の多いことか知れないよ。それでも、役者を続けたいと言いなさるか」

「はい。亡き養父上《ちちうえ》がせっかく結んでくれはったご縁です」

〝くれはった〟じゃなくて〝くださった〟だな、と思いつつ、新七は腕組みをした。

正直、訛りが直せたとしても、それでようやく足が地に着くくらいのものだ。そこから先、左團次に果たしてどこまで役者としての力があるものか、新七も決して請け負えるわけではない。

――高島屋はどうして。

どうして左團次を、自分の養子にしようと見込んだんだろう。

……私はこの通り、男前でも口跡爽やかでもないんでね。

小團次と組み始めた頃、〈忍の惣太〉で言われた言葉が蘇る。

……なんの取り柄もない私の体にでも合うよう、もう少し仕組み直しておくんなさい。

家柄にも、外見にも恵まれなかった小團次。芸だけで高みに上り詰めた役者が、この若者に望んだものは。

うつむいて肩を震わせている左團次の膝を、ぽとりぽとり、しずくが濡らしていく。

――ああ、何かこう、良い風情ではあるな。

むしろ小團次にはあまり得手《えて》でなかった、古風な時代物の侍の役なんかが、似合うかもしれない。

――賭けてみるか。

小團次の遺言と思って。

もとよりそのつもりで来たのだ。見たかったのは、左團次の覚悟のほどだった。

「お琴さん。左團次さんの身を、私に預けてくれませんか」

新七は改めてお琴に向かい合った。

「この人を、師匠に、ですか」

「ご迷惑ですか」

「いいえ、そんな。それはむしろこちらの台詞です。こんな厄介者を預かっては、師匠のお荷物になるばかりでしょう」

「いいえ。私が作者としてここまでになれたのは、亡くなった高島屋の旦那がいらしたればこそです。恩返しというほどのことになるかどうか分かりませんが」

「お言葉はありがたいのですが、そんなご迷惑をかけるわけには。それに、結局恥の上塗りになって、夫の築いた高島屋の名を汚すだけかもしれませんし」

お琴の眉間《みけん》の皺がいっそう深くなる。

「じゃあ、こうしましょう。ともかく、私を信じて、三年、預からせてください。旦那と同じようにとはいきませんが、きっちり仕込ませていただきましょう」

「三年……」

「ええ。こうした物事は、古来だいたい三年を目処《めど》とするというじゃありませんか。もし三年経ってもどうにもならなかったら、その時は、お琴さんの思うように」

左團次の膝に波の池ができていた。

お琴が絞るように「承知しました」と言った。

二　暗挑　だんまり

慶応三（一八六七）年正月――。

朝比奈《あさひな》三郎、お坊吉三《きちさ》、寺岡平右衛門《へいえもん》、蟻王《ありおう》、伊之助《いのすけ》、佐々木盛綱《もりつな》、近江小藤太《おうみのことうた》、山中鹿之助《しかのすけ》……。

――どれも、なんとも、な。

市村座の作者部屋で、新七は左團次が江戸へ来てからこれまでにやった、主な役を書き出していた。

――あえて言えば、やはり時代物かな。

盛綱なんかは、はまれば立派で、主役にしたっていいと思うが。例えば、古い丸本《まるほん》もの、近松半二《ちかまつはんじ》あたりが書いた浄瑠璃で、人形が演じているような。

――とはいえ、それは遠い先のことだ。

座元も役者仲間たちも、「もう左團次は使えない」と決めつけている。本人もすっかり自信を失ってしまっているから、余計に芸が小さくなっていく。坂道を転げ落ちるように、ことがどんどん悪くなっている。

この坂を踏みとどまるにはともかく、出番は少しでもいいから、まずは舞台に出て、「実はそんなに悪くない」、「存外見所もある」と認めさせることが必要だ。まわりにも、左團次自身にも。

「ようよう、師匠ってば」

聞き覚えのある、少し鼻にかかって甘えたような声がした。田之助が上がり框《かまち》に腰をかけ、こちらを軽く睨《ね》めつけている。

役者は作者部屋に立ち入ってはならないのが芝居の定法《じょうほう》だ。田之助はよくこうして上がり框を止まり木みたいにして、新七に話しかけてくる。

月代《さかやき》に紫帽子をいただき、中振袖《ちゅうふり》を着た体を傾げて見せる嬌態《しな》は、このまま吉原で道中でもさせてみたいほどである。

「本当にあのでくの坊っちゃんを、お弟子にしたの？」

言うに事欠いて、でくの坊ちゃんとは。誰とは聞かずともむろん分かっているが、あえてしらばっくれる。

「でくの坊っちゃんてのは、誰のことだい」

「高島屋の旦那のご養子さ。もうてっきり尻尾を巻いて大坂へ逃げ帰ったのかと思ったのに」

「左團次さんのことか。ああ、まあ、私は作者だし、役者を弟子にするというのもなんだが、それでもあの訛りを取る手伝いくらいはできようかってな。あんまり悪く言わないでやってくれ」

「ふん、手間のかかることを。あンなの放っておけばいいのに。ねえ、そんな無駄なことをしている暇があるんだったら、もっとあたしに面白いの、書いてくださいよう、よう」

こんな時「よう、よう」と語尾を伸ばしてにこっと笑うのは田之助の癖だ。もうずいぶん長い付き合いなのに、何度向き合っても背筋がぞくっとする、それでいてついつい構ってやらずにはいられない、不思議な色気の持ち主である。

――それにしても、無駄なこととは手厳しい。

「あれ、由《よし》ちゃんじゃないか。そこで何を師匠とひそひそ話《ばなし》してんだい」

もう一人現れたのは、市村家橘《かきつ》だった。

「ないしょだよ。良い話さ」

「なんだって。隠さずに、私にもお言いよ」

二人はほぼ同い年だ。まだ田之助が前名の由次郎《よしじろう》を名乗っていた子役の頃から気の合う御神酒《おみき》徳利《どっくり》で、遊びでも稽古事でもよく一緒にいる。

「そういえば、ね、師匠、あのでくの坊っちゃんを……」

――おやおや、こっちもか。

「その話は今済んだよ。本当なんだって。そんな暇があるんならもっとあたしに面白いのを書いてって、直談判してたとこ」

田之助が家橋ににやっと笑って見せた。

「ほらほら、二人とも、思案の邪魔だ。向こうへ行っておくれ。二人に良い役が付くよう、ちゃんと仕組んであげるからさ」

家橋が田之助の頬を軽く突いて立たせると、田之助はその腕にしなだれかかりつつ、新七の膝を軽くきゅっと抓《つね》り、流し目をくれて去っていった。

――まったく。やんちゃどもが。

切られお富と弁天小僧に茶々を入れられては敵《かな》わない。

五代目澤村宗十郎《そうじゅうろう》を父に持つ田之助。十二代目市村羽左衛門を父に、三代目尾上菊五郎の娘を母に持つ家橋。それぞれ、この界隈の御曹司《おんぞうし》である。

口が悪く、生意気で、子役の頃から目立っていた二人だ。さっき見せていた悪戯《わるじゃ》れた態度とは裏腹に、芸には熱心で、稽古の虫、工夫好きの点でも他の役者から抜きん出ているのも同じなら、自惚《うぬぼ》れの強いのも同じである。

田之助は子役の頃、〈忍の惣太〉で小團次に殺される高貴の若君を演じて話題をさらった。家橋もやはり、小團次の〈鼠小僧〉で演じた蜆《しじみ》売りの少年が見事だった。「台本をもらってから毎朝、役のためにって、わざわざ深川へ行って、本物の蜆売りの子の跡を付けて同じように歩《ある》ってたんだそうだ。末恐ろしい子だよ」と小團次が話していたのを、新七はよく覚えている。

二人とも左團次よりもいくつか年下だが、子役を抜けた後、役者としてはとうに遥か上を行っていて、それぞれにもういくつもの当たり役がある。新七の書いたもので言えば、田之助は〈切られお富〉――名題は〈処女《むすめ》翫《ごのみ》浮名横櫛《うきなのよこぐし》〉という――のお富、家橋は〈白浪五人男《しらなみごにんおとこ》〉の弁天小僧――〈青砥《あおと》稿《ぞうし》花紅彩画《はなのにしきえ》〉――が中でも大当たりだった。

――まあ、こたびもむろん、二人を芯にしてはあるんだが。

この春、市村座に出すものの筋は、もうあらかたできている。

二人にはまだ話していないが、寄席で噺家の麗々亭柳橋《れいれいていりゅうきょう》がマクラで「どうかすると事実の方が噺より不思議なこともあるようで」と話していた捨て子の身の上話から思いついたもので、身分違いの恋の哀しい宿命を負った美男美女を演じてもらう腹づもりだ。

背景には、加賀の御家騒動に材を取った、お馴染みの〈加賀見山旧錦絵《かがみやまこきょうのにしきえ》〉の世界があるのだが、武家の話にはせず、舞台を廓に移したのが、新七の工夫だ。田之助と家橘には、二役として女郎の役もうけてある。

田之助は薄幸で健気《けなげ》な娘芸人のお静と気性の激しい花魁《おいらん》の岩藤、家橘は優しい色男礼三郎《れいざぶろう》と忠義な若い新造《しんぞ》女郎の初菊《はつぎく》、それぞれが二役の演じ分けに競い合って、芝居にさぞ熱を入れるだろうことも、新七の目論みのうちだ。

岩藤と初菊とが酒の飲み比べで張り合う場や、お静と礼三郎が互いに相手を恋いながらも裂かれる場、いずれも見せ場になり、さぞかし客が喜ぶだろうと、新七は今から楽しみにしている。

あの二人、いずれ江戸の芝居を背負って立っていくだろう。いや、もう既に立っているくらいの自惚れは十分持っているに違いない。

――そういえば、足はもうすっかり良いのかな。

こたびの〈お静礼三〉でもそうなのだが、役者の性分に引かれてなのか、田之助を頭に置いて筋立てを作ると、ついつい、人を責めたり責められたりの、激しい女の役を作ってしまう。

勢い、大道具などの仕掛けも危ういものになりがちで、一昨年の三月にはとうとう、田之助に舞台の上で怪我《けが》を負わせてしまった。

曲亭馬琴の読本《よみほん》『皿皿郷談《べいべいきょうだん》』から思いついた筋で、田之助は継母に苛《いじ》められる娘の役だったのだが、その苛めの見せ場の一つが、縛られて馬つなぎから吊されるという折檻だった。この時、あろうことか田之助の体が落下、舞台にたたきつけられるという事故が起きた。

右の足を強く打ちつけ、足先には傷も負った田之助だったが、痛み止めの薬を飲み、傷を負った足先をがっちりと布で固めて、休むことなく舞台に上がり続けた。

衣装との色合いや、血の滲むことなども考えてだったのだろう、田之助は紅絹《もみ》で足先を縛っていた。それを見た何も知らぬ女客の間で、その後しばらく素足の足指の間に紅絹を挟んで歩くのが流行っていたのを見て、新七は改めて田之助の凄みに触れた気がした。

その年の冬にはしばらく休みを取っていたが、年が明けると怪我などどこ吹く風、いっそう激しさと色気を増して、己こそ日《ひ》の本一《もといち》の女方、いや、立役の寝首でさえいつでも掻《か》こうかという風情を漂わせて舞台に立っている。その脇で「いつでも受けて立つさ」としゃらっと笑う、家橘の小憎らしさも格別だ。

——その隣へ、左團次も。

なんとかして立たせてやりたい。

そう思って、左團次がはまりそうな役、立てそうな場を思案してみるが、なかなかこれといったものが浮かんでこない。

あんまり台詞が多くなくて、それでも引き立つような、しかも悪目立《わるめだ》ちしない役。そんな都合のいい役は、なかなかもうけられるものでもない。

——他のことを先に……、名題の案でも考えるか。

立作者の仕事はもちろん全体の筋を立てることだが、その作業の仕上げとして、名題を考える、というのがある。

一日がかりで演じられる長い狂言の、言わば一番短い看板となるのが、名題だ。吉例として、おおよそ五文字か七文字の漢字を並べ、そこに語呂良く、かつ狂言の中身をうまく匂わせる読みを当てることになっている。

――初芝居だから、「曾我」は外せないが……。

古来、年の初めの芝居には、曾我兄弟の仇討《あだう》ちに材を採った話をやるのが、吉例ということになっている。曾我五郎と十郎は伊豆出身の武士、仇の工藤祐経《くどうすけつね》は源頼朝の重臣である。見事仇討ちにこぎ着けた二人のうち、特に力強い五郎を初代團十郎が演じて、江戸の芝居の隆盛を招いたことから、この習いができたと新七は聞いている。

とはいえ、毎年毎年、三座でこれを繰り返してくると、さすがに代わり映えがしないので、近年はこの本筋そのものを芯にして仕組むことは少なくなって、「曾我」に由来する場はほんの言い訳の端《は》切《ぎ》れくらいにしか入っていない芝居も増えた。こたび新七が仕組んでいるものも、曾我に因《ちな》む場なり、役なりをどうやって作るか、実はまだ決まっていないのだ。

――そっちも考えなくてはならないが。

題の案の方を、先に出してみるか。

新七は覚え書き用の帳面にまず「曾我」と書いて、次に「傾城《けいせい》」と書くとそれを上から線を引いて、横に「契情《けいせい》」と書き入れた。

こたびの岩藤と初菊とのくだりは、もうずいぶん昔、新七が茶屋遊びにうつつを抜かしていた若い頃に読んだ草双紙《くさぞうし》『契情草履打《ぞうりうち》』を思い出して仕組んだものだ。もとの作者である東西庵南北《とうざいあんなんぼく》という人はとうに亡くなっているらしいが、せっかくだからちょっと敬意を表して、この中の字も入れておきたい。

とびきりの女郎を意味する「傾城」。一国一城を傾けてでもとまで男を惑わせるほどの美女。それを「契情」――情けを契《ちぎ》ると用字を代えるのはやはり戯作《げさく》や芝居ならではの文法だ。

――これで四字。あと三字か。

七字を越えては絶対にいけないという決まりがあるわけではないが、看板や刷り物へ載せた時の収まり、見栄えが格段に悪くなるので、できれば七字以内にしたい。

――正月らしい、めでたい字も欲しいな。

それに、元となっている〈加賀見山旧錦絵〉にゆかりとなるような字も欲しい。

この世界へ足を踏み入れてほぼ三十年、立作者になってからは二十年になるが、何度やってもこの名題決めには頭を悩まされる。

きっと素人《かたぎ》の衆が見たら、なんてどうでも良さそうなことに、そんなに頭を使っているのかと、呆れるに違いない。

……本気でこっちの世界に。

亡くなった海老蔵の声がする。まだ駆け出しの、狂言方だった頃。〈勧進帳〉で無本の黒衣をつとめて、祝儀をもらった頃の。

五代目海老蔵、八代目團十郎、そして、小團次。

そういえば、海老蔵が江戸を追放されていた頃、八代目の弁慶で小團次が富樫をつとめたことがあった。小團次の発案で台詞を少し付け加えたりして、初演の時よりいくらか人情味の加わった富樫になったのが、思い出深い。

その芝居が千秋楽を迎えるとすぐ、八代目は父に会うために上方へ旅立っていった。小團次の富樫に見送られる弁慶さながらに。

――八代目が生きていたら。

もしかしたら、自分が左團次にここまで肩入れすることはなかったのかもしれない。

海老蔵の忘れ形見で八代目の末弟である権十郎のことも気がかりではあるのだが、権十郎に深入りすると、養父の権之助が何かと口を出してくるのが面倒で、今のところいくらか隔てを置くような間柄が続いている。

――なんだ、昔のことばっかり思い出して。

歳を取ったってことか。

冗談じゃない。それこそ昔、自分に一番運の向いてくるのは六十過ぎてからだって、八卦見に言われたじゃないか。

そういえばあの八卦見、いつのまにか見なくなったなと思いながら、新七はもう一度、帳面の上の文字に目を落とした。

――めでたい字と言えば、寿とか鶴亀とかだが。

三つの字を書いて、新七は思わず「あっ」と小さく声を上げた。

――亀鑑と書いて、かがみと読めるじゃないか。

〈加賀見山〉の読みともつながる上、亀鑑とは〝見本〟とか〝手本〟の意味だ。〈加賀見山旧錦絵〉は女版の〈忠臣蔵〉とも言われる狂言だし、こたびのお静と初菊も、忠義や真実《まこと》を尽くす人物だから、この字を使うのはなかなか良い考えだ。

契情、亀鑑、曾我。あと一字使える。

となると、ここはやはり、舞台が武家ではなく、華やかな廓であることが題から分かるように、

「廓」を入れるか。

契情亀鑑廓曾我《けいせいかがみくるわのそが》。いや、廓の曾我はおかしいか。語呂の座りも悪いし。

契情曾我廓亀鑑《けいせいそがくるわかがみ》。

「これだ」

ぶつぶつ言いながら、「曾我」の字が真ん中に挟まった名題を決めたところで、「曾我」のゆかりをどう入れるかも、ふっと頭に浮かんだ。

――正月の景色を、入れればいいんだ。


台本が出来上がり、役者の顔合わせが済むと、田之助が近寄ってきて新七の袖をきゅっと引いた。

「ようよう。わざわざあんなだんまりを仕組んでやるなんて。師匠、あんまり贔屓が過ぎらぁ」

「まあ良いじゃないか。それに、太夫《たゆう》の役、なかなか良いだろう」

この若さで立女方《たておやま》――一座の中で最高位に位置づけられた女方のことだ――となった田之助のことは、みな敬意を表して「太夫」と呼ぶ。

「うん、悪くないね。また立派にやって見せる。だから師匠、でくの坊ちゃんも、台詞、ちゃんと言えないと承知しないよう」

田之助が目をきらきらさせながら新七に顔を近づけてきて、耳元に囁き入れた。左團次には、できるだけ台詞の少ない役を振れるようにしたのだが、それでもまったくなしというわけにはいかない。

「分かったよ」

その日から、新七は毎日、市村座での稽古とは別に、左團次に口移しできっちり台詞の稽古をさせた。

「オオ、知れたことだ。立役仕込みでこれまでは、……さ、言ってみな」

「オオ、知れたことだ。立役仕込みでこ……」

「違う。なんで〝立役仕込み〟ってそんなに上下に音が揺れる。まっすぐ言うんだ」

「はい……」

目を白黒させながら、それでも左團次は何度も何度も、台詞の抑揚を確かめては声にした。

「その親人《おやびと》にも先立たれたより、少ねえとこから……」

「違う。〝少ねえとこから〟。良いか、まっすぐだ」

「少ねえとこから宗旨を変えた敵役《かたきやく》、うぬが所持なす菊一文字……」

立役ではなく、敵役。その方がいくらか、上方訛りを誤魔化《ごまか》しやすいのと、家橘とできるだけ役柄が似ないようにとの、新七の深謀遠慮の末の役だ。

家橘の持っている御家の重宝である短刀を奪おうとする敵役。その名乗りに、客受けを狙って、今の左團次が置かれた立場を自ら愚痴る「楽屋落ち」を入れたところが一番の長台詞で、あとはできるだけ、他の役者との短いやりとりで進むような役にしてある。

もう一つ、新七が思案の末にようやく思いついた曾我に因む幕では、左團次の鷹揚で見栄えのする体が十分生かせるはずだ。

芯になる筋立てとまったく関わりのない曾我をどうやって入れるか。この難題は「狂言の中に狂言を入れる」、つまり、芝居の中の人物たちが、芝居を見物しているという場を作ることで解決された。

――安易と言えば安易だが。

それでも、「だんまり」として仕組むことで、いくらか目新しさが出たのではなかろうか。

「だんまり」はもともと、台詞なし、黙ったままの役者たちがゆっくりと動き合うことで、「暗闇の中での出来事」を見せるという芝居の約束事だ。互いにまわりや相手が見えない中、宝物を探そうとか誰かを捕まえようとかの思惑で、手探り足探りで動く、滑稽味《こっけいみ》を含んだ場になることが多い。と同時に、この芝居に出ている主な役者たちの顔ぶれを客に披露する、顔見世風《かおみせふう》の場としての意味も持つ。

新七はここで、子團次《ねだんじ》――小團次の実子の清吉である――を使い、まだ幼い曾我五郎が仇討本懐《ほんかい》を遂げられるよう祈って、滝行《たきぎょう》をしているのを、大勢の者が代わる代わる出て来ては邪魔をしたり、あざ笑ったりすることにした。

やがて滝行の霊験《れいげん》が現れて五郎の体に力が漲る。ここで立ち回りになり、華奢《きゃしゃ》な子團次が何人もの敵をかわし、最後に大柄な左團次と組み合った果てに投げ飛ばし、見得を切って幕だ。

踊れるが、まだ台詞回しのうまくない子團次と、上方訛りの抜けない左團次の生かし方としては、我ながら良い工夫だと、新七は密かに自画自賛だった。

――それにしても、たいした我慢だ。

小團次がいないとなると、みな容赦ない。稽古場では田之助や家橘をはじめ、幹部の役者たちが左團次に辛く当たった。「そんなふうに言われたんじゃ次の台詞が言えない」と、言葉ではっきりと投げつけられるのはましな方で、左團次がまだ台詞を言っているのに、素知らぬ顔でかぶせるように次の台詞が出て来たり、反対に台詞が終わったのに他のみなが押し黙ったまま首を傾げて台詞も動きも止めてしまったりと、散々な目に遭っている。

しかもそれが終わると、今度は新七の家まで来て、夜遅くまで、また口移しで繰り返し稽古をする。並の者ならとっくに音《ね》を上げるだろうに、左團次は愚直なまでに黙ってすべてに耐えている。

――この性根を見抜いたのか。

精進、鍛錬《たんれん》を続けるというのも一つの才だ。芸では見るべきところがあったのに、精進や鍛錬を続けることができずに、消えていった役者を新七は幾人も知っている。

華やかな風貌を見込んだのはもちろんだろうが、その見た目とは裏腹に、恥をかかされても、嫌がらせをされても、黙って毎日同じことを繰り返す愚直さ、地道さ、品性の正しさが身に付いていることに、小團次は気づいていたのかも知れない。

二月二十七日、ようやく市村座の初日が開いた。

「オオ、知れたことだ。立役仕込みでこれまでは、親に苦労もかかり人《びと》。その親人にも先立たれたより、少ねえとこから宗旨を変えた敵役……」

どうにか「まっすぐに」台詞が言えると、客から笑いが起きた。

——臆《おく》すなよ。だいじょうぶだから。

新七は客席の様子をうかがいながら、舞台の上の左團次にそう呟いた。

昨日、左團次には「いいかい、こたびのおまえさんの役はな。名乗りでもだんまりでも、きっと客が笑う。それが、〝笑われる〟なのか〝笑わせる〟なのかで、おまえさんの次の幕が開くかどうか、決まるから。そう思って、堂々と台詞を言うんだ」と言い聞かせて置いた。

以前、失笑と罵声を浴びた左團次にしてみれば、客の笑い声は心《しん》の臓に悪いかもしれないが、ここを乗り越えなければ、次はない。

幸い、今起きた笑いは嘲笑ではないようだ。

本筋の方は、さすがに田之助と家橘、時分《じぶん》の花は二木とも満開の盛りで、当代の人気者が繰り広げる悲恋と忠義の物語に、客は十分楽しんでいった。

「師匠、よく仕込んだね」――稽古中、左團次のことを面と向かって散々「大根」「下手《へた》くそ」と罵っていた田之助も、ちらっとだけは誉めてくれて、どうにか次の狂言にも、左團次に声がかかることになった。

五月の狂言として、新七は寄席で聴いた春風亭柳朝《しゅんぷうていりゅうちょう》の噺〈和尚次郎《おしょうじろう》〉と、桃川如燕《ももかわじょえん》の講釈〈妲己《だっき》のお百《ひゃく》〉から材を取って狂言を仕組み、左團次にはお百に殺される商家の主人の役が振られた。この商人が大坂者とされていたのが、左團次には好都合だった。

お百は希代《きたい》の悪女で、もちろん田之助である。

しかしいざという時になって、田之助が「足が痛くてどうしても出られない」と役を降りてしまったので、新七だけでなく、まわり中が心配することになった。

「ふん。でくの坊ちゃんを、殺し場で思うさま嬲ってやろうと思ってたのに。悔しいけど、こたびは勘弁してあげるよ」

こんな憎まれ口をたたいてはいたものの、人一倍舞台への執着が強い田之助が休むというのはよほどのことで、無念の深さは量りしれない。代役は、他の者では絶対に嫌だというので、結局、家橘が和尚次郎とお百を二役でつとめることになって、なんとか五月の幕が開いた。

その後も田之助の休演が続く中、左團次は家橘の脇で黙々と辛抱強くいくつかの役をつとめていったのだが、八月の末になると、恐ろしい噂が聞こえてきた。

「太夫の右足、先からだんだん腐ってってるんだそうだ」

「脱疽《だっそ》って言うらしいな。どの医者にも見放されちまって、このままだとたいへんなことになるって言われてるとか」

「あの名医と言われる名倉《なぐら》先生でもだめだったというじゃないか」

「ああ。治せるのは、横浜に住んでるなんとかっていう異人の医者だけだって聞いて、太夫、とうとう横浜に行く覚悟だとよ」

「どうやって治すんだろう、その異人の医者は」

「それがな」

噂好きな芝居町の者たちの誰もが、そこでいったん、息を呑む。

「悪いとこを脚ごと、ぞっと冷たい風が抜けていく。

新七の背中を、ぞっと冷たい風が抜けていく。

芝居の仕掛けじゃあるまいし、実際にそんなことをして、命が続くのか――。

――あの事故のせいなのか。あの傷が。

田之助が休みでも、市村座の芝居は続いている。さすがの人気者も、家橘一人だけでは客を大入りにするところまではいかない。

九月になると、田之助は本当に横浜へ向かっていった。

――太夫。無事で帰って来いよ。

三　恩讐　おんとあだ

慶応三（一八六七）年、冬。

猿若町界隈は、芝居の不入りを嘆く者たちの深いため息で冷え切っていた。

不入りの理由は――一言で言えば、世情不安、ということだろうか。物の値段がやたらと上がり、大半の人々の懐が凍りついている。異国船が増えたせいだと恨む者も多いが、新七には正直、それが本当なのかどうか、判断する材料はない。

ただ、貧《ひん》すれば鈍《どん》すの俚言《りげん》はやはり本当なのか、浅草あたりでは乱暴狼藉《ろうぜき》を働く不逞《ふてい》の輩《やから》――たいてい侍だ――が増えた。

すると今度は、それを取り締まると称して闊歩《かっぽ》する侍の数がむやみやたらと増えたのだが、新七の見たところ、どっちがどっちやら、まるで見分けが付かない。客席で乱闘が始まってしまうことも多々あり、守田座などは花道脇の土間で、侍の一人が槍で刺されるなどの椿事さえ起きた。

そうした騒ぎのたびに芝居が中止になり、いっそう客足が鈍っていく。

「やっぱりお江戸に公方さまがいないからじゃないか」

「なんでいつまでも上方にいなさるんだろう」

「長州が攻めてくるのを必死で止めていなさるってのは本当なのか」

十五代の将軍になった徳川慶喜《とくがわよしのぶ》は任に就く前から京にいて、今もそのまま、一度も江戸城へ帰って来ない。

――公方さまも、團十郎もいない江戸か。

守り神のない江戸だから、田之助があんな目に――ついそんな、狂言めいた因果で、新七はものを考えてしまう。

「師匠。十二月、太夫は横浜へ行くことになりました」

市村羽左衛門が作者部屋へ入ってきた。まだ二十歳そこそこの若者だが、歴とした市村座の座元で、家橘の実弟でもある。

「横浜って、まさか、また悪くなったのか」

「いえ、違います。下田座《しもだ》に出るんです」

新七は耳を疑った。片脚を太股《ふともも》から切り落とした田之助が、どうやって舞台に上がるというのか。

羽左衛門の話では、田之助は作り物の脚をあれこれと試しているらしい。脚を切る手術をしたヘボンという医者の見ているところで舞台に上がろうと、下田座に行くことにしたという。

「ついては、次の初芝居は、大々的に太夫の快気祝いってことで、何かお願いします」

「快気祝い……」

不入りが重なって、市村座も借金を繰り返し、懐が相当苦しくなっている。田之助の復帰をうたい文句にすれば、客入りがいっぺんに戻ることは請け合いだろうが……。

「大丈夫なのか、本当に。そんなことをさせて」

「ええ。何より、本人がどうしてもって聞かないので」

羽左衛門は兄の家橘に比べるとおっとりした公家の風情《ふぜい》だ。役者に専念したい兄から座元を譲られて、若いながらも奔走している。

「師匠なら、片脚の自分でも見栄えのするものを書いてくれるだろうって、太夫、そう言ってました」

片脚の自分でも。

「分かった。なんとかしてみよう」

「もちろん、高島屋さんのご兄弟にも、出てもらいますから」

このあたりの配慮はありがたい。

羽左衛門の申し出を受けて、新七が家橘、田之助を芯にした狂言を思案していると、守田座の座元、勘弥からも「こっちにも、太夫のための一幕を書いてほしい」との申し出があった。

どの座も、続く不入りで苦しい。快気祝い狂言は奪い合いになっていて、結局、市村座、守田座、中村座、三座すべての初芝居に田之助が掛け持ちで出ることになった。

――だいじょうぶなのか。そんな無茶を。

慶応四年二月。

新七の心配をよそに、田之助本人は嬉々《きき》として舞台に上がり続けていた。

生人形師《いきにんぎょうし》の松本喜三郎《まつもときさぶろう》に特注して用意した作り物の脚、大道具方の長谷川勘兵衛が工夫した道具、そして新七の工夫した筋が、切り落とされた脚の代わりとなって、田之助の芝居を盛り立て、猿若町は久々の賑わいぶりである。

――たいしたもんだ。

狂言そのものというより、片脚を落とした役者がどう舞台に上がるのか、見世物《みせもの》を見るような興味で来た客もおそらく多かっただろう。されど、えもいわれぬ色香と凄み――地獄を見た者だけが漂わせ得るものと新七には思われた――を増した田之助の芝居が、そうした下世話《げせわ》な目を遥かに圧倒した。

――これなら、まだ、芝居が続けられる。

大政奉還《たいせいほうかん》だの、王政復古《おうせいふっこ》だの、どう聞いてもなんのことやらよく分からないが、芝居の幕さえ上がるなら、猿若町には関わりのないことだ。

幸い、地道な精進の甲斐《かい》あって、左團次の上方訛りはかなり抜けてきていた。台詞はもちろん、日常の言葉遣いも気づく限り新七は直してやっている。幹部役者に苛められるのは相変わらずだが、それでもなんとか少しずつ、本人も自信を付けているようだ。

田之助の快気祝いで一時は持ち直した客入りだったが、五月になるととんだ横槍《よこやり》が入った。

「上野でいくさだ」

「なんだって」

王政復古で将軍の座を追われた慶喜は、早々に恭順を表明して江戸を引き払い、水戸で謹慎していたが、そのなりゆきに得心しない幕臣たちは、徳川家の菩提寺《ぼだいじ》、上野寛永寺《かんえいじ》に結集して捲土重来《けんどちょうらい》の機会を窺っており、いつ新政府との衝突があっても不思議はない様子だった。

「とうとうやるか」

市中のあちこちに、ものものしい砦《とりで》みたいなものができあがり、人の往来がいちいち止められるようになって、芝居も閉めざるを得なくなった。

芝居町界隈の者はたいてい徳川贔屓だ。このまま新政府とやらいう田舎者の寄せ集めにされるがままってのはどうなんだと、かねがね思っていたところだから、みな固唾《かたず》を呑んで見守っていたが、十五日にいよいよドンパチ始まってみると、ものの一日二日で、無惨にも勝負は決してしまったらしい。

「ちぇ。面白くもねえ」

おまけに、蹴散らされた徳川の残党を新政府が厳しく取り締まるというので、その後も引き続き、人の往来は厳しく見張られた。当然、芝居の幕を開けることなどできず、結局三座とも五十日ほど休みを余儀なくされた。

一度灯の消えたところに、ふたたび客を呼び戻すのは難しい。何か、新たな工夫が必要だった。

「師匠。秋はいよいよ菊五郎襲名《しゅうめい》です。よろしくお願いします」

七月、羽左衛門が告げてきたのは、前々から持ち上がっていた、兄家橘による尾上《おのえ》菊五郎襲名披露だった。

――ついに音羽屋《おとわ》宗家の五代目か。

襲名興行は、客の関心を惹く切り札の一つだ。そして、菊五郎は團十郎に次ぐ大名跡である。

家橘の祖父にあたる、三代目の菊五郎が思い入れの深い狂言というので、芯になる一幕は〈伽羅先代萩《めいぼくせんだいはぎ》〉に新七が新味を加えて手を入れた〈梅照葉錦伊達織《うめもみじにしきのだており》〉と決まったが、二つ目の幕の方は、もう一人の人気役者、大谷友右衛門《おおたにともえもん》を芯に仕組むことにした。

友右衛門は大柄で貫禄《かんろく》もあり、しかも立役も女方も兼ね、古風な味のある役者だ。そこで新七は、お馴染みの〈蘆屋道満大内鑑《あしやどうまんおおうちかがみ》〉――通称は〈葛《くず》の葉〉という――を出すことにした。古《いにしえ》の陰陽師《おんみょうじ》安倍《あべの》晴明《せいめい》の父、保名《やすな》と、その妻にまつわる伝説に材を採ったものだ。

――なら、与勘平《よかんべい》がぴったりじゃないか。

新七は友右衛門に葛の葉を、権十郎に保名をさせて、その脇に出る保名の家来、与勘平の役を左團次に振れば、ニンも柄もちょうどうまくはまると考えた。

葛の葉の本性は白狐《びゃっこ》だし、保名は次第に狂気を帯びていく筋なので、どうしても狂言全体にこの世のものでない風が吹くことになる。そこに、この世の道理をきちんと伝えて場を下から支えるのが与勘平だから、左團次の実直な風情が合うだろう。

そう決めて、他の筋と役者もきちんとまとめ、顔合わせも済ませ、いよいよ稽古に入るばかりとなった、ある日のことだった。

「師匠。座元が、ちょいとおいで願えないかと言ってますが」

次席作者をつとめている勝諺蔵――この名はかつて新七自身が一時期名乗っていたのを、二代目として譲ったものだ――が、眉根に皺を寄せながら作者部屋へ入ってきた。こたび、〈葛の葉〉の詳細については、ほぼ諺蔵に任せることにしていた。

まだ何か注文があるのか。田之助と家橘は、自分たちの役に不満はないようだったが。

「うむ。今行くと言ってくれ」

座元の部屋に入っていくと、羽左衛門の他にもう一人、自分と同年配の男の顔があって、新七の嫌な予感はいっそう募った。

「師匠。実は……」

若い座元は、なかなか用件を言い出さない。

「なんです。私は回りくどいのは嫌いだが」

新七の機嫌が悪くなったのを見て取ったのか、もう一人の人物が「まあまあ、師匠。立ち話じゃ困る。ともかくお座りを」と手招きした。

――だいぶん図々しいな。

まるで自分の部屋だとでも言わんばかりで、どちらが座元か分からぬほどだ。

「与勘平ですがね。左團次にはまだ、無理なんじゃありやせんか」

黙っている羽左衛門に代わって、そう切り出したのは、権之助だった。

「〈先代萩〉の方の、相撲取りの絹川《きぬがわ》の役はまあ、それなりにつとまるでしょうが、〈葛の葉〉の与勘平は。あとの二人との釣り合いが悪い」

どこが悪いものか。冗談じゃない。

立作者である新七が決めた配役に横槍を入れてくるとは。

「……で、どうしろって言うんです」

「ぜひ、この場にも家橘に出てもらいたいんですよ」

新七は耳を疑った。

こたびは家橘が五代目菊五郎を襲名する興行、つまりは主役で、他にも役が多い。その人に、保名でも葛の葉でもなく、与勘平で出よというのか。その方がよほど釣り合いが悪いだろう。脇では羽左衛門が黙ってうつむいている。

――そういうことか。

権之助の魂胆はすぐに読めた。

どんな手でも使って、権十郎の格をともかく早く上げさせようという肚《はら》なのだ。

河原崎権之助。もとは、新七の古巣でもあった、河原崎座の座元だった男だ。

ただ、本来の江戸三座は中村座と市村座と守田座の三つで、河原崎座はあくまで守田座の控えだから、守田座の櫓がちゃんと上がっていれば、興行の許しを得られない。

芝居が今の猿若町に引っ越しさせられる前から、守田座――座元は代々守田勘弥を名乗っている――は長いこと金に詰まって興行ができなかったので、その間、河原崎座がずっと代わりに開いていた。

しかし、守田座の方は少しずつ力を持ち直し、興行を自分の手に戻す機会を狙っていたので、安政の初年頃には、勘弥――当時は十一代目だった――と権之助の周辺で何かともめ事が多かった。新七が河原崎座を見限って、市村座に移ったのはちょうどその頃だ。

その後、河原崎座は火事で立ちゆかなくなり、結局興行は守田座に移った。それが安政三（一八五六）年のことである。

ただ、その後も権之助は芝居を諦めたわけではなかった。何しろ、由緒正しい成田屋の血を引く権十郎を養子にしているから、まわりもあまり蔑《ないがし》ろにできない。

権之助は様々な手で金を集める算段をしながら、守田座が傾くのを手ぐすね引いて待っていたのだが、今の勘弥――こちらは四年前に継いだ十二代目である――は若いながら目端《めはし》の利くしっかり者で、今のところそんな隙は見せないらしい。

——それで、市村座に手を出そうと。

羽左衛門の苦しい懐に目を付けたというわけだ。

表だって座元に座らずとも、金の力で若い羽左衛門を黙らせ、権十郎をできるだけ良い待遇で舞台に立たせる。そうしておいて、いずれ権十郎を座頭にして、市村座を思うままにしようというのだろう。その上で権十郎が海老蔵なり團十郎なり継ぐことができれば、芝居の世界をほぼ牛耳《ぎゅうじ》ることができる。

怒りが噴き上がってくるのを、新七はぐっと飲み込んだ。ここは、我慢のしどころ、肚の据え所である。

「承知しました」

羽左衛門の口から小さく漏れた、ほっという安堵の息の音を、新七は聞き逃さなかった。

——そういうことか。

権之助に金を引き上げられたら幕が上がらないというほど、台所事情を握られてしまっているのだろう。

「家橘さん本人は、それでいいんだね?」

一応、念を押してみる。

羽左衛門は渋面《しぶつら》のまま、黙ってうなずいた。

「じゃあ、分かった」

作者部屋に戻った新七を、諺蔵が不安そうな顔で出迎えた。

「あの、いったい何が」

「いや、いいんだ。〈葛の葉〉の与勘平は、左團次じゃなくて家橘がやるそうだ」

諺蔵は驚きを隠せなかったのか、口からぐ、ともげ、ともつかぬ音を出した。

「それでな。こたびは万端、おまえさんが私の代わりをつとめてくれ」

「代わり？　とおっしゃいますと」

できるだけ、さりげなく。敵をあざむくには、まず味方から。真意を諺蔵に悟られてはいけない。

――そろそろ、任せても大丈夫だろうし。

弟子たちのしつけには自信がある。

「いずれ立作者になるための下稽古だ。しっかりやりな」

訝《いぶか》しみつつ、喜びも隠しきれない諺蔵を部屋に残し、新七は市村座を後にした。

自宅のある浅草寺正智院までは、歩いたらすぐ着いてしまう。新七はいつもの道を少し逸れて、川沿いをしばらく歩き続けた。

――許せない。

確かに左團次は、まだまだこれからだ。しかし、田之助や家橘からの苦情ならともかく、権之助にこう言われるとは。

――権十郎はどう思っているのだろう。

権十郎と田之助や家橘はほぼ年の頃はおっつかっつだ。

こういう御曹司たちは、物心つく頃から、手習いやお茶お花、踊り、鳴り物などの稽古事をよくいっしょに習って仲良くなる。家橘と田之助が御神酒徳利なのはそのせいだ。

だが権之助の仕向けで、同じ師匠の元に通いながらも、権十郎だけは常にばあやの付き添いのもと、行動を別にしていたらしい。

おまえは別格だから――権之助がはっきりそう言い聞かせていたのかどうかまでは分からない。ただ、ちゃきちゃきとこまっしゃくれて、良い意味で芝居町育ちらしい早熟さのある家橘や田之助に比べ、権十郎にはまるで大名か旗本の若殿のような、鷹揚と言えば聞こえはいいが、一つ間違えると横柄《へい》にも見える鈍さが色濃くある。

「お茶壺権《ちゃつぼ》ちゃん」

田之助や家橘が権十郎のことをこう陰口をたたいていたのを、新七は何度も聞いている。

将軍に献上される茶の入った壺が東海道を京から江戸へと向かう道中は、滑稽なほど厳《いか》めしいものだという。それを当てこすったあだ名であると分かった時、権之助が後生大事に茶壺を運ぶさまが思い浮かんで、新七は思わず吹き出しそうになったくらいだった。

一方で、茶壺が女陰の隠語でもあることを思えば、田之助たちの悪意の深さがいっそう知れる。実の父も兄も亡くなって、まわりから期待されるわりに今一つ人気の出ない権十郎のことは、田之助も家橘も、今だってよく思っていないはずだ。

――しかし、高島屋には世話になったろう。

つい孤立しがちな権十郎のことを、常に気に掛けていたのは小團次だった。

「自分がここまでになれたのは海老蔵の旦那のおかげだから。若にはしっかりしてもらわないと」――こう言って、同じ座組に入った時には、できる限り良い役を権十郎に付けるよう、ずいぶん心を配っていた。

それを思えば、左團次をここまで蔑ろにするのは、恩を仇で返すようなものではないのか。

――それに。

気を落ち着けようとことさらゆっくり、川面《かわも》に目をやりつつ、来《こ》し方《かた》のことをあれこれ思い出しつつつそぞろ歩くうち、新七は己の別の思いに、次第に気づき始めた。

左團次が役を奪われたのはむろん業腹だが、許せないのは、やはりそれだけではない。

――おれは立作者だぞ。

だいたい芝居の世界では、役者に比べて作者の扱いが低過ぎる、軽過ぎると、新七はかねがね思っていた。

……座元や役者の言うことばっかり聞いてるとな。おれみたいになっちまうぞ。

こう言ったのは、一度は身を退こうと思った新七を、芝居に引き戻した中村十助だ。

「座元はな、行き着くところ、儲けることしか考えちゃいない。片や役者の方は、自分の出番のことしか考えちゃいない。で、両方とも、何かあった時の責めは全部、おれたち作者に負わそうとするんだ」

苦々しくこう言ってからふた月もしないうちに、十助は亡くなってしまった。まだ三十五歳だった。

「世界の決め方、役の割り振り、台詞に曲付け、振り付け。どこでも良い、少しでも作者の意地の張りどころを残しておかないと、おれみたいに、体も心も、ぼろ雑巾にされる」

振り絞るような声が耳に蘇る。

――今思うと。

あれは本当に、遺言だった。

どの座からも重宝がられ、次々と書く今の自分。意地の張りどころは、どこだろう。

――そういえば。

新七の口元に微苦笑が浮かんだ。

「役者の名だけでなく、作者の名でも客が来る、そんな書き手になろうと思いやす」

海老蔵にそそのかされて、新七がこんな啖呵を切ってみたのも、確かその頃だ。

亡くなった時の十助の歳を、もう自分は十八も上回った。小團次が生きていた頃には流行唄に「似顔は豊国、役者は小團次、作者は河竹」とまで唄われたではないか。

――賭けてみるか。

河竹新七の名に、今どれほどの値打ちがあるものか。

新七はようやく心を決め、河岸を離れた。


八月二十四日。

市村座は明日の初日を控えて、総ざらえの稽古に入っていた。

「羽左衛門さん。話がある」

妻のお琴が丁寧に仕立てた結城《ゆうき》の対《つい》。新七は今日のために、わざわざ新しいのを誂えていた。

新七の後ろには、やはりこちらも常よりもさらに身ぎれいに整えた左團次が、神妙な面持《おもも》ちで従っている。「いざとなったら、上方へでもどこへでもいっしょに行こう」と、昨夜言い聞かせたから、おそらく覚悟はできているだろう。

「はい、なんでしょう」

迎えた羽左衛門の脇には、今日も権之助が我が物顔で座っている。

「私とこの人とは、今日限りでここを辞めさせていただく」

羽左衛門と権之助は、とっさに新七の言葉の意味が分からなかったのか、口をぽかんと開いたままでじっとこちらの顔を見ている。

「聞こえていますか。私と左團次は、もうここへは出勤しないと言っているのです」

「いや、ちょっと待ってくださいっ。明日が初日だというのにそれは困る」

「それはそちらのご都合でしょう。ともかく、私はもう来ません。立作者のつとめは、諺蔵がきちんとやるでしょうし。この人の役は」

新七はそう言って左團次の方を見た。

「この人の役は、どなたでも、そちらがお好きな役者にさせたらいい」

「おいおい、河竹の。ずいぶん臍《へそ》を曲げるじゃねえか。給金が不足なら、いくらか色を付けよう。そう無下《むげ》な言い方をせず、まあ話そうじゃないか」

「金が欲しいなら、もっと前に言ってます」

「そうか……。なら、左團次の役ももうちょっと考えようじゃないか。それこそ、おまえさんの筆でちょいちょいと台詞でも足して……」

語気が荒くなりそうなのを、新七は懸命にこらえた。

「権之助さん。ちょいちょいと足せるような台詞なんて、一言一句もないんですよ。ともかく、これでお暇《いとま》させてもらう。さ、左團次さん、行くよ」

部屋を出ようとした背中に、もう一言、飛んできた。

「おい、河竹の。そんなこと言って、おまえ、この先どうする気だ」

この先。

「さあ。なるようになるでしょう。少なくとも、権之助さんに心配してもらうことではありません」

新七はひたすら粛々と、市村座をあとにした。

「師匠」

後ろから、左團次の絞り出すような声がした。嗚咽を堪《こら》えているような声だ。

「このご恩は、一生かけて……。必ず、必ず」

「ああ。楽しみにしてる」

振り向かず、天を仰ぎ見て、答える。

秋の日が、釣瓶《つるべ》落としに暮れていった。

四　丸橋忠弥　まるばしちゅうや

明治元（一八六八）年九月晦日――。

新七は自宅に閉じこもっていた。

今月の八日に、元号が慶応から明治に改まったと聞いたが、新七の身のまわりには今のところ、何も改まりそうな気配はない。

市村座からは何度も使いが来たり手紙が来たりしているが、いっさい取り合ってはならぬと、家中の者に言い聞かせてある。

――来ない……か。

あとの二座、中村座と守田座。どちらかから「立作者として来てほしい」との誘いがありはしないかと、密かに期待して待っているのだが、残念ながら、今のところさような気配はない。

「父さん。お茶をお持ちしました」

娘のお糸《いと》が盆に湯飲みを載せてきた。山椒《さんしょう》の香りが漂う。新七の家では、茶葉に山椒の実を加えて淹《い》れるのが習慣だった。

「うむ。そこへ置いといてくれ」

お糸が部屋から出ようとすると、それまで新七の膝の上ですうすうと寝息を立てていた黒猫がむくりと起きてひと伸びし、あとへ付いて出て行った。

市村座を退いてきた――そう告げた時、妻のお琴も、娘たちも、誰も何も言わなかった。もう少し驚くかと思っていたのでいささか拍子抜けして、一度お糸に「みな驚かないんだな」と言ってみると、「父さんのなさることに、何事も間違いは無いでしょう」との返答だった。

――十月になっても、どこからも声がかからなければ。

今さら他の仕事なぞできるはずもない。左團次に言って聞かせたように、本当に上方へでも行くしかなかろう。そうなれば、妻子は当分、置いて行くことになる。

――お琴もお糸もしっかり者だし。

自分がしばらく留守をしたところで、それこそ何の間違いも起こらぬだろうが、それでもやはり、本当に江戸を離れるとなれば、よほどの覚悟が要る。

――そういえば。

あれは何だったのかな。

小團次が亡くなる前年、お糸がいきなり「出家したい」と言い出して、困り果てたことがあった。聞き分けがよく、女一通りのことは何事も漏らさずきっちりと身につけ、内心自慢に思っていた娘が出し抜けに別人になったようで、新七は慌てた。ついぞ見たことのない強情な涙に、何の説得の言葉も探せずにいた父親の横から、娘の気持ちを汲《く》み取ったのは、母親だった。

「それは、嫁に行くのがどうしても嫌だという意味かい」

お琴はそう言って、お糸を睨《ね》めつけた。

「じゃあずっとここにいることになるが。それでいいんだね」

娘は母を睨み返し、それから黙って頭を下げた。

――まるで狂言の一幕のようだったが。

女同士の強い目と目が行き交う、だんまり。

あの筋立ての底意《そこい》は、新七には未だに分からないことが多過ぎる。ただ分かったのは、それまで思っていた以上に、お琴もお糸も、表面の慎ましさとは裏腹の、激しい気性の持ち主であるらしいということだ。

――紫若より、田之助って方だろうか。

片脚の人気者。良くも悪くも目立つ田之助より、おっとりと立役をひきたてる岩井紫若の方を「やはりこっちの方が本当の女方だ」という見巧者も多いが、「本当の女」と「本当の女方」ってのは、実はどうも違うような気がする。

「父さん」

さっき出て行ったばかりのお糸が戻ってきた。

「あの、お客さまです」

「誰だ。市村座に関わりのある者なら取り次ぐな」

「いえ。守田座のお遣いの方が」

――来たか。ついに。

新七はその人物を客間へ通すように言い、自分も身支度を調《ととの》えた。

「田中鶴三郎《たなかつるさぶろう》でございます。今日は勘弥からの口上《こうじょう》を持って参じました」

守田座の重役の田中は丁重な態度で、新七を立作者として迎えたい、ついては左團次と子團次もぜひ来年から守田座でという勘弥の意向を伝えた。

「分かりました。一度詳しくお話を伺いましょう」

勘弥ならばきっと自分を迎えてくれるに違いないと、このひと月余り、密かに待っていたのだ。

ただ、これを権之助が知れば、きっと何か守田座にも自分にも、また左團次にも嫌がらせをするだろう。市村座との契約が残っているとかなんとか言って、手段を選ばず難題をふっかけてこないとも限らない。そのあたりを勘弥はどう考えているのだろう。

「時に師匠。このたびの権之助さんのことはご存じですか」

「はて。何かありましたか」

もう何かやらかしているのか。

「ああ、やはりご存じなかったですか。猿若町界隈ではたいへんな騒ぎなのですが……」

田中が教えてくれたのは、思いもかけない訃報《ふほう》だった。

つい先日、今月の二十三日に、権之助は今戸《いまど》の寮で殺されたというのだ。

「強盗に押し入られて、斬り殺されたというのですが」

本当に強盗の仕業《しわざ》なのか。

「まだ詮議《せんぎ》中で下手人《げしゅにん》は分かりませんが……。まあ、いろんな噂が飛び交っているようです」

新七の疑念を察したかのように田中はぼそっと告げた。確かに、権之助を恨んでいる者は大勢いるだろう。

「それで、権十郎は」

「ああ、若は無事ですよ。刺された権之助さんが一階で断末魔の呻《うめ》きを上げているのを、二階で腰を抜かして動けぬまま、ただただ聞いていたんだとか」

田中の口ぶりには権十郎の腰抜けぶりへの侮蔑《ぶべつ》がいくらか交じっていたが、新七は内心「それは良かった」と安堵した。

こう言っては権之助には悪いが、権十郎は行く末のある成田屋の宝だ。養父孝行とうかつに奮い立って怪我などせずに済んだのは、大いに幸いと言わねばなるまい。

しかし、自分が籠もっているうちに、そんなことになっていたとは。

「それから実は、ちょうどその翌日に、新しいお上からお触れがありまして」

権之助の死だけではない。〝徳川《とくせん》〟の世すらもうないのだ。世の中変わるものである。

元号が明治に改まっただけでなく、江戸は東京と名が変わったという。だが、新しいお上とはいったいどういうものなのか、新七たちにはまったくまだよく分かっていない。

「今後は、猿若町の外で芝居をしてもいいと言うのですよ。万事、〝自由である〟と」

「自由?」

「はい。幕府から出ていた芝居への様々なお触れは、一度ご破算《はさん》にしていいのだそうです」

「ご破算に……」

本当だろうか。

選りに選って権之助が死んだ翌日に、そんなお触れが出るとは。偶然も、こう重なればきっと、何かの因果だ。

「もちろん、それをどこまで真《ま》に受けていいのかは、慎重に見ていくと勘弥も言っていましたが。いずれにせよ、新しい世で芝居をやっていくのに、ぜひ、師匠にお力添えを願いたいと」

田中は新しい世という言葉にことさら力を込めた。

「分かりました。考えてみましょう」

明治二（一八六九）年。

晴れて守田座の立作者となった新七は、揃った役者の顔ぶれを見て、「これはいける」と確信した。

――紀伊国屋がこっちへ移って来たのか。

座頭は田之助の実兄、訥升《とっしょう》で、当然、弟の田之助が立女形である。他にも人気者の中村芝翫や、今や役者のご意見番とも言うべき古老格で芸達者の中村仲蔵もいて、心強い。

他の二座では、養父を殺された権十郎が、その父の名を襲名して市村座の座頭に、またその市村座から離れた菊五郎が中村座の座頭になっていて、芝居全体が一世代繰り上がった感がある。

「ようよう、師匠、よう」

二月の末、そろそろ帰ろうとしていた新七のもとへ、田之助が現れた。

「次、何書いてくれる？」

「そうだなぁ」

初芝居、最後の幕で、田之助は〈道成寺《どうじょうじ》〉を踊った。

脚が二本あってさえ、なまじの役者では到底踊り通せぬ大曲を、どうしてもやりたいと言い出した時、新七も勘弥も正直危ぶんだのだが、いくつもの工夫と芸で、むしろ今の片脚の田之助にしかできぬであろう、執念の舞台を見せ、客の目から涙を絞り取った。

「どんなのがやりたい」

「早替わりとかいいな。昔、高島屋の旦那がやってたみたいのを」

「そうか。分かった、考えておこう」

結城の袖の上から、田之助の熱を帯びた指の感触が伝わってくる。

「で、また師匠は、左團次に良い役を付けるのかい。いいね、高島屋は。大根のくせにずっと師匠が付いいてくれて」

相変わらず稽古での仕打ちは酷《ひど》いが、左團次も近頃ではうまくそれを受け流せるようになっている。

――でくの坊ちゃん、て言わなくなったな。

「体、大丈夫なのか」

新七がそう尋ねると、田之助の額から鼻筋にかけてみるみる険が浮いて、大きな蝶が貼り付いたようになった。

「うるさいよう。そういうこと訊《き》かれンのが、一番嫌《や》なんだ。あたしがやるって言うんだから、やれるに決まっているだろう」

「すまん、悪かった悪かった」

新七が謝ると、一気にぱあっと明るい笑顔を見せ、二の腕のあたりを軽くきゅっと抓《つね》って去って行く。

他の役者にこんな口を利かれたら決して許さないのだが、今の田之助だけは、やはり新七にとっても別格になっている。

三月からの守田座の狂言は〈敷島怪談《しきしまかいだん》〉。田之助の望みを入れて、廓の女将《おかみ》お玉《たま》、お玉のせいで責め殺されてしまう花魁敷島の二役。殺す方と殺される方、両方を一人で演じてしまう外連味の効いた仕組みである。

敷島に扮した田之助が、殺された挙げ句に古葛籠《つづら》に押し込められ、川に流された――はずが、すぐにお玉となって舞台に現れたりと、客の目を釘《くぎ》付けにした。

左團次はというと、お玉と密通する源四郎《げんしろう》という廓の男衆の役である。

今や責め場といえば田之助の独擅場《どくせんじょう》で、今回も、花魁の敷島がやってもいない盗みの嫌疑を掛けられ、左團次の源四郎と、仲蔵扮する廓の遣り手《やりて》、お爪《つめ》の二人からさんざんに打ち打擲《ぶ》の折檻を受けて死に至るまでが前半の見せ場である。ただ実のところ、稽古場で本当に〝折檻〟を受けていたのは、源四郎役の左團次の方だった。

「ちぇっ、相変わらず生煮えの大根だ。この台詞をそんなふうに間抜けに受けられたら、次にあたしが〝恨みを晴らさでおくべきか〟って言えないじゃないか。それに、髱《たぶさ》の摑《つか》み方、もっとあたしの顔がちゃんと客席に向くようにできないのかい。不器用だねえ」

瀕死《ひんし》の敷島が手厳しく文句を言うかと思えば、脇で見ているお爪婆の方もさらに容赦なく、「しょうがねぇなあ、いつまでも下手くそが。いいか、太夫がおまえさんの袖を必死で取ってる体をしっかり見せたまま〝しっかりと摑めぇていやあがる〟だ。それから、ここはきっちり江戸言葉で決めてくれねぇと、〝それじゃあ化けて出るかもしれねぇ〟ってこっちが受けられねぇだろう。何べん言ったら分かるんだ。そんなこっちゃ幕が開けられねぇ。早くどうにかしろ」とため息を吐く。

毎日こんなことの繰り返しだったから、無事に幕が開いて、勘弥から「高島屋は、どうやら一皮むけたようですね」と言われた時は本当にほっとした。

——稽古での折檻、身になったようだな。

平然と女を嬲り殺して逃げる悪役がきちんとはまって「別人になったよう」と好評を得るなど、新七の目から見ても及第点だった。

——これなら。

手応えを感じた新七は、勘弥とも相談の上で、五月には小團次の当たり役〈佐倉宗吾〉をやらせてみたが、これはさすがにまだ大役過ぎたようで、またまた左團次への風当たりは強くなってしまった。

――ちょっと焦り過ぎたか。

しかも悪いことに、田之助が体調を崩して休演になり、客寄せを考えるとどうしても、人気のある芝翫を芯にせざるを得なくなった。芝翫は見事な踊り手で芝居も上手いのだが、台詞覚えが極めつきに悪い上に大嫌い、かつ、それを公言して意に介さないので、新作を仕組むのは難しい。勢い、新七が左團次にやらせる役の思案は付きにくくなる。

「父さん、お客さま」

十月の末、自宅にいた新七を訪ねてきた女があった。

「これは、お琴さん。使いでもよこしてくれればこちらから伺いましたものを」

左團次の養母、お琴である。

「いいえ。師匠にご足労願っては罰が当たります」

女丈夫は畳にきちんと座った。揃えた指の先まで、芯の通った所作である。

「師匠。来年がお約束の三年です。あの子の身の始末は、いかが付けたらいいでしょう」

詰め寄られて、新七は考え込んだ。確かに、今のところまだまだ、左團次の行く途は険しいと言わざるを得ない。

だが、新七が市村座に三行半《みくだりはん》をたたきつけて、どこの舞台にも上がれなかった間も、左團次は一日も休まず、台詞や踊りの稽古に励んでいた。また、願を掛けているのだろう、毎日、観音さまにお参りに行くのも欠かさない。

恵まれた容姿と愚直な人柄――これで大成しないのだったら、神も仏もあるもんかという気が、新七はしていた。

「来年になれば、役者の顔ぶれがまた変わります。それを見た上で、必ずなんとかしますから、どうか」

「なんとか……。本当に、なりましょうか」

「なります。私は、小團次さんの見込みを信じていますから」

「分かりました。私がここへ来たことは、あの子には……」

「もちろん、言いませんよ。どうかもう少しだけ、見ていてやってください」


明治三年。

歳が改まっても田之助は復帰してこなかった。守田座では市村座から移ってきた紫若を立女方に据えた。

「三《み》すじさん。太夫はどうしていなさる」

二月のある日、楽屋口で見覚えのある顔を見つけて、新七は声をかけた。

市川三すじは、もとは亡くなった八代目團十郎の弟子だが、今では田之助の付人《つきびと》で、舞台での後見として欠かせない存在である。

「それが……。いつ伺ってもたいそうご機嫌が悪くて、人にお会いになるのを嫌がって。近頃では私にも会ってくださらないことが多いんです」

「そうなのか……」

田之助の妻お貞《てい》は、俠客《きょうかく》として知られる相政《あいまさ》こと相模屋政五郎《さがみやまさごろう》の娘だから、暮らし向きに不自由はないだろうが、あの田之助が舞台に出られないとなると、機嫌がすこぶる悪くなるのは必定《ひつじょう》だ。きっと誰もが扱いかねるだろう。

――一度見舞いに行ってやらなければ。

ただ田之助は、人に弱いところを見せるのを一番嫌う。三すじにまで会わぬというのはよほどのことだろうから、新七が行っても会ってくれそうな気がしない。

作者部屋での甘えたり怒ったりも実はすべて、新七に良い台本を書いてもらいたいがための芝居、女郎の手練手管《てれんてくだ》みたいなもので、決して素をこっちに見せているわけではない。それも作意ではなく、天賦《てんぷ》の役者の勘がおそらくそうさせるのだ。そう思うと、いっそう哀れである。

……哀れみなんか、まっぴらだ。それよりまた書いておくれ、よう。

田之助の声が聞こえる気がする。

――お糸に言いつけて、何か届けさせるか。

田之助のことはずっと心にかかりつつも、頭の中は三月に出す狂言のことでいっぱいになっていた。

――やるか、あれを。

本当に、〝自由に〟芝居を作っていいのなら。

今の守田座の顔ぶれなら、無理なくできそうな気がする。そして、うまくいけば。

新七は作者部屋の机の上で、ざっとおおよその筋を書き、主な役の割り振り案を書き出してみた。

芝翫　宇治常悦《うじじょうえつ》
左團次　鞠ケ背秋夜《まりせしゅうや》
訥升　音川修理之亮勝元《おとかわしゅりのすけかつもと》
仲蔵　宗四郎《そうしろう》

――どうだろう。

懸念は二つあった。

この狂言の腹案は、ずっと以前から胸にあった。これまで書けずにいたのは、前のお上、つまり徳川幕府を憚ってのことである。

——本当に自由だというなら、いっそ実名を使ってやりたいが。

宇治常悦は由井正雪《ゆいしょうえつ》、鞠ヶ背秋夜は丸橋忠弥《まるはしちゅうや》、音川勝元は松平伊豆守信綱《まつだいらいずのかみのぶつな》。慶安《けいあん》の変、その昔、三代将軍家光《いえみつ》の頃に起きた、幕府転覆の企《くわだ》てである。

講釈などでは語り伝えられているが、狂言にするとなると、やはりどの作者も二の足を踏むようで、この材を正面からまともに扱った筋はこれまでにない。

新しいお上は、言わばついに徳川を倒した側だから、きっと今ならこれをやってもいいのではないか。

しかし、それでも念のため、名前は変えておいた方がいいだろうかと考えての役名だ。このあたりは、勘弥とも相談である。

——さて、もう一つの方はどうだか。

由井正雪とともに企てを首謀し、事が露見した後は真っ先に捕縛され、磔にされた丸橋忠弥。主役の由井に肩を並べるほどの役を左團次にというのを、座元も役者連中も、果たして承知してくれるだろうか。

芝翫と左團次。残念なことに、今のところ人気も格も雲泥《うんでい》の差だが、見た目の釣り合いは悪くない。また、忠弥という人物像——根は真面目で、しかもこれだけの大事を抱えていながら、どこか危なっかしさの拭えない素朴さ——が、今の左團次にはぴったりはまると、新七は考えている。

——決して、身贔屓だけの役振りではない。

なんとか皆を説得しよう。

覚悟を決めて臨《のぞ》んだ顔合わせで、いつものように新七が台本を読み上げ終わると、座がしばらく静まりかえった。

「師匠。こんな言い方はしたくありやせんが」

左團次以外の役者同士が何度も目を見交わす。長いだんまりの後、口火を切ったのは仲蔵だった。

「狂言そのものは面白ぇと思いますよ。ですが。……どうです、座頭」

自分が何か言う前に、若いが座頭の地位にある訥升に先に意見させようというつもりらしい。

「ええ。これ、だいじょうぶですかね」

弟の田之助とは違って、訥升は物腰が柔らかい。一言だけ言って、あとはやはり仲蔵に任せるという素振りを見せた。

「四幕はほとんど全部、それから六幕の一場も、高島屋が芯になる筋だ。……つとまるのかい」

黙って聞いている芝翫が形の良い鼻をうごめかし、ふんと軽くあざ笑った。

左團次はというと、俯《うつむ》いたまま、膝の上で拳を震わせている。

「これは立作者の河竹新七が、思案の末に万事決めたことです。だからもし、これが不入りなら」

新七はそこまで言って口をつぐんだ。

新七と左團次が市村座を退いた折のいきさつは、ここにいる皆が知っている。

それまで黙って聞いていた勘弥が、ようやく口を開いた。

「分かりました。これで行きましょう。皆さん、よろしくお願いしますよ」

仲蔵が不満を口にした四幕は、左團次扮する秋夜が、足利城《あしかが》――もちろん江戸城の書き換えだ――を攻略する方途を探りに行き、修理之亮に見咎められる、思わせぶりの多い一くだりである。

雨の夜、酔ったふりをして堀端《ほりばた》にたたずむ秋夜に、犬がじゃれつく。

「畜生、てめえか」

そう言いながら石を拾って犬の方へ投げる秋夜。石は堀の中へ落ち、どぶんと水音がする。

その音に聞き入る秋夜。

犬を追い払うためと見せかけて、本当は水音から堀の深さを測ろうというのだ。

「師匠、あの」

「なんだい」

いつものように、稽古場での稽古の後も、左團次は毎晩、新七の家で台詞をさらっていく。

「ここ、石を二度投げますよね。それぞれ、どう音を聞くと、何が分かるつもりでやればいいんでしょう」

「そうだなあ」

自分で作った筋だが、そこまで深く考えておらず、新七はいくらか慌てた。

「本職に尋ねてみたら、分かるでしょうか」

「本職？」

「はい。ちょっと心当たりがあるので、暇を見つけて教わってきます」

どこをどう伝手《つて》をたどったものか、どうやら左團次は測量技師を紹介してもらったらしい。

数日経つと、芝居ががらりと変わってきた。

一度目は、石を投げたら、床几《しょうぎ》に耳をつけて音を聞く。

二度目は、立ったまま直接、音を聞く。響きの違いに耳を澄ませているところを見せているんだな、ということがよく分かる。

そのあと、煙管を目の前にかざして、それによって堀の幅、石垣の高さを目測する。この一連の動きを、酔っ払いが犬を構っていると見せかけながら、しかし、歴《れっき》とした企てを以《もっ》てしている、という体《てい》で芝居をする。煙管をかざすところでは、それが城の門番に見咎められぬよう、被っている笠をなんとなくずり落とすという細かな仕草も入る。

——なかなか、良いじゃないか。

もちろん、これで本当に何を測っているかが分かる客はあまりいないだろう。とはいえ、江戸が東京と変わって、何かと目新しい文物技術の増えた昨今、「実際に何かを測る」動作をしているんだなということは伝わるはずだ。

——〝写実〟の試みか。

左團次の工夫は、これまでの狂言にはない面白さになるのではないか。

——新しい世に合うような、何か。

その昔、河原崎座、権之助のもとで〝お馴染み〟ではなく自身の〝新作〟を書くことにこだわってぴりぴりしていた、若い頃の滾るような気持ちが、蘇るような気がした。

三月十三日から幕を開けた〈樟紀流花見幕張《くすのきりゅうはなみのまくはり》〉は、新七の狙いどおり、左團次の堀端の場と、もう一つ、最後の立ち回り、こちらもやはり〝写実〟を狙って、これまでより速い間合いで激しい動きを見せたのが好評で、日を追うごとに客が増えた。

「うまくやりやがったな」

仲蔵がにやっと笑って左團次の肩をぽんとたたいていったのを、新七は我がことのように喜んで見送った。さすがのご意見番も、こたびは認めてくれたらしい。

「師匠、ちょっと」

大入りでほくほく顔のはずの勘弥が、なぜか険しい顔で新七を呼び止めた。

「太夫のことなんですが」

「田之助かい？」

「実はですね」

勘弥はまわりを見渡し、声を低くした。

「もう一方の脚も、切ったというのです」

「なんだって」

総身に粟《あわ》が吹き、震えが襲って来るのを、新七はどうすることもできなかった。

第四章

田之助

「澤村田之助」豊国画（部分：国会図書館蔵）

紀伊国屋（三代目澤村田之助）さんのこと――。まあそれは、多くの方がお書きになってますから、今更私が……。控えましょう。

そりゃあ父さんは、どれだけ無念に思っていたか知れません。それは間違いありません。

〈切られお富〉のことですか？

そう、今だったら、いろいろ考えなきゃいけなかったかもしれませんね。ひょっとしたら、父さんが瀬川如皐さんから訴えられたり、なんてことも、もしかしたらあり得たのかも。

何しろ、ご一新より前にはない考え方でしょう、「著作権」ていうのは。

徳川《とくせん》の世の頃にも書物屋とか版木屋の組合があって、偽物とか作ったら罰せられてましたけど、それはあくまでお店の権利を守るもので、本を書いた人の権利を守るものじゃなかったと思います。

明治も、二十年以上過ぎた頃ですよ、この言葉がちゃんとできて、私たちにも身近になったのは。

ええ、そうです。芝居の台本で、日本で一番最初に「著作権」が登録されたのは父さんの書いたものです。ただ、父さん自身はなんだか乗り気じゃなくて、取り仕切ってくれたのは、守田勘弥さんでした。書類なんかの細かいことは弟子の竹柴《たけしば》其水《きすい》さん――二代目河竹新七――に任せていたと思います。

父さんが亡くなってからは、私がこれを受け継ぎました。権利を守るためにいろんな勉強をしましたけど、でも、難しいですよ、これ。

どこまでは「著作権」の及ぶ範囲で、どこからはそうじゃないのか。父さんが生きていたら、改めて尋ねてみたいなって思ったこと、何度もありました。

私、よく父さんから「試験」をされました。昔からの芝居の本、山のように読まされて、筋とか人物の関係とか、有名な台詞とか、どれだけ覚えているかって。

自分がどこからどんな材をもらったのか、忘れちゃいけないっていう教えだったのかもしれませんね。

一　切られお富　きられおとみ

——両脚とも……。

新七は思わず己の拳を握ったり、開いたりを繰り返していた。

田之助がもう片方の脚も切ったという知らせに、こちらの四肢まで痺《しび》れて崩れ落ちていきそうで、背筋も指先もぞわぞわした感覚が止まらない。

「また横浜の、ヘボンっていう異人の医者ですか」

「ええ。他でもあれこれ手を尽くしていたらしいのですが……」

勘弥は、松本良順《まつもとりょうじゅん》や佐藤尚中《さとうしょうちゅう》など、田之助を診たという名だたる医者たちの名を挙げてこれまでのいきさつなどを話してくれたが、正直新七の耳にはほとんど入ってこなかった。

——終わりだ。

片脚ならまだしも、両脚のない者に役者ができようはずがない。

早熟の名女方は、まだ二十五、六のはずだ。三年前に右脚を切ると聞いた時、きっともう舞台には立てまいと誰もが思ったのを見事に裏切って、片脚の不自由さを微塵《みじん》も見せぬ、いや、むしろ片脚になったことでいっそう大輪の妖花《ようか》を咲かせた太夫。

されど、脚を両方失っては。

腕だけで這《は》いながらこちらに流し目をくれる、妖怪変化のような田之助の姿が目の内に浮かび、新七は慌ててそれを打ち消した。

「命はだいじょうぶなのでしょうね」

「ええ、まあ……。ただ何しろ、どの医者も、先のことは分からぬとしか」

脱疽。いったいいかなる業病《ごうびょう》なのか。そもそもなぜ、右脚だけで済まず、左脚にも及んだのか。新七には見当もつかない。

「相政がついてますから、暮らしに困ることはないと思いますが」

勘弥はそう言うと、常のごく平静な調子に戻った。

「ともかく、お伝えだけはしようと思いましたので」

新七は黙ってうなずくと、作者部屋へと戻ってきた。

舞台に上がれなくなる。

本人にとってはそれは死にも等しいことだろうが、芝居の世界は残酷なもので、看板が一枚なくなれば、別の看板を掛けるだけのことだ。同じものでなくともなんとかなる。いや、別の看板でなんとかするのが、むしろ新七たち作者の役割だ。

――やるせないもんだ。

堅気の商人の家に育った新七とは違い、田之助は根生《ねおい》の芝居者だ。舞台に立てない暮らしを、受け入れることができるだろうか。

――初舞台、確か三つだったよな。

二十年以上前。新七の方は三十路を少し過ぎたくらいだったか。河原崎座でようよう立作者の地位を得ていたものの、権之助の意向で〝お馴染み〟の焼き直しばかりさせられて、自分の工夫をなかなか表に出せずに燻《くすぶ》っていた頃だ。

――そうだ、飛梅《とびうめ》の精だ。

だんだん思い出してきた。十一月のことだ。演目は〈菅原伝授手習鑑《すがわらでんじゅてならいかがみ》〉で、田之助の実父、宗十郎が松王丸《まつおうまる》をつとめていた。

松王丸の子、小太郎《こたろう》をやったのが当時源平《げんぺい》と名乗っていた訥升だ。菅原道真《すがわらのみちざね》の一子、菅秀才《かんしゅうさい》の身代わりとされて首を刎《は》ねられる、哀れな役どころである。

弟の田之助――当時は由次郎である――も出してほしいというので、飛梅の精で〝初お目見え〟ということになった。宗十郎にしてみればきっと兄弟で菅秀才と小太郎をさせたかっただろうが、まだ三歳ではいささか早過ぎた。

――そういえば、菅秀才をやった子は。

誰だったか、思い出せない。この役が振られたならそれなりに見込みのある子だったはずだが、長続きせずに消えてしまったのだろうか。

ともあれ、紀伊国屋が御曹司二人を従えて出るというので、なかなかの前評判だったのに、幕を開けてみれば不入りで、〈菅原伝授手習鑑〉は十日ほどで打ち切られた。

不入りの理由は宗十郎でも、もちろん幼い兄弟でもない。

――なんだか、因果めくが。

この同じ月、江戸で同じく〝初お目見え〟したのが、小團次だったのだ。こちらは既に四十の坂も見えてこようという年季、上方でじっくり仕込まれた芸を引っさげての江戸入りで、八代目(團十郎)と共に市村座の舞台に上がった。はるばるやってきた父、海老蔵の弟子を、若い八代目はよほど頼りと見込んだものか、小團次は七役を早変わりで踊るという破格の見せ場を与えられていた。華やかな瑠璃灯《るりとう》に彩られ、客席の上から宙乗りで舞台に上がるなどの派手な仕掛けもあいまって、その月の客はみな市村座に持って行かれた。まるで盛り上がらぬ河原崎座で、新七は悔しさでいっぱいだったからよく覚えていた。

——その二人が、ああいう形になるとは。

その小團次が河原崎座へ移ってきて、新七の書いたものを初めて演じたのが〈忍の惣太〉だ。

新七が書いた台本をむっつりと黙って睨み、見るからに機嫌の悪かった小團次。執念く繰り返される書き直しの要求に応えることができたのは、あの時河原崎座に、由次郎がいてくれたからだ。

〽名にし負《お》ふ　隅田川原《すみだがわら》も夕暮れて　往来《ゆきき》もまれに星影の見ゆる朧《おぼろ》の雨《あま》あがり……

時の鐘、川波の音に導かれてはじまる浄瑠璃に乗って、向島の土手に姿を見せる、由次郎扮する梅若丸。大家《たいけ》の若君でありながら家を追われ京を離れ、人目を避《さ》けつつ東下《あずまくだ》りの長旅の果て、懐には母から預かった大事の金子二百両……。

ワケありの若君。客の誰もが思わず抱き寄せて匿《かくま》ってやりたくなるような愛《いと》おしさ、儚さが、高貴な香りとともに立ち上った時、新七は「これはいける」と確信したのだ。

——そういえば、宗十郎が亡くなったのは。

確かこの前年のことだったはずだ。いくら御曹司でも、肝心の父が亡くなればまわりの扱いは一変する。今思えばいっそう、あの頃の由次郎が健気である。

「無理なことじゃが二三日、その金わしに貸してくりゃれ」

小團次扮する盲目の惣太は、目の前の少年が、実は自分の探し求める若君であるとも知らずに、金を貸してくれと懇願する。

〽余儀なき頼みに稲船《いなふね》のいなと言われずうろうろと、波に漂う風情にて

台詞の間に入る浄瑠璃に二人の体が揺れ、まるで波紋を生むように、それぞれの必死さ、戸惑いに客を巻き込む。三味線と語りに乗りつつも、さりとて完全に合わせるのではない、微妙に揺れる間合いが、大切な相手と巡り会っているのに互いにそれと気づけぬ哀れな宿命を、見ている者に予感させる。

「……言うに言われぬ身の上ゆえ、どうぞ許して下されいの」

由次郎が「許して下されいの」で見せた顔の美しい歪《ゆが》み、切ない声の響き、とりわけ語尾の余韻の含ませ方は、その後の女方としての見事な大成の兆しであったと、今になればつくづく思い知る。

――子役で、あんな芝居のできる者は。

ただ、この〈忍の惣太〉の後、新七の書くものに由次郎が入る機会はほとんどなかった。

由次郎が十五歳で三代目の田之助となり、さらに十六歳という前代未聞の若さで守田座の立女方になった頃は、ちょうど小團次の全盛期と重なる。

人気がうなぎ登りとなった小團次が、所属の市村座だけでなく、他の座も掛け持ちで出るようになって、新七もいっしょになって仕事が増え、三座すべての作者部屋に自分の席がもうけられた。田之助が甘えた口調で「師匠、よう」と、声を掛けてくるようになったのも、その頃だ。

「月も朧に白魚の篝も霞む春の空、冷たい風もほろ酔いに……」

守田座の作者部屋の上がり框で、田之助が〈三人吉三〉の台詞をきれいな声で唄うように転がして

いたのは、元治元（一八六四）年の春のことだった。

「……落ちた夜鷹《よたか》は厄落とし、豆だくさんに一文の銭と違って金包み。こいつぁ春から縁起がいいわえ」

田之助はそう言うとにやっと笑って見せた。

「なんだい、藪《やぶ》から棒に」

物言いたげな笑みの裏を測りかねた。何が言いたいのか。

「別に。この台詞、好きなのさ……。あたしのじゃないけど」

〝あたしのじゃない〟その台詞を、よく覚えていたものだ。

安政七（一八六〇）年の正月に書いた〈三人吉三〉は、当時の新七としてはもっとも自信のある台本だったにもかかわらず、芝居そのものは不入りで、この台詞はあれっきりだった。

「〈三人吉三〉、気になってこっそり見に行ったんだ。あたしがお嬢やっていたらって、悔しくて。そしたら絶対、人気出たよ」

なかなか生意気な言い草だが、痛いところを突くものだ。

お嬢をやったのはずっと年季が上の岩井粂三郎だった。〈十六夜清心〉で人気が出た後だったから良かろうと判断して役を振ったが、確かに田之助の方がニンかもしれぬ。

こちらの内心の自負など知るはずもなかろうに、不入りであまり評判にもならなかった〈三人吉三〉を、あえてことさら覚えていた田之助の役者の勘を、新七は憎からず思った。

「ねえ、師匠、書いておくれよ。あたしのを。そうしたら必ず客を入れてみせる」

「そうだなあ。勘弥さんや訥升さんと相談してみよう」

新七が座元と座頭の名前を出すと、田之助はちょっとふくれっ面になった。

「いいんだよう、あの人たちにいちいち断らなくても。特に兄さんなんかは。いいんだ、あたしの言うことさえ聞いてればいい」

〝あたしの言うことさえ聞いてればいい〟のは、勘弥か、訥升か、それとも新七か。

きっと全部のつもりだったのだろう。

――まるで本当の座頭は自分だとでも言いたげだったな。

女方はいかに芸が良かろうと人気があろうと、座頭になることはできない。筋立ての方でも、やはり主役は立役とされるものが多く、女方が芯になる狂言は限られる。

「ね、師匠。なんで女方は座頭になれないんだろう。いつ、誰が決めたんだろうね。役者の元祖は女じゃないか」

答えに窮していた新七に、田之助はさらに言いつのった。

「家柄も芸も人気もあったら、立役だって女方だって誰だって、その人が座頭でいいのに。おかしいよ」

「……じゃあ、出雲の阿国《おくに》でも書いてやろうか」

新七がそう水を向けると、田之助は小首をちょいと傾げて、それから頭を振った。

「ううん、やめておこうよ。どうせ名古屋山三《なごやさんざ》に操《みさお》立てておしまいだろう？　そんなんじゃなくて、もっとどんどん、自分の脚で歩いて、動いて、自分の間《ま》で筋を運べるようなのがいいな」

……自分の脚で歩いて、動いて。

確かに田之助はそう言った。まさか、本当に自分の脚で歩けなくなる日が来ると、誰が思っただろうか。

「八重垣姫《やえがきひめ》みたいのかい」

その時、新七がふと思いついたのは、お馴染みの〈本朝廿四孝《ほんちょうにじゅうしこう》〉だった。たぶん「自分の脚で歩いて」が響いたのだろう。八重垣姫は田之助の当たり役の一つで、父である長尾景虎《ながおかげとら》に逆らい、恋しい許嫁である武田勝頼《たけだかつより》のために、御家の重宝である法性《ほっしょう》の兜《かぶと》を手に、白狐の霊に守られながら、凍った諏訪湖を一人、走って渡る。

田之助が十七、八の頃に演じた八重垣姫は、「本当に狐が憑《つ》いていたんじゃないか」と噂されるほどの出来だった。

「ああ、あれは嫌いじゃないけど。でも、今やるなら、ああいう大時代《おおじだい》なのじゃない方がいいな」

田之助はそう言うと腰をきゅっと捻って立ち上がった。柱に手を掛け、白い項をくっきりと見せた立ち姿は、そのまま錦絵になりそうだった。

「だってせっかく師匠が書いてくれるなら、もっとお得意の、新しいのがいいよ。今の世の話。一番得意なところで、良いのを書いておくれよ、ね。じゃないと承知しないから」

くるっと背を向けて二、三歩行き過ぎた田之助は、首だけ回してもう一度こちらを見た。声には出さず口を「いーっ」の形に作って見せたと思ったら、今度はにこりと笑う。

どこまでも芝居の所作めいて、小憎らしい愛嬌《あいきょう》がこぼれんばかりだった。

「分かったよ」と口の中で呟きながら、ついにやけている自分がいた。乗せられていると十分知りつつ、頬が緩んでしまう。

以前、小團次が〈十六夜清心〉の粂三郎を「誰だって迷って堕ちる」と評したことがあったが、あの頃の田之助を見て、狂言の筋を立てたくならない作者はいなかっただろう。

——田之助の〝女〟を、一番引き立てる筋。

実はその頃、新七には一つ、そんな腹案がないでもなかった。おそらく提案さえすれば、座元も座頭も、そしてもちろん田之助も、間違いなく賛成するだろうという自信もあった。

女方がまったく主役の筋だから、常の座組なら立役に何かと配慮せねばならぬが、さっき田之助も言った通り、訥升は万事もの柔らかな上、弟には逆らわぬ人だから思いのままに場が組める。

——ただ、な。

唯一、吹っ切れないものが新七の胸中にあった。

お馴染みの台本を補綴して今の座組に合わせるのが作者の〝いろはのい〟だとすると、読本や講釈、噺の類から人物や筋を拝借して狂言にするのはさしずめ〝ろ〟。自分でまったく新しく書くのは〝は〟とでも言えばいいだろうか。まあこの〝ろ〟と〝は〟の境目ははなはだ曖昧《あいまい》だけれども。

——だから、遠慮は要らないじゃないか。

近松門左衛門、近松半二、鶴屋南北……。先達が書き置いてくれた多くの台本。それらを補綴するのと、同じことだ。

そうは思いながらも、迷いがあった。

——あの人の台本を、勝手に。

瀬川如皐の〈与話情浮名横櫛〉——新七が頭に描いていたのはあの〈お富与三郎〉の書き換えだった。

河原崎座から市村座に移ったのがちょうど四十の時。その後、〝似顔は豊国、役者は小團次、作者は河竹〟とまで言われ、田之助のような人気役者から直接新作を懇願されるまでになった新七だが、河原崎座にいた頃には、如皐の〈佐倉宗吾〉や〈お富与三郎〉の見事さに、地団駄《じだんだ》を踏み、鬱々《うつうつ》とした日々を送っていたことがあった。

——考え過ぎだ。

〈お富与三郎〉を借りようというのは、こたびが初めてではない。小團次を芯に書いた〈八幡祭小望月賑〉——これももとは三遊亭圓朝の噺に材を得たものだが——は、〈お富与三郎〉のその後の話という体裁を取っている。

——とはいえ。

それでもどこか引っかかるのは、やはり田之助にさせたいのが、他でもない、お富だからだろう。商家の若旦那与三郎が、俠客赤間源左衛門の妾お富と深間になり、見せしめとして総身に三十四カ所もの刀傷を付けられるというのが、〈お富与三郎〉の発端だ。

八代目が顔や手足に幾筋もの傷を付けて出て来た時の、あの凄惨な美しさは今でも語り草で、新七も「やられた」と思ったものだ。

とはいえ、人が拵えた面白いものを、ちょっと違った方から矯《た》めつ眇《すが》めつしてみたくなるのも、作者の常だ。

——こうした折、男ってのはどうするもんだろう。

如皐の書いた台本では、お富と与三郎が忍び会っているところへ源左衛門が子分と共に踏み込んだ後、お富は逃げて入水、与三郎は切り苛まれていた。源左衛門の怒りはまず真っ先に、与三郎に向かったということだろうか。

惚《ほ》れた女、金を出して囲った女に、裏切られたと知った時、男の思いがどう出るか。その描きようがいかんで、この続きはまったく変わってくるのではないか。

分別《ふんべつ》や堪え性のある大人の男なら、悔しさをぐっと押し隠し、女に熨斗《のし》でもつけて、相手の男にくれてやるなんていう筋も面白いだろう。他の男に心を動かすような女に未練はないと——本当は未練たらたらでも——啖呵の一つでも切りたいところだ。

されど、後先《あとさき》考えない荒っぽい男だったらどうだろう。「重ねて四つ」と皆殺し、いやいや、それどころか「おれに恥をかかせやがって」と、真っ先に女の方に矛先《ほこさき》が行くというのも、十分考えられるのではないか。

源左衛門の怒りが、与三郎ではなく、お富の一身にまず集まったとしたら――。

こう思い至った時、新七の頭に浮かんだのは、総身傷だらけで見得を切る、田之助の姿だった。

――〈切られお富〉だ。

与三郎ではなく、お富を芯にした狂言。

瀕死の目に遭い、その痕《あと》を晒《さら》しながら生きねばならぬとしたら、女はどう変わるだろうか。

まさに田之助にぴったりの良い仕組みだと思ったが、胸の内にどうしても、わだかまるものがある。

この思いつきだけでは、どう考えても如皐のふんどしで相撲を取っているようだ。

近松や南北といった先達のものには何の迷いもなく手を突っ込めるのに、こたびはどうにも腰が引けてしまうのは、我ながらどういう思い入れなのか。

――同じことだ。気にすることはない。

如皐だって、もとは講釈や噺にあったのを材に取って仕組んだのだ。

その頃、如皐は中村座の立作者だった。新七は市村座に本籍を置きつつ、守田座にも客演《スケ》として席があったが、中村座ではまだ仕事をしていなかった。

――中村座へ一言、断りに行こうか。

しかし、わざわざこんなことで訪ねて行くのも、どうだろう。

歳は自分の方が下だが、この世界へ入ったのは先で、もとは同じ五代南北の門下である。

以前は新七に散々悔しい思いをさせた如皐だが、〈お富与三郎〉の後は、さして新味のあるものは書いていない。新作の苦手な芝翫を芯にせざるを得ないからだろうかと、新七は勝手に気の毒に思っている。

こんなことでわざわざ呼び出せば、むしろ「何の厭味《いやみ》か」と勘繰られるかもしれない。少なくとも、もし新七が如皐の立場だったらそう思うだろう。

――まるで違うお富、面白いお富にしてみせる。

如皐が地団駄踏んで悔しがるような。

それこそが作者同士の礼儀というものだ。

新七はそう踏ん切りを付けると、如皐には結局何も告げぬまま、筋を編み場を立て台詞を練り、〈切られお富〉の案は守田座に出された。

「こりゃあ、かなりもとのお富とは違う女ですね。激しいな」

勘弥の第一声に、新七は正直ほっとした。

父への孝養のために源左衛門の妾になった健気なお富。しかし与三郎への思いを募らせた挙げ句、男の心をつなぎ止めるために己の小指を自ら切って心中立《しんじゅうだ》てをするなど、後先をまるで考えぬ振る舞いに及ぶ。

「切られたお富の小指を見て、源左衛門の頭に血が上るってのも、それからの因果の幕開きにいい。これはきっと評判になります」

源左衛門はお富を切り苛んで殺し、子分に命じて亡骸《なきがら》を寺へ運ばせる。ところがお富はまだ生きていて――。

体に負った傷はいつしか、お富を目的のためには手段を選ばぬ悪党に変える。

だが、男に惚れ続ける女の一念と生来の健気さはそのままだ。与三郎と再会すると、「惚れた男のためなら」と、ゆすり、たかり、殺し、何でもやってのけてしまう。

後先考えぬ性根の純粋さが招く、狂気じみた悪事の数々。

「気に入った。これは田之助にしかできないって言わせてやる。師匠、ちゃんと見ててよ」

嬉々としてこの役に入れ込んでいた田之助の目の輝きを、新七は今でも忘れられない。

――もう二度と、あの狂言がかかることはなかろうな。

舞台に上がれぬのが役者の死ならば――あの台本は田之助へのせめてもの手向《たむ》けだ。

新七の頬を、熱いものが流れて落ちていった。

二　欠皿　かけざら

田之助がもう一方の脚も切ったらしい――噂はひそひそと、しかし瞬く間に猿若町界隈を駆け巡っていた。

「切っても治るってわけじゃないんだな。恐ろしいもんだ」

「業病ってのはまさにこのことだ。そういえば知り合いが以前、〝太夫とすれ違ったら妙な臭いがした〟って言ってたぞ」

「生《い》き腐《ぐさ》れかい、魚河岸《うおがし》じゃあるまいし」

「なんだか身を痛めつけられるような役ばかりやっていたものな。〈切られお富〉とか〈欠皿〉とか。役が身に添い過ぎたんじゃねえか」

「でもな、ご当人からまわりへの当たりもきつかったろう。付人が泣いてるのなんて、しょっちゅうだったし」

「付人やお弟子ならまだ良いが、高島屋の若旦那（左團次）なんか、本番の舞台で客に聞こえるように何度も〝大根〟だの〝下手くそ〟だの言われてたぞ」

「そういう人の恨みが積もり積もって、なんてのもあるんじゃないか」

「まるで怪談だな。まんま、狂言になりそうだ」

「……おい」

口さがない大部屋役者や裏方たちは、新七が通りかかると一様に目配せをして、おのおの口を噤《つぐ》んだ。

「あいにくだが、こっちは因果と耳が良くてな」

じろりとそれだけ言って睨みを利かせると、蜘蛛の子を散らすように人がいなくなった。

──馬鹿なことばかり言いやがって。

そこそこ役のつく役者なら、誰からも恨みも妬みも買っていない者など、いるはずもない。

よしんば仮に、本人が仏のような気質であったとしても、芝居の世界にいて、そうした思いをまるで抱《いだ》き抱かれずに暮らすのはほぼ無理だろう。そんな因果でいちいち役者が病や怪我を負うようでは、芝居の幕など到底開くものではない。

ただ、新七の胸の内には一つ、田之助の体に業病が取り付くきっかけについて、ずっと心にかかっていることがあった。

──やっぱりあの時の。

だとしたら、自分にもいくらか、いや、よほど、責めがある。

今でも覚えている。あの筋立てはそもそも、寄席で聞いた噺が発端だった。

確か、〈切られお富〉から間もない頃のことだ。

「……〝ななへやへはなはさけともやまふきの〟、おいおい、ちゃんと濁《にご》りを打って読みなさい……」

両国に垢離場《こりば》という寄席がある。浅草からなら川筋を猪牙《ちょき》に乗ればすぐだから、新七も時々行くことがあった。

はじめに出て来た若い噺家が〈道灌《どうかん》〉をやった。太田《おおた》道灌の故事を踏まえた、短い滑稽《こっけい》噺である。そのあとは、音曲《おんぎょく》噺が出たり、新内《しんない》が出たりしたのだが、やはりお目当てはトリであった。

──今日は何をやるのかな。

黒羽二重の着物の袖口から、緋縮緬《ひぢりめん》の襦袢がちらちら見える。たいそう気障《きざ》だが、悪くない。

──〈鰍沢《かじかざわ》〉も聞きたいが、あれは真冬の噺だからまだ早いだろうし。

「ええ、さっき手前の弟子が〈道灌〉を申し上げましたが、あの道灌公に山吹を差し出した乙女には実は名がございます。これが面白い名でして、紅皿《べにざら》と言うんだそうですよ。なぜこんな名のかは存じませんが。どうも女の名に皿というのは、〈皿屋敷〉なんてのもございますから、どこか恨みがましい気がすると申しますのは、男の勝手な思い入れかもしれませんが」

三遊亭圓朝はそう軽くマクラを振ると、「さて、昨日は豊志賀《とよしが》が……」と本題に入っていった。

──〈後日《ごにち》の累《かさね》〉の豊志賀か。

始まったのは、続き物の〈累ヶ淵《かさねがふち》後日の怪談〉だった。

圓朝が垢離場のトリをとるようになって既に半年以上、人気は日増しにうなぎ登りらしい。圓朝とは三題噺《さんだいばなし》の会なんていう、通を気取る文人たちの集まりでも同座する間柄になっており、〈鰍沢〉は圓朝がその会で発案したのを、新七がちょっと手を加えてやったのだ。

「ええい、おまえはそうやって……」

富本節《とみもとぶし》の女師匠が嫉妬《しっと》にかられ、稽古にかこつけて自分の女弟子を苛め抜く。

――女が女を折檻するってのは、しんねりして壮絶だな。

男が力任せに荒っぽくやるのとは違う、なんとも嫌《や》な感じだ。

女師匠の情夫《いろ》である男と女弟子が外で出くわして、さて、というあたりで「続きは明日」となった。

――役者にしてみたいようだ。

丁寧な口調ときれいな所作、見事な間。美男子とは言わないが、白塗りは似合うんじゃないか。前にやっていた〈牡丹灯籠〉っていう怪談も面白かったなどと思いだしながらの帰り道、ふとマクラで聞いた名が引っかかった。

――紅皿……どっかで聞いたな。

物覚えには自信があるのに、どうにも出てこず、じれったい。

――ああそうだ。『皿々郷談』。

曲亭馬琴の読本である。確かこちらは太田道灌とは全然関係ない筋だったような気がする。思い出せなかったのはそのせいだ。

こういうのは気になり出すと放っておけない。新七は家に着くなり馬琴の作を納めてある棚を探ると、紅皿の名は『皿々郷談』と『盆石皿山記《ぼんせきさらやまのき》』、二つの作に登場していた。まずは『皿々郷談』の方を、ざっともう一度読み直してみた。

――小さめの御家《おいえ》騒動に、継子《まま》苛めの話か。

先妻腹の娘、本当の名は楓《かえで》だが、後妻から「欠皿」という酷い名で呼ばれる。後妻腹の娘が「紅皿」だ。圓朝の言った通り妙な名だが、『盆石皿山記』の方も読むと、どうもこの名は馬琴が勝手に拵えたわけではなく、あちこちの昔話で伝わっていることが分かった。

――御家の重宝にでも由来するのか。

だいたい、家宝といえば刀か皿か。香炉《こうろ》なんかも、広く言えば皿の仲間に入るかもしれない。御家の重宝と腹違いのきょうだいが揃えば、現世《うつしよ》でも作り話でも、だいたいもめ事の種となる。ただ、狂言によくある、お武家の御家騒動がたいてい兄弟で跡目《あとめ》を争うのに対し、こちらは姉妹で、かつ二人揃って器量も気立ても良く仲も睦まじく、悪役はもっぱら後妻なのがまあ新味と言えば新味である。

圓朝がこの馬琴の読本を知っていてあのマクラを振ったのかどうかは分からぬが、しつけにかこつけて後妻が姉娘を苛める場などはなかなか執念深く凄惨で、なるほど、〈累〉の豊志賀の場とも重なる風情がある。

――ちょっとお琴とお糸のようでもあるが。

新七には娘が三人いる。もちろん腹違いではなく皆お琴の娘だが、どういうわけかお琴はお糸にきつく当たる。一時などはお糸が「自分だけ母親が違うのではないか」とまで思い詰めていた様子だったので、日ごろ家の中のことは任せきりの新七も、さすがに妻に意見したことがあった。

――ま、その分、お糸は心根が一番しっかりしている。

父親としては娘はみなかわいいが、ついついお糸をまず心にかけていることが多い。何かと自分によく似ているように思えるからかもしれない。

――継子苛めの話ってのが、昔話に多いのは。

実際にそういう立場にある者が多いだけでなく、実の母子であっても、お糸のような思いを持つこともある、子どもの気持ちと響き合うからかもしれない。

――作り話ってのは罪作りだが……面白い。

仕舞いにはそんな取り留めもないところへ気持ちが流れたまま、この話はそれきり、取り立てて興味を持つでもなく忘れていたのを、翌年になっていつものように「師匠、よう」が始まった時、「そういえば」と思い出したのだった。

――守田座には今、関三の旦那がいるな。

関三十郎。亡き海老蔵の弟子で、昔新七がまだ狂言方の見習いだった頃に、何かと智恵を授けてくれた人だ。還暦を過ぎてなお、敵役の重鎮として睨みを利かせている。

――あれを狂言にして、旦那に二役やらせたら面白かろう。

欠皿は当然田之助だが、こういう芝居は苛める側に田之助と張り合えるだけの迫力がないとつまらなくなる。

「旦那。後妻とそれを操る悪党、二役どうです」

「後妻ってことは女だな。おれがやったらずいぶん武張った女になるが、それでいいのか」

関三は面長《おもなが》で鼻筋の通った、化粧映えのする顔の持ち主だ。年配の見巧者には、鼻高幸四郎《はなだかこうしろう》とあだ名された五代目の高麗屋《こうらいや》（松本《まつもと》幸四郎）に似ていると言う者もあって、錦絵で見ると確かになるほどと思う。

「ええ。ぜひその武張った風情で。鋭い目つきと鼻で、田之助をせいぜいあしらっておくんなさい」

三十郎がご自慢の鼻を「ふふん」とうごめかして、早速仕組まれた狂言――〈紅皿欠皿〉は確かに大当たりではあったのだが。

――あんなことになるとは。

その年、元治二（一八六五）年から、新七は中村座にも台本を頼まれるようになり、三座兼任になっていた。本籍は市村座のまま、小團次のつとめぶりに合わせてあちらこちらと動き回ることが多かった。

だから決して手を抜いた、目を離したというつもりはないのだが、忙しく三座を巡るうち、〈紅皿欠皿〉は、田之助本人の意向、趣向が色濃くてんこ盛りにされて、新七がはじめに書いたのとはいささか様子が変わってきたところがあった。

母である自分に無断で他家の若殿からの懸想《けそう》に応じたのが許せぬと、欠皿に向かって怒りを露《あら》わにする継母片もい。ここで片もい役の関三はまず田之助を草履で何度も打つ。さらに唇を強く抓って顔をねじ上げて、そのまま床に突き倒す。

——ト書きに書いたよりだいぶ酷くなってるじゃないか。

何日かぶりに守田座の稽古に顔を出して、新七はいくらかぎょっとしたが、事はそれだけではなかった。

「曲がった心を直すのが、親となったおれが役。仕置きは蛇《へび》の生殺《なまごろ》し、生かさず殺さず責め苛み……」

関三の叱声を浴び、縛られている田之助が切なげに吐息と涙をこぼす。髪や襟元《えりもと》の乱れまで、おそらく考え抜いた工夫だろう。

「その空涙《そらなみだ》の面《つら》の憎さ。それ馬つなぎへ吊し上げい」

関三が下男役の小文次《こぶんじ》に命じると、縄がぎりっぎりっと引き絞られ、田之助の体がぐらぐらと揺れながら宙吊りにされる。

——あんなに。

吊されながらどう見えるか、身のよじり方、脚の位置や衣装の下がり具合まで工夫されているのは見事だが、それにしても高過ぎやしないか。

——確かに見栄えはするが。しかし、いくらなんでも危なくないか。

あの高さだと、小文次が引く縄もその分長くなる。引き方の加減が狂いやすくなるのではないだろうか。

新七はいささか気になったが、稽古は既に佳境に入って通しになっている。細かく場ごとにやり直す小返《こがえ》しの段階はとうに過ぎていて、新七といえども、今更途中で止めて、あれこれ口出しできるような雰囲気でもない。

「どうぞ、許してくださりませいなぁ」

相変わらず言葉の仕舞いの音に含ませる余韻がうまい。泣きと三味線を合わせながら、首を振って客席に顔を見せていく間合いも、まさにノっている時の田之助だ。

田之助も関三も、それから小文次の下卑《げび》た風情も、芝居としては申し分ないので、ともあれ、新七はそのまま幕開きまで見守った。

三月の十八日に初日が開くと、狙った通りの大当たりで、守田座は連日大入りだった。

初日から三日目まで付き合い、いくつか小さな手直しも済むと、しばらく、新七は顔を出さなかった。四月、五月に向けて仕事が立て込んでいたこともあるが、なんとなし、責め場を嬉々として演じている田之助を、こたびに限ってはこれ以上見たくない気がしたからでもあった。

それがふと気が変わって、あの日守田座に脚を向けたのは、まさに虫が知らせたとしか言いようがない。

〽痛さ苦しさ欠皿が　惨《みじ》め緑の黒髪も　乱れて顔へかかる目に

吊されている田之助を、小文次が割竹でびしゃっと打った。

「どうぞ、許してくださりませいなぁ」

「許してやるから、思いきるか」

「さあ、それは」

田之助が首を振ったかと思うと、鈍い音とともに体が床に落下した。客席から悲鳴が上がる。

――おい。

考えている暇はない。新七は浄瑠璃語りのいる床の後ろへ走り込んだ。舞台上では関三が田之助の髻を摑んだまま仁王立ちしている。

――早く、どうにか。

田之助の顔が歪み、痛みを堪えているのが分かる。客は芝居のうちだと思っているだろうが、こっちにはもちろん、そうでないことは明白だ。

とっさに「三つ目の〝髻摑んで〟まで飛んでくれ」と指図して、今度はツケを打っている道具方のところへ近づいた。ためらっている暇はない。

「おい。代われ」

事態に慌てふためいている若い道具方を突き飛ばすようにして、ツケ板をひったくる。

――旦那なら、伝わるはずだ。頼む。

この場では、関三演ずる継母片もいが、欠皿役の田之助の髻に手をかける場が三度ある。

一度目は煙管で打擲してさらに針の束で突く、二度目は這ってきた大蛇を胸元へ差し入れるというしつこい責め場を経て、三度目でようやく小文次に田之助の身を渡して引き立てさせ、下手《しもて》へ引っ込ませる段取りになっていて、その都度、浄瑠璃の語りの中に「髻摑んで」という文句が出てくるのだ。

〽髻摑んで引き回す姿も鬼の片もいに……

「もはや夜明けに程近し、隣近所の起きぬうち、雑物蔵《ぞうもつぐら》へ」

――よし。

勘の良い関三は、浄瑠璃が飛んだこと、新七がツケ打ちに入ったことに気づいてくれたようで、田之助が引っ込む場まで台詞を飛ばしてくれた。機転が間に合わず立ち往生している小文次の台詞まで引き受けて、場を納めようとしている。

ここで本当は田之助の「早う殺してくださりませいなぁ」という台詞がある。懸命に関三の方に顔を向けているが、さすがに声が出ないらしい。

「なんだ、今度は黙っておれを睨みやがるのか」

――さすが旦那だ、ありがたい。

これで十分、話は通る。

新七は小文次が田之助を引き立てて引っ込めるよう、ツケを打った。鐘と三味線がついてくる。

幕が引かれると、関三が声をかけてきた。

「よう。いつの間にツケまで覚えた。見事なもんだな」

関三は冷やかすような笑みを一瞬だけ新七に見せたが、すぐに真顔になった。

「大詰《おおづめ》、出られるか。どうする」

次の幕には田之助の出番はなく、あとは終幕、大詰で仇討ちの立ち回りがある。

「どうでしょう」

新七は頭の中で忙しく、どうすればこの後田之助が出なくても話がつながるようにできるかを思案しながら、楽屋へ様子を見に行った。

「師匠、なんだい、良いところを切っちゃって。全部やれたのに」

言葉は強がっているが、額には脂汗《あぶらあせ》がびっしりと浮き、どう見ても痛々しい。

「血が出てるじゃないか。医者は」

「今、名倉先生を呼びにやってます」

そう答えた三すじが「太夫、失礼しますよ」と言いながら、血まみれになったさらしを恐る恐る取り替えようとすると、田之助が「痛いっ。もっと丁寧にやっておくれ」と金切り声を上げた。

「すみません」

三すじの手許《てもと》が朱《あけ》に染まった。新七は思わず目を背けた。

「傷も酷いようだし、骨が折れているといけない。今日は無理をするんじゃないよ。どうにか、太夫が出なくても話がつながるように、私が考えるから」

田之助が首を何度も横に振った。まだ芝居が続いているような気がして、新七は軽くめまいを覚えた。

「だって師匠、大詰までにはずいぶん時間があるじゃないか。名倉先生に、出られるようになんとかしてもらう」

「そんなこと言ったって」

「できるよ。さっきはとっさに声が出なくて、関三の旦那に助《す》けてもらったけど、大詰なら、あたしはずっと土蔵の中で座っている芝居だし、立ち上がってからも体の利かない体《てい》の立ち回りだ。そうだ、関三の旦那なら、もしあたしが立ち回りで、ちょっと違った動きをしたって、きっと助けてくれる。ね、師匠、師匠からも旦那に口添えしておくれよ、ね、お願いだから」

こうなると引き下がるような田之助ではない。新七は観念した。

駆けつけてきた名倉の診立《みた》てでは、骨は折れていないということだったので、怪我に血止めを十分にして、痛み止めを飲んで、田之助は最後までつとめあげた。

——あれが、間違いだったのではないか。

今になって悔やまれる。

本人ができるというので、そのまま、四月いっぱいまで興行が続き、町には足先を紅絹で巻いた娘たちがあふれた。それを見た時は、田之助の人気に驚いたものだったが。

——あの時、止めていれば。止めてやるべきだった。

あの時。怪我をおして、どうしても舞台へ出ると田之助が言い張った時。叱りつけて、それこそ楽屋に閉じ込めてでも、止めるべきだったのではないか。

いや違う。稽古で、馬つなぎが高過ぎるのが気になった時。「これでは高過ぎる」と、なぜ言ってやらなかったか。

なぜ田之助が落ちたのか。これについてはよく分かっていない。馬つなぎの仕掛けは壊れていなかったし、縄も切れてはいなかった。

当時、田之助を恨んでいた誰かが、何か企んだのではないかという風説も流れたが、道具方の長谷勘の目が光っている舞台で、そんなことができるとも思えない。

……奴は性根に緩いところがあるんだ。

悪気はないんだろうが、役者としてはどうしようもない欠点だ。才気もまあまあ、腕もそこそこあるんだが残念だ——そういえば、あの時縄を握っていた小文次のことを、いつだったか小團次がこんなふうに言っていた。

確か、稽古中にあくびをして、大勢の前で小團次から酷く折檻されたのは、小文次ではなかったか。小團次が亡くなった後、さっさと左團次を見限って、座元の勘弥に「弟子《でし》分にしてほしい」と申し入れ、今では名も坂東太郎《ばんどうたろう》と変えている。去年だったか、小團次の当たり役をいくつか小器用にやったりしていたが、新七の目から見ると〝似て非なる〟とはまさにこのことで、評判は決して芳《かんば》しくなかった。生前の小團次が認めていなかったのもうなずける。

――なぜ今になって。

今になってこんなことを思い出すんだろう。

あの時に、思い出していれば。そうすれば、小文次の脇に誰か黒衣を付けさせるよう、指図することだってできただろうに。

そういえば、あれだけ気性の激しい田之助なのに、あの件では、小文次にせよ、長谷勘にせよ、誰かに責めを負わせたという話は聞いたことがない。

……だいじょうぶ、あたし、できるから。

その笑顔の下で、いったい何を考えていたのか。

今更に、ひたひたと後悔が押し寄せてくる。

そもそも、自分があの狂言を書いたこと自体が、間違いだったのではないか。

田之助が右脚を切ったのは、〈紅皿欠皿〉から二年後のことだった。その時にも、新七は深く後悔した。だから、片脚でも舞台に上がると聞いて驚き、そうして実際に舞台に上がった田之助を見た時は言葉もないほど嬉しかった。かつ、その片脚の舞台への加勢を惜しまなかった。

お静、傾城重井《けいせいしげのい》、塵塚《ちりづか》お松《まつ》、傾城遠山《とわやま》、出雲の阿国、日高川《ひだかがわ》の清姫《きよひめ》、〈敷島怪談〉の敷島にお玉、笠屋三勝《かさやさんかつ》……。

片脚になった田之助のために、新七が書いた役たち。どれも当たりだった。どれも不足はなかった。

それどころか、いつもこちらの予想を遥かに上回る出来で、劇場を大入りにしてくれた。

でもそれもこれも、すべて間違いだったのではないか。もう一方の脚まで切ることになったのは、
本人が強く願うのをいいことに、無理をさせ、舞台に上げ続けたせいではないのか。

「……師匠、師匠」

「ああ、勘弥さんか」

「どうなすったんです、ぼんやりして。師匠らしくもない」

気づくと、作者部屋に勘弥の姿があった。

「あの、五月なんですが」

そうだ。またすぐ、次を考えなくてはならない。

「何か策があるかい」

「ええ。田之助が出ます」

「今……なんて言った」

「快気祝いを。菊五郎が助で出てくれるそうです」

――田之助が出る？

どうやって。

「台詞がちゃんと言えて、顔もあって手もあるのに、出られないことがあるもんかって、本人が強く
そう言って」

両脚のない役者――。

どうやって。

三　留女　とめおんな

〽妻のおさみは拷問《ごうもん》に　やつれはてたる縛り縄、屠所《としょ》の羊の歩みさえ……

花道から、武家の女が下侍《しもざむらい》に引き出されてきた。あちこち破れた無地の着物でかろうじて包んだ身を、縛り上げる縄はぎりぎりと食い込みながら痛めつける。口を真一文字に結んで屈辱に耐える白い顔には、乱れ髪が幾筋も汗と涙で張りついている。

後ろから、やはり同じように縄打たれた頑是無い男の子が、母を気遣《きづか》ってしきりにそちらへ目を遣る。

やがて舞台下手に引き据えられた女は、上手で敵将から詮議を受けている夫の姿を見つけ、思わず声をかける。

「幸内《こうない》どのか」

語尾に含まれた切ない余韻。肩の震え方、顔の傾け方まですべて計算され尽くした、上半身の演技。捕らわれ、打擲されてなお、武士の妻として誠を尽くそうとする健気で気丈な妻の姿に、客がみな涙している。

演じているのは澤村田之助。妻の真心を全身で切なく受け止めている夫は、尾上菊五郎である。

――大したものだ。

明治三（一八七〇）年八月十七日。

新七は、自分が書いた〈狭間軍記鳴海録《はざまぐんきなるみのききがき》〉がかかっている守田座の舞台を見守っていた。

菊五郎の切腹で四幕が終わり、五幕の終盤になると、田之助は先ほどの女方から一転、凜々しい若武者の姿で馬に乗って現れ、ひとしきり、激しい立ち回りを見せつけ、潔《いさぎよ》く討ち死にを遂げる。

「紀伊国屋！」

舞台上には、訥升、田之助と二人の「紀伊国屋」がいるが、どちらに声がかかっているのかは、誰も何も言わずとも明らかだ。

残っていた左脚も切断し、両脚を失った田之助が芝居に復帰したのは、今年の五月のことだった。

「切ったのはついこの間だろう。まだ三月《みつき》も経《た》ちゃあしないのに」

四月に座元の守田勘弥から、「五月は田之助の快気祝いをやる」と聞かされた折、新七は耳を疑《うたぐ》った。

台詞がちゃんと言えて、顔もあって手もあるのに、出られないことがあるもんか――本人がそう言っていると伝えられても、正直、痛々しい思いしか抱けなかった。

「だいじょうぶだよ、師匠。だから、よう、書いておくれよ、ね。脚がなくなったくらいなんだい、本と道具さえ工夫してくれれば、またちゃんと出られるに決まっているじゃないか」

いざり車《ぐるま》に乗って守田座に姿を見せた田之助は、まるでなんでもないことのようにそうねだった。

本気で言っているのか――声に出さずに呑み込んだ新七の思いを軽々とねじ伏せて、田之助は本当に舞台に上がった。

五月の快気祝いは守田座と中村座を掛け持ちし、六月には守田座で〈明烏《あけがらす》〉の浦里《うらざと》を演じた。そしてこの八月は、武家の奥方と若武者の二役だ。

立つ脚がないはずの役者。それを舞台に立たせているのは、もちろん、新七たち作者の工夫であり、それ以上に道具方の長谷川勘兵衛の尽力ではあったが、やはり何より、本人の並外れた熱意と執念だった。

「紀伊国屋！」

「三代目！」

二代目、つまり、兄の訥升への声がかかるのは、ごくわずかだ。

――しかし、いくらなんでも、あれはやり過ぎだった。

新七は初日の舞台を苦々しく思い出した。おとついのことだ。

四幕の後半から登場し、厳しい拷問にあっていた田之助と菊五郎に、敵将でありつつも情けある風情で接するのが訥升の役である。

ただ初日は、「しばらくお待ちくだされませい」の台詞とともに、するすると開いた正面の襖から、威風堂々と姿を現したものの、もっとも肝心の、落ち着いた物腰で諄々《じゅんじゅん》と菊五郎を諭《さと》す長台詞が途中で出てこなくなり、立ち往生してしまったのだ。

「ざまァ見やがれ下手糞《へたくそ》めっ」

下手《しもて》で縛られている田之助の声が発した罵声に、まわりを固めている足軽《あしがる》役の者たちが驚いて目を見合わせた。

幸い中央にいた訥升には聞こえなかったらしく、後見の囁きに助けられながら懸命に台詞をつなごうともたついていたところへ、田之助はさらにもう一声「下手糞！」と浴びせた。

この「下手糞！」は存外に大きく響き、舞台に近いところにいる客たちがいっせいにどっと笑い声を上げた。

――いかん、めちゃくちゃだ。

時ならぬ場違いな笑い声に、訥升はますます焦って口ごもってしまった。ハラハラしながら見ていると、菊五郎がうまく引き取り、訥升の台詞がなくてもその後の切腹まで筋が通るよう、どうにかこうにか幕引きまで持ち込んでくれた。

とはいえ、新七が真に狙っていた緊迫感のある幕でなくなってしまったのは、言うまでもない。常は温厚な訥升もこの時ばかりは激高し、「台詞を忘れたのは確かに非だが、その疵をことさら広げて、兄でしかも座頭である自分に満座で恥をかかせるとは許せない」、「こんな目に遭っては、もう次の幕には出られない」と、楽屋に籠城してしまった。

田之助がわびを入れてくれるのが一番良いのだが、そんなことは望むべくもなく、それどころか「べらぼうめ、下手だから下手と、本当のことを言っただけだ。兄貴も座頭もあるもんか」と言いつのって憚らない。

「兄弟喧嘩《げんか》か」

「御家騒動、紀伊国屋の段！」

「どうせなら舞台でやれ」

なかなか開かない次の幕に、客たちはむしろその成り行きを面白がって声を掛けてくる。

結局、勘弥、新七、長谷勘、さらには菊五郎までが代わる代わる訥升の機嫌を取り、なんとか次の幕を開けることができたが、その日の帰途、新七は客の数人が、口々に話しながら行き過ぎるのを耳にしてしまった。

「江戸の芝居ってこげんとか」

「田舎の祭と一緒じゃな」

「うむ。もっと立派なもんだと聞いとったが。時ばかりえろう長うかかって、つがんねな」

「まあ、確かに衣装や道具は豪勢だが。あまいばっの遊びのごたる」

「あの女方、脚がないのによう動くのだけは、面白かったな。ようできた作り物のごたる」

散切《ざんぎ》りの頭に洋装で、客席でも目立つ男たちだった。言葉は明らかに江戸のものではない。

「つがんね（他愛もない）」や「あまいばっ（わんぱく小僧）」の意味は分からないが、どう聞いても誉《ほ》めたり感心したりしているのではなさそうだ。

江戸の芝居を見慣れている人には、田之助のああした振る舞いもきっと一興《いっきょう》だったろう。しかし、徳川の世が倒れ、江戸が東京となって三年、芝居を見に来る人も変わり始めている。

これまで贔屓だった人が、上野の戦争が始まる前に地方へ引き上げたまま戻って来ないかわりに、明らかに地方から出て来たばかりの、言わば芝居の「一見《いちげん》さん」が目に見えて増えてきた。

そうした、これまでの田之助を知らぬ人が、初めて芝居に来て、初日だけを見たら、どう思うだろうか。

脚がないのによう動くのだけは、面白かったな――いや、田之助の芸は、そんなんじゃないんだ。もちろん、江戸の芝居も。

新七の首筋を、秋の風が出し抜けに、ひゅうっと吹き抜けていった。

ただ、秋風が吹き抜けていたのは、新七の首筋だけではなかった。芝居全体、三座ともに、じわじわと客足が落ち込みつつあったのだ。

――徳川の世が倒れたせい、か？

殉じたわけでもなかろうが、九月にはあの津藤こと津国屋藤次郎が病で逝った。全盛期は紀伊国屋文左衛門《ぶんざえもん》の再来とまで称えられ、芝居町界隈になくてはならぬ人だったが、ここ数年はわびしい暮らしを余儀なくされていた。

見かねた新七は、津藤を「自分の知恵袋だから」と、客演《スケ》の作者として守田座に席を設けるよう勘弥に頼み、番付にも二度、「梅森《うめもり》かうい（香以）」の筆名で足跡を残させた。だが津藤の方では、新七に感謝しつつも、どこか一筋、隔てを置く素振《そぶ》りがあったのは、零落《れいらく》ぶりを見られたくない、通人の最後の意地であったのかもしれぬ。

散切り頭が呟いていた「つがんね」が耳にざわりと蘇った十月、新七に市村座の座元、羽左衛門――菊五郎の弟――が台本を書いてほしいと頼んできた。

「合併興行？」

四日に初日を開けた守田座では、田之助の八重垣姫の他、岩井紫若が奮闘して、菊五郎と組んで〈土手《どて》のお六《ろく》〉、中村芝翫とは〈お俊伝兵衛《しゅんでんべえ》〉をやるなど、それでも気を吐いていた。が、金の工面の付かぬ市村座は思案の挙げ句、中村座に頼みこみ、二座いっしょになってなんとか、〈義経千本桜〉と〈菅原伝授手習鑑〉、お馴染み中のお馴染みのイイところばかりを並べて、ともかく客を集めようと苦心惨憺《さんたん》しているという。

「大阪から彦《ひこ》旦那が三年ぶりにお帰りになりまして。大切《おおぎり》に顔見世風の一幕をお願いしたいんですよ」

彦旦那こと、当代の坂東彦三郎は五代目、そろそろ四十になろうかという男盛りで、芯に座る立役としては芝翫と人気を二分する。芝翫のことを「客はあいつが呼ぶんだが、芝居を見せるのはおれの方だ」と言ったとか言わないとか、なかなかの自信家でもある。

さらに聞けば、その彦三郎と芝翫の他に、菊五郎、坂東三津五郎《みつごろう》、大谷廣治《おおたにひろじ》、そして河原崎権之助――成田屋の忘れ形見である――と、豪勢な顔が並ぶらしい。

さぞや立ち位置や番付の順序で揉《も》めるだろうと新七が内心苦笑いしていると、羽左衛門はさらにもう一人の名を挙げた。

「ここに、紀伊国屋にも出てもらいたいんです。勘弥さんには話を通してあります」

「また掛け持ちかい。ずいぶん無茶を言うね」

そうは言ったものの、新七の頭の中には、もうすっかり場面が浮かんできていた。この豪華な顔を並べるなら、こうしかあるまい。

「分かりました。なんとかしましょう」


苦肉の策の合併興行は、十月二十五日に初日を迎えた。

最後の幕、大切は〈男達六初雪《おとこだてむつのはつゆき》〉。立役六人が入り乱れての立ち回りの後、それぞれに見得を切り、長台詞を聞かせて睨み合う。互いに一歩も引かぬ達引《たてひ》きである。

このままではとてもこの場が納まるまい、すわ血を見る大乱闘か――というところへ、割って入った一人の女。

「それじゃあどうでも皆さんは了見ならぬと……」

留女《とめおんな》。こうした場を納める定法である。

「……すっぱりと私を斬ってくださんせいなァ」

たっぷりとした余韻に、客がやんやの喝采《かっさい》を送る。

柝が打たれ幕が引かれ、それぞれが楽屋へと戻る際、権之助が彦三郎と話している声が聞こえてきた。

「せっかく旦那と同じ舞台に立てるっていうのに、こんな浅草奥山《おくやま》の見世物みたいな幕で……。私は悔しい」

「まあそう言いなさんな。おかげで客は大入りなんだし」

彦三郎に話しかけていると見せかけて、新七にもあえて聞かせようという肚だろうか。

「もっと品の良い立派な幕で、もっとしっかりご一緒したかったのに。こんなのでは、教えていただく甲斐がない」

権之助は予《かね》て、妙に彦三郎を敬い奉《たてまつ》っている。「品が良いから」というのが第一の理由らしい。

「私は泥臭いのやしつこいのは嫌いです。やたらに首を振って客に媚《こ》びたり、自分の不幸を売り物にして泣かせたり。そんなのは小《こ》芝居や見世物でたくさんでしょう。大《おお》芝居ですることじゃない」

権之助の言葉がいつになく熱を帯びていた。

――田之助のことか。手厳しいな。

まあ、常々田之助から「大根」「能なし」と罵られているから、無理もないことではあろう。

「だいたい、道具方に声がかかるような芝居、おかしいと思いませんか。自分で動けないならさっさと身を退くべきだ」

近頃、田之助が出る舞台では決まって「長谷川！」と声がかかる。

「こんなの、これからの東京の芝居じゃありませんよ。彦旦那にぜひ、すっきりしたきれいな芝居の仕方を教えていただきたいんです。お願いします」

鼻筋の通った厳めしい顔立ち、大きな目。今までになく、亡き父、五代目海老蔵の若き日の面影が浮かぶように見えた。

――どうやら、これまでとは風向きが違ってきたらしいな。

「ご一新《いっしん》の世です。芝居も新しくなるべきだと思いませんか、旦那。だいたい、台本がヘンだ。こんなの、まるで真実味がないじゃありませんか」

おっと、火の粉がこちらへ飛んできた。その相変わらず生硬い口調に、これまでとは違う、権之助の心底が垣間見えた気がして、新七は怒るより先に、おやと思った。

――そうか。泥臭くてしつこいのは。

田之助のことだけではないらしい。

不在のままの成田屋の大看板。たいていの芝居好きの頭にはまだ、代理で惣代の座に着いた小團次の姿が焼き付いているだろう。

どうやら権之助が心底から本当に否定したいのは、田之助ではなく、小團次なのではないか。新七はそう直感した。

――ほう……。

その意気や良し。

本気で團十郎を目指すか。

まだまだ、今の権之助の力量ではその途は険しそうだが、役者が心から、背伸びを望む姿は良いものだ。たとえそれが、他の役者への罵詈雑言《ばりぞうごん》であっても、それで行く末が拓《ひら》けるなら。

思うように伸びなければ、罵詈雑言はこちらへ跳ね返り、己《おのれ》が塵芥《ちりあくた》となって吹き飛ぶだけである。

「そう持ち上げてもらえると東京へ戻って来た甲斐があるな」

彦三郎はまんざらでもないと言った様子で笑みを浮かべ、権之助の肩をぽんとたたいた。

「ま、機会はまたいくらもあるさ。なんでも相談してくれ」

彦三郎は去り際、ちらっとこちらを見て「まあ許してやってくれ」とでも言いたげな表情を見せた。

「気にしてませんよ」とやはり目顔《めがお》で言い送った新七だったが、気になることがないではなかった。

――「長谷川！」か……。

台詞や顔や手の演技はともかく、舞台の上で今、田之助の身体を「動かして」いるのは、紛れもなく長谷川勘兵衛の力だ。

たとえば今、守田座では〈廿四孝〉の八重垣姫を演じているが、室内の場では、田之助の背中に添わせて金具を立て、それをごく幅広に編んだ組紐《くみひも》で身体にしっかり縛りつけ、その上から衣装を着せる。舞台にある畳の縁内《へりうち》には、その金具が通せるよう二寸幅の溝《みぞ》が空けてあり、舞台の下にもぐった勘兵衛とその弟子の留吉《とめきち》がその金具を上下左右に動かすことで、田之助が立ったり座ったり、さらには上手と下手を往来できているように見える仕組である。

ただ奥庭の段になると、金具を下から出すわけにはいかない。そこで今度は宙乗りの体《てい》にして、上から田之助を吊って動かすのだ。

金具の動きと田之助の動きがずれると、人形がばたんと倒れるように、金具ごと、田之助の半身が転がる。勘兵衛は「誰か後見をつけたらどうか」と助言したのだが、田之助は「それだといかにも仕掛けがあるって分かるからイヤだ」と言って聞き入れなかった。

結局、長谷勘と田之助、二人の熱の入った稽古の賜で、本番ではピタリと動きが合い、それは確かに見事な八重垣姫なのだが――舞台の上でどこかそこだけ、他の役者たちとは違う風が取り巻いて、浮き立ったように見えるのも、正直なところだった。

「師匠、よう。そんなところに突っ立っていちゃ邪魔じゃないか」

作者部屋に帰るのも忘れて、ついそのままぼんやりと廊下に立っていると、いざり車を付き人の三すじに牽《ひ》かせて、当の田之助が姿を見せた。

八重垣姫のあとはぐったりして、しばらくそのまま舞台の袖で休んでからでないと動けない田之助だが、市村座の留女では、茶屋に座っているというだけの短い出番なので、そこまでの負担ではないらしく、落ち着いた表情だ。とはいえ、三すじが甲斐甲斐《かいがい》しく、額や首筋を滴《したた》る汗をひっきりなしに拭《ぬぐ》っている。

「何ぼんやりしてたのさ」

「あ、いや、何でもない」

「権《ごん》の大根《でいこ》が、何かごちゃごちゃ言っていたらしいね」

探るような目だった。

――誰だ、そんなことをもう耳に入れたのは。

「いいんだよ、何とでも言うがいい。たとえ生人形の操りだろうと、客を呼べた方が勝ちじゃないか」

勝ち誇った言葉付きとは裏腹に、不安げな、どこか縋るような曇りが田之助の目の底に沈んでいたのを、新七は、見ないふりをした。


……生人形の操り。

己をそう嘲った田之助だったが、それでもその言葉通り、人気はまだ十分で、客足は衰えを見せなかった。しかし勘弥は翌年、あっさり田之助を中村座に譲ってしまった。

「うちではもう、使いませんよ」

詳しい理由は聞かなかったが、いろいろと噂は聞こえてくる。

正月の興行では、権之助に亡兄團十郎（八代目）譲りの〈児雷也〉をさせたり、徳川幕府の祖である家康の一代記から題材を採って新作〈碁風土記《ごふどうき》 魁《せんての》 升形《じょうせき》〉を新七に書かせ――徳川の世の頃には許されなかったことだ――、権之助と芝翫に演じさせたりと、どうやら勘弥は、以前新七に言った通り「新しい世の芝居」へと向けてちゃくちゃくと動きつつあるようだった。

権之助の〈児雷也〉は残念ながら八代目のような色気や躍動感には遠く及ばなかったが、それでも新作の方で演じた折り目正しい武将の姿は麗しく、「だいぶ貫禄が出て来たじゃないか」と評判になった。

「師匠、市村座はそろそろ危ないかもしれません。今年一年、持つかどうか」

金の話になってしまうと、作者はしょせん雇われの身、打つ手はない。

「うちも決して楽ではありませんが、このままここにいるつもりはないですからね」

常は冷静な勘弥の声が、いつになく熱を帯びている。

「と言うと」

「新しい劇場を建てる準備に入ります。浅草じゃなくて、もっと東京のど真ん中を目指しますから。どんどん、新しいのを書いてくださいよ」

「分かった。楽しみにしてる」

田之助の方はこの正月、中村座で菊五郎とともに心中物の〈小糸佐七《こいとさしち》〉をやっている。人気は相変わらずだというが。

「棟梁。紀伊国屋、どうしている?」

様子が気になって、たまたま顔を合わせた折に尋ねると、長谷勘は渋面《じゅうめん》を作りつつも、待ってましたとばかりに話し出した。

「師匠、聞いてくださいよ。あれじゃあ音羽屋が気の毒だ。言うに事欠いて〝あれじゃあ縁を切るに切りよくて困る〟だなんて」

「縁を切りよくて?」

恋しい恋しい佐七だが、小糸は万端やむなく、心を鬼にして、縁切りを申し出る、というのがこの芝居の為所《しどころ》のはずだ。

「菊五郎さんの芝居が酷いから、恋しい気持ちになれねぇ、縁が切りよくて困るだなんて毒づくんですよ。さすがの菊五郎さんも、だいぶお怒りになったみたいで。あんな顔に青筋立てた音羽屋、初めて見ましたよ」

あの菊五郎がそんな酷い芝居をするとは思えない。酷くなったとすればそれはきっと――田之助の心の傷の方ではないか。

失われた二本の脚、思うようにならぬ身体。

いつだったか田之助が、「舞台の後、右の踵《かかと》が痛むんだ。ないってのに」と言っていたのが妙に思い出される。

……切った脚は、庭に埋めてあるんだ。

背筋にぞっと冷たいものが走った。

身体に深く深く染みついたはずの芝居は、行き場を失って、その心を蝕《むしば》みつつあるのではないか。

――だいじょうぶか。

正月の興行が終わると、それ以後も変わらず、守田座はもちろん、潰れそうだという市村座、それから田之助が移った中村座のためにも、新七は台本を書き続けたが、田之助の方はそれからほどなく病で休みがちとなり、秋になる頃にはどの番付からも名前が消えてしまった。

明治四（一八七一）年十二月――。

十四代市村羽左衛門が座元を降りて一介の役者市村家橘《かきつ》となり、市村座が村山《むらやま》座へと名を変えるとの知らせが届いた頃、それとは別の一通の書状が新七のもとに届いた。

――なんだろう、改まって。

代筆ではなく、自分で書いたのだろうか。

震える文字で書かれたごく短い文面。
新七はその意を図りかねた。
……お願いの儀がございます
なにとぞ　ぜひとも　お目もじいただきたく
田
お師匠さま　まゐる

四　古今彦惣　こきんひこそう

明治五年正月――。

市村座から村山座と名を変えた劇場の一室で、新七はいざり車に乗った田之助と向かい合った。

――まさか、その手。

両の手の指が何本も布で巻かれているのを見て、新七は改めて、病がさらに田之助の身体を蝕み続けていることを突きつけられた。

その場には、兄の訥升、それに、帳元の鈴木万蔵《まんぞう》――新七には屋号の甲子《かっし》屋の方が馴染みがある――も顔を揃えていた。

「師匠。ここの仕切り直しに、一幕だけお願いできませんか」

村山座の立作者は、新七の弟子の竹柴金作《たけしばきんさく》だから、客演《スケ》として何か書くのはやぶさかでないが、訥升と田之助の並々でない顔つきを見ると、どうやら尋常の頼みではなさそうだ。

「何を、書けばいいんだ」

田之助がふと目を落とした。いつもの「よう、よう」は影を潜め、ひたすらゆっくり呼吸を整えている様子だった。

こんな姿であってさえ、首筋から肩までのなだらかな線から、えもいわれぬ色気が立ち上《のぼ》ってくる。と同時に、明らかに香の匂いが鼻をくすぐるのを、さっきから新七は感じとっていた。

——伽羅《きゃら》の香か。

着物に強めに焚《た》きしめられているようだ。我が身から発する臭いを苦にしているのだろう。

「田之助の、一世一代をお願いいたします」

田之助は首を震わせ、布でくるまれた手を前に差し出した。まるで芝居の中に取り込まれたような気がして、軽いめまいを覚えた。

「一世一代……」

戸惑う新七に、訥升が言葉を添えてきた。

「弟は、師匠もよくご存じの通り、この身体でございます。何事も、引き際というものがあろうと」

傍《かたわ》らで甲子屋が身じろぎもせず、三人のやりとりを聞いている。

——引き際。とうとう……。

いつかこの日が来るとは、思っていたが。

本人の身体、命のためには、本当は早い方がいいと、新七のみならず、まわり中の誰もが思っていたに違いないが、それを口にできる者は、やはり本人しかいない。

「師匠。あたしはもう生人形になるのさえ難しい、生き腐れです。けじめをつける花道、作ってやっちゃあくれませんか」

生人形、生き腐れ。

我が身をことさら苛む田之助の言葉。その裏にあるやりきれなさを、どうしてやればいいのだろう。

「お馴染みの、前に誰かがやった、これからも誰かがやるかも……。そんな芝居はイヤなんです。これまでにも、これからもない、今この田之助にしかないという、新しくて、でも最後の一幕をお願いします」

承知したと返答して、すぐに作者部屋へ向かい、金作から他の顔ぶれや、全体の仕組みについて話を聞く。

「芯は彦旦那に、家橘か」

菊五郎は中村座へ移っていったが、座元を追われた格好になった家橘は、一介の役者としてそのまま残っている。

「他の幕はどうするんだ」

「はい。一幕は吉例ですから〈曾我〉、次の世話は〈八百屋お七〉、大切は〈六歌仙〉でどうかと」

「悪くないな」

劇場の名が変わって最初の興行、しかも正月だ。まず〈曾我〉は穏当だし、世話物のお七の冬景色、終幕の踊りは、訥升の業平《なりひら》、家橘の小町《こまち》、彦三郎の文屋《ぶんや》なら十分良い形になるだろう。

「じゃあ、中幕《なかまく》だけ、私が書く。ちょっと時間をくれ」

「承知しました」

お七に小町。足があった頃の田之助ならさぞ、とつい考えてしまうのは、どうしようもない。

——一世一代か。

新しくて、最後。かつ、できたら、これまでの田之助の当たり役をどこか彷彿《ほうふつ》とさせるものでもありたい。日の本一の女方の姿を、大勢の客の眼に焼き付けてやりたい。

――しかも、今のあの身体でやれるものでないと。

長谷勘に頼めばきっと様々に工夫はしてくれるだろうが、こたびばかりは「長谷川！」と声がかかるようなものは避けたい。できるだけ、田之助本人はあまり動かずとも成り立つものにしたい。

「有人《ありんど》さん。西洋で、楼門《ろうもん》の立派なのがある町というと、どんなところがありますか」

一つ、思案の種が浮かんだ新七は、その足ですぐ、文人仲間の山々亭《さんさんてい》有人こと、条野《じょうの》採菊《さいぎく》のもとを訪れた。

「どうしました其水さん。ずいぶん藪から棒だが、また何か思案なさっていますね」

採菊や三遊亭圓朝らとともに、三題噺の会なんてやっていたのは、もう十年以上も前だ。あの頃はまさか、徳川の世がこんな形で倒れようとは思ってもみなかった。

近頃では「新聞社」とやらを立ち上げようとしているという。瓦版《かわらばん》みたいなものですかと新七が聞くと「ううむ」と首を捻られた。

「すぐは思いつきませんから、調べてあげましょう。本当は、福地《ふくち》先生がおいでなら早いんだが、今ご洋行中なので」

採菊の仲間で西洋事情に詳しい福地桜痴《おうち》は今、新政府の使節団に加わっているらしい。

軽く世間話をして、自宅に戻ってしばらくすると、小僧というには薹《とう》の立った、田舎言葉丸出しの若者が姿を見せて、「先生からこれをお届けするようにと」と風呂敷包みを置いていった。

――これか。

見慣れない異国の文字がびっしり書かれた紙に、不思議な形の豪壮な建物の絵が描かれている。

「イギリス……ロンドン塔」

よし、これだ。これを使おう。


一月二十四日。

村山座の初日が開いた。

田之助の一世一代、お名残《なごり》狂言と銘打たれた中幕にさしかかる頃には、村山座のまわりには押すな押すな、客が十重《とえ》二十重《はたえ》と取り巻いている。

幕が引かれると、書き割りの背景には多くの黒船が行き交う異国の海。舞台上に高々とそびえ立つのは厚い壁と太い柱に支えられる洋風の楼門。客が一斉にどよめくのが分かる。

「大変でしたよ、ちゃんと石造りに見えるようにするのは。こんなの、初めてですからね」

そう言いながらも、長谷勘は腕の振るいどころが存分にあって、まんざらでもないようだ。

〈国性爺姿写真鏡《こくせんややすがたのうつしえ》〉――近松門左衛門の手になるお馴染みの〈国性爺合戦《かっせん》〉に骨組みだけ借りて、すっかり書き換えた台本だ。

「錦祥女《きんしょうじょ》のやつしだね。でも、こんなの見たことない。さすが、師匠に頼んで良かった」

道具立てと筋書きを最初に披露した時、田之助はそう言ってにっこりとあでやかに微笑み、かつての「よう、よう」の頃の顔つきを取り戻していた。きっともう役に入り始めていたのだろう。

当たり役だった錦祥女を誰もが思い出すであろう扮装《ふんそう》だが、田之助の役名は古今《こきん》。「日の本一――古今《ここん》東西随一の女方」の意味を込めた名付けである。

実は古今の名を持つ女は享保《きょうほう》の頃にできた浄瑠璃にも例があって、そちらの健気さも取り入れての筋立てとなった。相手役の名を彦惣《ひこそう》としたのも、そこから採っている。

浪花《なにわ》の人気芸妓《げいぎ》、古今は、馴染みの若旦那彦惣に身請けされ、その女房となる。彦惣の商用のため一緒に船に乗ったところ遭難し、夫婦は別れ別れ、互いに生死不明となる。

舞台はその七年後から始まる。訥升演じる彦惣がこれまでのいきさつを一人語りで語った後、彦惣が今、新政府の使節団に加わって、イギリスのロンドンに来ていることが明かされる。

「……七年のこのかた生死の知れぬ古今ゆえ」

命が助かって以後、商売が順調に行き、新政府の用人《ようにん》にまで出世した彦惣。しかし、選りに選ってこの遠く離れたロンドンで、古今がイギリスの領主カンキスの妾になって生きていることを知ってしまう。

「……故郷を離れ、かような知らぬ国にて生きながらえるも、どうぞして今一度、彦惣さんに逢いたいばかり」

ようやく巡り会った二人。だが、命の恩人でもあるカンキスが難病に侵《おか》されていると知った古今は、故郷へ帰らず、このままロンドンに留まってカンキスの看病をすることを選ぶ。

「これがお顔の見納めかと、思い回せば回すほど、お名残惜しう……」

いよいよ帰国せねばならぬ彦惣を見送りながら、古今がこう言いさして絶句すると、満座の客は皆涙し、村山座はすすり泣く声であふれた。

「……ござりまする」

楼門の上から彦惣の船を見送る古今。

襞《ひだ》を幾重にも取った豪奢《ごうしゃ》な西洋風の衣装に身を包んだ田之助の首筋は、きらびやかな襟飾りの中からすっくりと伸びている。半眼になった切れ長の目に、これまでの田之助の芝居では見たことのない、不思議な静けさがあって、新七は改めて胸が震える思いがした。

――天女か、観音か。

たっぷりとした衣装が隠すのは、両脚は膝から下、右手は手首から先を失い、左手も小指のみとなった、文字通り満身創痍《まんしんそうい》の田之助の身体とそれを支えるいざり車だが、もはやそんなことは、誰も気に留めていないだろう。

これを限りにこの不世出《ふせいしゅつ》の役者がいなくなる。その喪失感の深さ大きさに、客たちはみな、我を忘れているのだ。

柝が鳴り、幕が引かれた。

新七はただただ、天を仰いだ。


明治五（一八七二）年四月五日。

田之助の一世一代は大評判で、他の幕の仕組みは変わっても、この幕だけはまだ続いていた。客はみな天女を惜しみ、なかなか天へ旅立つことを許さぬようだ。

――また呼び出しか。

そんな中、新七は、東京府第一大区の役所へと足を向けていた。

守田座の座元、勘弥は、本当に新しく劇場を建てようとしていた。場所は新富町《しんとみちょう》だという。

徳川の世だった頃は大名や旗本の屋敷が建ち並んでいたあたりが、明治になってそれらが取り払われてほどなく、新島原《しんしまばら》と名付けられた遊郭《ゆうかく》となった。ただあまり流行らなかったのと、すぐ近くの築地に異人の居留地が設けられたことから、去年の七月には新政府の命令で遊郭は廃業されたらしい。

今年の二月の末頃に起きた火事で、この遊郭の跡地を含め、銀座、木挽町など一帯が焼け野原となった。新政府はそれを機に、このあたりを洋風の石造りの建物が並ぶ街に変えようと考えているという。勘弥はどううまく取り入ったものか、その一つとして、遊郭の跡地に新しい芝居の劇場を建てる許しを得たのだそうだ。

新富町にかかわることは、東京府第一大区の役所をまず通さねばならぬというので、勘弥が幾度となく足を運んでいるのは知っていたが、こたびは新七と、さらに同じ作者の桜田治助――こちらは四代目で、以前新七が世話になった左交こと三代目の弟子である――も同道せよということだった。

「今日は何の話でしょうね」

「さあてな」

正直、あまり良い予感はしない。

実は、お役所から作者が呼び出されるのは、これが初めてではない。

今年の二月の末頃にも一度、その時はこの「区」の役所ではなく、親分の方――幸橋《さいわいばし》門内、以前は大和郡山藩《やまとこおりやま》の上屋敷だったところにある東京府に呼び出された。その時は、勘弥だけでなく、中村座、村山座の座元もいっしょだった。

「……淫奔《いんぽん》の媒《なかだち》となり、親子相対《あいたい》して見るに忍びざる等の事を禁じ、全く教えの一端ともなるべき筋を取り仕組み申すべき……」

散切り頭の役人がごつごつと読み上げた「御諭《おさとし》」を、新七は嫌な気分で聞いた。

――親子いっしょに見て身の教えになるような筋にせよ、だと。

馬鹿馬鹿しい。そんなもの、芝居になるもんか。

芝居を見たこともない、田舎の野暮天《やぼてん》の戯言だろうと思いつつも、軽く受け流せない思いがあった。

そして、また、今日である。

命じられた通りの場所に行くと、まるでお白洲《しらす》のように皆で並んで座らされた。やがて入ってきた役人がまた何やら読み上げる。

「……勧善懲悪《かんぜんちょうあく》を旨となすべきはもちろんながら、爾後《じご》全く狂言綺語《きょうげんきご》を廃すべし……すべて事実に反すべからず」

新七は耳を疑った。

――事実に反すべからず？

役人は、「例えば、真柴久吉《ましばひさよし》ではなく、羽柴秀吉《はしばひでよし》、小田春永《おだはるなが》ではなく、織田信長《おだのぶなが》でなければならぬ」と言い添えた。

――それで、芝居が成り立つのか？

〈忠臣蔵〉のお軽や〈菅原伝授手習鑑〉の松王丸が、本当にいた人かどうか。いたとして、本当は何をしていたかどうかなんて、いったい誰が分かるというのだろう。

――新政府ってやつは。

どうやら徳川の幕府より、ずっと厄介なものかもしれない。

――高島屋。どう思う？

今は亡き小團次に胸中で呼びかけながら、浅草まで、黙ったままの長い長い道中となった。

新七の嫌な予感は、日を追うごとに現実のものとなってきた。

「師匠。来月の〈忠臣蔵〉だが、できるだけこの間の御論に従うようにできませんか」

勘弥はこの五月で猿若町の小屋を閉めて、新富町へ移る支度に本腰を入れるつもりらしい。

――お上の機嫌が気になっているのか。

「実説に近づけて、って言うんだな」

「はい。こういうのも使って、なんとか……」

勘弥が見せたのは『赤穂義人録《あこうぎじんろく》』。室鳩巣《むろきゅうそう》という儒学者の書いたもので、漢文で書かれた歴史書である。

勘弥には恩がある。左團次の役をめぐって市村座から退き、江戸の芝居では仕事ができなくなるかもしれぬとまで覚悟していた頃に、自分を拾ってくれた人だ。その左團次はこの三月、守田座で小團次の当たり役の一つだった〈勧進帳〉の富樫を初めてつとめ、「ずいぶん腕を上げた」「これから楽しみだ」と評判を上げた。

思い返し思い返し、やる気がぼろぼろ失《う》せるのをどうにか自分で宥め、弟子たちに命じて〈忠臣蔵〉の台本に手を入れさせた。

大筋が違うわけではない。ただ、寛延《かんえん》の頃にできた芝居の本では当然、お上の意向を憚って、時代も人物名も変えられている。時は徳川ではなくて「室町」。江戸城は「足利館《あしかがやかた》」、赤穂藩主浅野内匠頭《あさのたくみのかみ》長矩《ながのり》は「出雲守塩冶判官高貞《いずものかみえんやはんがんたかさだ》」で、吉良上野介義央《きらこうずけのすけよしひさ》は「高師直《こうのもろなお》」。そして、大石内蔵助《おおいしくらのすけ》は「大星由良之助《おおぼしゆらのすけ》」である。

――そんなお約束なら、みんな百も承知だが。

されど、浄瑠璃の詞章《ししょう》や芝居の台詞となると話は別だ。


〽程もあらせず入り来るは、浅野内匠頭長矩……


「なんだか、聞こえ方が妙だな」

「えんやはんがん。あさのたくみのかみ。だいぶ字余りだからなぁ」

稽古に入り、急ごしらえで人名だけ入れ替えた浄瑠璃に、居合わせる者たちが皆首を傾げる。

「この文箱、はん……た、内匠頭さまのお手に渡し、お慮外《りょがい》ながら、も、……よ、よし……すみません、お名前、なんでしたっけ」

お軽役の岩井半四郎が台詞につまり、申し訳なさそうに狂言方の方へ頭を下げた。

——だめだな、こりゃあ。

もとは紫若を名乗っていて、去年四代目を襲名したばかりの半四郎は、所作にせよ台詞にせよ、舞台上でまず間違ったりしない、きっちりした役者だ。それがこの有様では、他の役者は推して知るべしだろう。

案の定、稽古はまったく前へ進まない。

「無理ですよ。みんな音を上げちまってます」

「これじゃあ芝居になりません」

〈仮名手本《かなでほん》〉くらいの当たり狂言だと、浄瑠璃も台詞も、音がすっかり演者に染みている。それを急に人名を変えろと言われても、すんなりいくはずもなかった。

「勘弥さん。今回はやはりお馴染みのままで行かないか。その代わり、新富町に移ったら、ちゃんと新しいのを書くから」

馴染みの狂言で役名が変わるよりは、最初から新しい話、新しい台詞の方がよほどやりやすいに違いない。

「しょうがないですね。お願いしますよ」

その後も、役所からの呼び出しは何度もあり、ついには「どの劇場も事前に役所へ仕組台帳《しくみだいちょう》を出せ」とまで言ってきた。

仕組台帳は初日の幕が開くまで秘中の秘、他座に出し抜かれないための大事なものだ。それを前もって役所へ出せとは。

新七だけでない、芝居を生業にする者たちは皆、新しいお上のやり方にぶつぶつ文句を言い出した。とはいえ、芝居そのものを止められては元も子もない。

一人、勘弥だけは嬉々として東奔西走《とうほんせいそう》し、六月には早くも新富町の普請《ふしん》が始められたが、これに思わぬところから激しい怒号が飛んできた。

「おれたちに黙って猿若町から出て行くとは何ごとだ」

「勘弥のヤツ、良い度胸だな。袋だたきにしてやる」

「江戸が東京になったからって、闇はどこにでもあるんだ。覚えてろ」

芝居の台詞をもじって、勘弥への罵詈雑言を大声で叫んで歩いていたのは、日本橋界隈、魚河岸を仕切る者たちだった。

安政三（一八五六）年に勘弥が守田座を再興した際、魚河岸連中にずいぶん世話になったらしい。その後も、区切りとなる興行には木戸前に酒や饅頭などを出して花を添えたり、役者に引幕を贈ったり、もめ事を手打ちに持ち込んだり……、いわば太い贔屓中の贔屓、後盾《うしろだて》で、座元といえども断りなしに大事を決められるものではない。

「勘弥さん、だいじょうぶなのか。なぜ魚河岸連《れん》に断らずに移転を決めたりしたんだ」

「師匠。どうぞご心配なく。私はこれを機に、芝居から悪所《あくしょ》の臭味《くさみ》を取ってしまいたいんですよ」

勘弥の主張も分からないでは無かった。

魚河岸の者の中には、こうした守田座とのかかわりをいいことに、当たり前のように木戸銭を払わずに劇場を出入りしたり、他の見物客の席を横取りしたり、女客にちょっかいを出したりと、横暴なふるまいに及ぶ者も少なくなかった。

もともと、守田座は猿若町の中でも、一番奥まった三丁目にあって、他の二座に比べてどことなく場末な風情が漂う。魚河岸の者たちの鉄火《てっか》な態度は、粋、鯔背《いなせ》と言えば聞こえがいいが、「悪所の臭味」の源の一つであることは否めない。

勘弥の強気を危なっかしく見つつ、新七はその望みを受けて、新開場のための台本を考えていた。「新しいもの」「事実に合うもの」、さらに「新政府の覚えがめでたそうなもの」――というので、試みに七月の村山座では、天保の頃に幕府に逆らって役人の不正をただそうとした大塩平八郎《おおしおへいはちろう》という大坂の与力《よりき》の話を仕組んでみたが、客からはそっぽを向かれてしまい、半月ほどで打ち切りとなった。

「師匠。まだ仕上げが少し残っていますが、どうぞ見てやってください」

九月末、勘弥に言われて、新富町の新しい守田座へと向かった新七は、その堅牢《けんろう》で豪華な造りに思わず唸《うな》った。

銅《あかがね》張りの櫓にブリキの屋根。壁はすべて塗りの仕上げである。

「こりゃあすごいな。もう小屋じゃない。ちょっとした御殿じゃないか」

「外だけじゃありませんよ。中はもっとすごいんですから」

得意そうに案内する勘弥に連れられて入っていくと、間口も奥行きも、前の守田座より四間《けん》ずつも広い。加えて柱は鉄製で、木の柱より頑丈な上に細いので、見物の目を遮るものがごくごく少ない。しかも天井はこれまでのような簀《す》の子ではなく、きちんとした板張りだから、役者の声が上に抜けず、その分よく後ろまで届いて聞こえるだろう。

「ひな壇にしたのか」

左右の見物席には高低差が付けられた上に、椅子を置ける席もある。確かにこれなら見やすい。

さらに、客の出入り口と楽屋の出入り口をきちんと分ける、客が花道を横切ることのないよう通り道を作るなど、勘弥の言う「悪所の臭味」除《よ》けの心配りが各所に行き届いている。

――啖呵を切るだけのことはあるな。

「こりゃあ良い。小屋の造作を見るだけだってここに来る甲斐がある」

「そんな頼りないことを言わずに、良い本をお願いしますよ。役者も揃えているんですから」

「分かってるよ」

「それから中幕には〈国性爺〉をお願いします。もちろん、〈写真鏡〉じゃなくて、お馴染みの方を」

「なんだって」

「権之助がどうしても和藤内《わとうない》をやりたいんだそうです。錦祥女は半四郎、左團次には甘輝《かんき》をやってほしいと言ってましたよ」

「田之助一世一代」が千秋楽《らく》を迎えてから、まだ半年も経っていない。なんだかあてつけがましいようだ。

――権《ごん》のヤツ。

河原崎権之助は、〈留女〉でずいぶん田之助を悪く言っていた。

半四郎は、女方では唯一、田之助に張り合えた逸材だが、根がもの柔らかだから自ら前へ出たり張り合ったりするようなことはない。権之助の意向だろう。

「なんだか、先へ先へと何でも勘弥さんが決めてしまうね」

新七がぎろりと睨んだのを、機嫌を損ねたと思ったのか、勘弥は慌てて「すみません」と頭を下げたが、「でも、良い仕組でしょう？　今、権之助と半四郎の〈国性爺〉なら絶対外れはないでしょうし」と踏み込んでくることも忘れなかった。

芝居が揃って浅草の猿若町に引っ越す前には、長らく木挽町に河原崎座があった。新しい守田座に権之助が出るのを「芝居が町の真ん中に戻ってきた」と喜ぶ向きも多いだろう。

そんなこんなを抱えつつ、新七が新劇場の柿落としのために心を砕いていると、思いも寄らぬ噂が耳に入ってきた。

「田之助が芝居興行の鑑札《かんさつ》を取ろうと、贔屓のお大尽《だいじん》方を口説いて回っている」というのだ。

——まさか。

田之助は、舅《しゅうと》の相政——相模屋政五郎——の肝煎りで猿若町に茶屋を一軒買ってもらい、その名も紀伊国屋と付けて住まっている。

商売は信の置ける者に任せ、自身は悠々自適、穏やかに養生して暮らすと言っていたはずだが。

——まだ芝居がしたいのか。

勘弥によれば、三座のみに限られていた徳川の世とは違い、「自由化」とかで、今は新政府に届け出て鑑札をもらうことさえできれば、興行は勝手次第なのだそうだ。

興行主として人を差配する田之助なんて想像できない。あの気性だ。他の者が付いてこられるとは思えない。そもそも、役者を集めるのだって難しいだろう。

大部屋役者を寄せ集めて、兄の訥升を巻き込んで、主役は自分……。

——もう、いい加減、止《よ》さないか。

あんな盛大に一世一代をやったんだ。あの身体で、これ以上やるのは。

隙間風なんて吹き込みようのないはずの新しい劇場で、なぜか背中を、ぞわりとした感触がゆっくりと這っていった。

第五章

團菊

「勧進帳」武蔵坊弁慶（パブリックドメイン）

「梅雨小袖昔八丈」髪結新三（パブリックドメイン）

芝居に関係ないもので、父さんの好きなもの、ですか？　そうですねえ。猫。あ、でも鼠も好きでしたよ、子年生まれだからって。それから犬も。家中に動物がいっぱいいました。

他には……、骨董《こっとう》も好きだったし、家の造作なんかで妙にこだわって、わざわざ他所《よそ》の家にあった古い板なんかを、お金を払ってもらい受けて、普請に使わせたりしたこともありましたけど。

着るものは、地味粋《じみいき》っていうのかしら。目立たないけど、よく見ると吟味されてて手間もかかってるのが分かる、なんてのが好みだったでしょうか。

でも、おおよそ、何にでも淡泊な人でした。物を欲しがることはありましたけど、結局執着しないっていうか、欲が少ないっていうか。

家は何度か火事に遭いまして。父さんはとっても用心深い人で、普段からずいぶん備えてましたけど、それでも焼けちゃう時は焼けちゃいますから。

そんな時に、物を惜しむような顔は、意地でもしない人でした。

役者さんの取り合いなんかで、大きなお金が動いていても、自分はいつも一歩退いていて。「師匠が自分で動いたらさぞお金になるでしょう」なんて勘繰る人もいましたけど、そういうのは、嫌いだったと思います。

九代目（市川團十郎）さんと五代目（尾上菊五郎）さん、どっちが好きだったかって？

さあ、どうでしょう。

役者と作者の間柄って、好き嫌いなんかじゃ、何にも量れないものだと思いますよ、きっと。

一　東京日新聞　とうきょうにちにちしんぶん

明治五（一八七二）年十月十三日。

新七は新富町で、守田座の柿落としを見守っていた。

――巧くなったな。

舞台上では、河原崎権之助扮する豊臣秀吉が、中村仲蔵扮する柴田勝家《しばたかついえ》を面詰《めんきつ》している。

「……この勝家も北国《ほっこく》より夜を日に継いで馳《は》せのぼり、只《ただ》一戦に光秀《みつひで》を滅ぼさんとは思へども……」

「それぞ御身《おんみ》が愚昧《ぐまい》ゆえ……和睦をなして加勢を頼みすぐに都へ馳せ登り、怨敵明智を滅ぼしたり……」

亡き主君、信長の葬儀で、我が物顔に振る舞う秀吉に憤《いきどお》る勝家。されど、むしろ秀吉から「主君の大事に何をしていた」と舌鋒《ぜっぽう》鋭く言い返され、やがてその場は誰が見ても、「信長のあとは秀吉」という空気に包まれていく。

――こういうのが、今の権にはよくはまる。

三味線や語りがほとんど入らず、派手な動きもごくわずかだ。ただひたすら言葉の応酬で進む〝渋い〟場面だが、二人の台詞まわしの見事さで、客たちはすっかり戦国の世に引き入れられてしまっている。

権之助はこの〈太閤記《たいこうき》〉に加え、〈国性爺〉の和藤内でもすっきりとした男ぶりを見せて、評判は上々である。

――新しい世、新しい劇場、新しい芝居か。

新七は、稽古の際に権之助が言っていたことを思いだした。

「普段の暮らしでしゃべる言葉に、浄瑠璃みたいな大仰《おおぎょう》な調子は付いてないでしょう。ましてご大身《たいしん》の武家ともあろう方々が」

権之助はこのところ何かにつけて「本物のご大身」を振りかざす。その自信の源が、つい先日亡くなった鯨海酔侯《げいかいすいこう》こと山内容堂公《やまうちようどう》――もとは土佐藩主、本物のお殿さまだった人だ――にあることは誰もが知っていたから、異を唱える者はいなかった。

容堂公はこの数年、権之助を大の贔屓にして、あちこち馬車で連れ回して物見遊山《ものみゆさん》に同行させたり、鷺流《さぎ》の能狂言について教えを授けたりした。亡くなってからは、能装束や甲冑などがいくつか権之助の手に渡っていて、それらを役の拵えの手本として崇《あが》めているという。

「絃に乗らない、まっすぐな台詞だけで進む芝居があったっていい。いや、むしろ新しい世の芝居には、その方がふさわしいんじゃないか」

座頭である権之助のこうした主張を、受け入れて見事に生かして見せたのが芝居巧者の仲蔵だった。凛と張って朗々と響く権之助の台詞を受けながら、次第に秀吉に気圧されていく勝家を見事に演じている。

――とはいえ、全部これでは、な。

あとには、中村翫雀《かんじゃく》と岩井半四郎によるたっぷりとした浄瑠璃ものが控えていて、こうした「まっすぐな台詞」の芝居はこの一幕だけだ。

おそらくは、「一幕だけ」だから異彩を放って評判なのであって、もしすべてがこうした平たい台詞ばかりの芝居を作るとして、果たして面白くする自信は、今の新七には到底ない。

守田座の柿落としは、芝居のみならず、建物自体の新奇さにも支えられ、上々の客入りで十一月二十四日まで続いた。途中、十月二十三日には、勘弥がどう画策したものか、来日していたロシアの皇太子が来場して〈国性爺〉を見るなどといった、猿若町時代には思ってもみなかった椿事《ちんじ》もあった。

椿事と言えば、この年の暮れには暦が改められ、十二月三日が翌年の一月一日になるというなんとも妙ちきりんなこともあり、新七たちは大いに困惑したが――芝居町界隈の本当の困惑はその正月にやってきた。

「師匠、困ったことになりました」

妙ちきりんな新春ではあるが、それでも何か考えねばなるまいと思っていた新七のところに、勘弥が珍しく青い顔で現れた。

「権之助が、もううちへは出ないと」

「理由は聞いたのかい」

「それが、どうも……」

勘弥は明言を避けたが、そのせいでかえって、背景の面倒な糸が新七にはよく見えた。

――魚河岸連に脅されたか。

おおかた、「守田座に出るならもうおまえとの付き合いはしない」とでも言われたに違いない。

座元の勘弥と違い、役者たちにとっては古くからの贔屓は相変わらず、身の浮沈を握る大事な頼みの綱だ。

太い綱だった容堂公が彼岸のお方となってしまった今、魚河岸連にこう言われては、権之助もあえて守田座へ出ようという気にはなれなかったのだろう。

権之助に抜けられたとなると、座頭には芝翫ということになろうか。美しさは相変わらずで、人気もある。

ただ、もともと台詞覚えが苦手な上に、以前から決して良いとは言えなかった口跡が、近頃いっそう悪くなってきているから、演目はかなり工夫せねばならなくなる。勘弥好みの「新しい」ものなどはほぼ無理だろう。

――あまり、無茶を言わなくなるかもしれぬ。

勘弥から求められる「新しさ」に対して、新七は正直まだ戸惑いの方がずっと大きい。

権之助が移っていった村山座からも、菊五郎が看板をつとめる中村座からも、新七のもとには「助《す》けてくれ」「書いてくれ」との注文が来る。

五年前、左團次をめぐるもめ事で、一時は江戸――いや、もう東京になっていたのだろうか――での仕事を諦める覚悟までした新七に、助け船を出してくれたのは勘弥だった。その恩があるから、新七の席はあくまで守田座だし、その仕事を第一にとは思うが、何かと面倒な役者と違って、その気になればどの座にも掛け持ちできるのは、言わば作者の――いや、この河竹新七の特権である。

――それくらい胸を張ったって良かろう。

芝翫を芯に何かお馴染みを仕組み直すのかといささか高をくっていた新七だったが、勘弥は意外な手を打ってきた。

「よく承知したな」

「二千円だとよ」

「ひゅー」

日ごろこういった生臭い話からできるだけ隔てを置こうと思っている新七にも、噂は入ってきた。

勘弥は、村山座の金主元《きんしゅもと》である常陸《ひたち》屋の主人と交渉し、結局二千円という大金を払って、彦旦那――

権之助が一日も二日も置いている坂東彦三郎を引っこ抜いて守田座の座頭に据えてみせた。

――どこからそんな金を。

職人のうちでも高給と言われる大工の一日の手間がおおよそ五十銭。三十日休まず働いたとしても十五円だ。

新七たち作者が、一つの座組でもらえる金額はざっくり言っておおよそ九十円ほど。と言っても一人占めではなく、応分に客演《スケ》や弟子たちに分けるから、まあ新七の取り分は三十円くらい、当たればその分祝儀が出ると言っても、二千円などという大金はなかなか拝めるものではない。

――ともあれ、彦旦那なら、まあ。

こうしてようやく幕の開いた明治六年は、お馴染みの〈曾我の対面〉の補綴に始まり、二年前に書いた〈碁風土記《ごふどうき》〉の改訂、講釈に筋を借りた〈難波戦記《なんばせんき》〉、寄席で聴いた春錦亭柳桜《しゅんきんていりゅうおう》の人情噺に材を採った世話物の新作〈髪結新三《かみゆいしんざ》〉など、新七は守田座、村山座、中村座、いずれにおいてもまずまず、これまでの自分に恥じぬほどには、手を尽くすことができた。

とりわけ、権之助の強い希望を入れて〈碁風土記〉を改訂した〈太鼓音知勇三略《たいこのおとちゆうのさんりやく》〉では、徳川家康の家臣、酒井左衛門《さかいさえもん》の優れた智恵と胆力を、櫓へ昇って太鼓を打つという一連の所作で権之助が見事に見せて、以後この芝居そのものが〈酒井の太鼓〉と呼び習わされるようになるほどの人気になった。

一方菊五郎の〈髪結新三〉は、思いつきのでたらめな悪事や嘘、つまらぬ意地張りなどを連ねて、挙げ句に命まで落とすような小悪党でありながら、髷《まげ》のハケ先から下駄の響きにいたるまで、その場その場の姿はなぜか〝江戸前〟の意気と粋とに彩られて、客――とりわけ女の――目を惹きつけてやまなかった。

新三は途中で殺され、終幕のお白洲ではすべての悪事が白日の下になるので、一応、新政府の言う

「勧善懲悪」に反していないと言い訳は立つものの、途中の作りはどう考えても小團次と組んでいた頃を思わせるものだった。その分、台本の出来には満足していたものの、「また何か呼び出しでも受けやしないか」と内心びくびくするところもないではなかった。

幸いそういうことはなく無事に千秋楽までたどり着いたが、新七の胸中には別の思いが渦を作り始めていた。

「停《と》めてくれ」

車夫が身体に力を込めて車の勢いを抑える。新しい暦と季節が馴染まず、九月だというのにまだまだ夏の名残があちこちに残る。

「どこか寄り道でも」

「うん。今日はもう良いから、明日また頼む」

顔なじみの車夫は汗をびっしょりかいた首を、鳩《はと》かなんかのように前へ突き出してから一礼すると、梶棒《かじぼう》を器用に操って向きを変えていった。

新富町の守田座から自宅のある浅草まではおよそ一里半（約六キロメートル余）、歩くとけっこうな時がかかる。芝居の仕込みが始まると弟子たちは守田座に泊まり込みになるが、新七は勘弥から俥を回してもらって通っている。ただその日は、帰途、なんとなくまっすぐ帰る気になれずに途中で降り、隅田川を右に見ながらふらふらと歩いて帰ることにした。

――なんだ、あれは。

通り沿いに、小さな台を出してぽつねんと立っている者がいる。

ご一新前には仮小屋の屋台や露店があふれていたあたりだが、近頃はみな取り払われ、きれいさっぱりしてしまっているのが妙に寂しい。

「おじさん。ちょっと見ていきなよ」

微塵嶋《みじんじま》の単《ひとえ》に無地の角帯という地味な装束《なり》、何より頭は散切りなので、てっきり男と思い込んでいたが、声はどう聞いても若い女で、思わずぎょっとした。そういえば首から肩にかけての線がずいぶん細い。

「何をだ」

台の上には、西洋かるたと思《おぼ》しき、見慣れない極彩色《ごくさいしき》の札が何枚も散らかっていた。

「手妻《てづま》か」

「違うよ。占いさ」

「間に合ってる」

「お代は要らないよ、こちとらまだ修業中だから。ただ、おじさん、あんまり面白い卦が出ているからさ」

「面白い卦?」

乗せられていると思いつつ、つい女の手許を見た。西洋人の男が、樹《き》の枝から逆さまに吊されているように見えた。気味の悪い絵だ。

「滅多に出ない、良い卦なんだけど」

よく見ると、きめの細かい肌に鼻筋の整った美形だ。かえって余計に気味が悪くなり、行き過ぎようとした。

「でも、〝欲張りだから、難しい〟って但《ただ》し書きが付くんだ。ちょっと、どう読み解いていいか分かんない卦だな」

女は札を見ながら首を傾げた。

——欲張りだから、難しい？

どきりとした。

新七は懐から財布の一つを取り出した。昔の二分や一分の銀と、新しい十銭や五十銭の銀貨が交じるのが嫌で、近頃は財布を二つ持つようにしている。

「お代は要らないって言ったのに」

新七が台の上に置いた十銭銀貨を、女は返そうとした。

「取っておきなさい。それより、こんなところにいて、役人に見咎められんようにな」

女は小さく「ありがと」と言ったようだったが、新七はそそくさとその場から離れた。

——欲張りだから、難しい。

欲張り。

ついさっき、新七はそれぞれまったく別の意味で、二人の役者のことをそう思ったばかりだったのだ。

一人は、澤村田之助。両脚を失って、去年の「一世一代」で引退したはずの女方だ。

田之助が芝居興行のための鑑札を取ったというのは本当で、この八月、守田座からさほど遠くない京橋《きょうばし》の南鞘町《みなみさやちょう》で、その名も澤村座が開場したのだ。

柿落としに一幕だけでいいから書いてほしい——田之助や兄の訥升からの頼みを断り切れず、結局新七は二人が隅田川の船上でやりとりする短い幕を書いた。

この幕を語る哥沢芝金《うたざわしばきん》のしっとりした浄瑠璃の好評も相まって、澤村座は上々の船出となったらしい。二人はさらに来る十月にもと、新七を頼ってきた。

もう止さないか、どこまで欲をかいたら気が済むんだ——そうは言えず、結局引き受けてしまう自分に、新七は苦笑いしてしまう。

そしてもう一人は——守田座の座頭、坂東彦三郎である。

彦三郎が移ってきてすぐの正月、勘弥から「二番目にはぜひ〈忍の惣太〉を」との申し入れがあった。彦三郎が惣太をやりたがっているというのだ。

拒む理由もないので、話はとんとんと進んだ。自分からやりたいと言っただけあって、確かに見事な惣太だった。初演の折には、小團次が惣太と峰蔵《みねぞう》を二役でやったが、こたびは峰蔵の方を左團次にさせるという配役も好評だった。

ただ、新七の胸にはなんとも言いようのないざわりとしたものが残った。敢えて言葉にするなら、「何かが違う」とでも言おうか。

何が違うのか、己でもまるで分からぬまま、心底に沈めるともなく沈めて今日まで来てしまったのだが、しばらく前、冬の演目について聞かされた一言で、あの時の「ざわり」がまたぞろ頭をもたげてきたのだ。

「〈鼠小僧〉みたいのがいいんだそうです」

〈鼠小僧〉。主役の鼠小僧こと幸蔵《こうぞう》は、惣太同様、小團次の当たり役だ。確か初演の時、彦三郎は幸蔵から金を与えられたためにかえって難儀のかかる、刀屋の倅《せがれ》、新助をやっていたはずだ。

亡き名優の役を次々と。そうして、今は自分が一番だと広言したいのだろう。もう十分認められているからこそ、二千円という大金で守田座へ移ってきたんだろうに、欲の深いことだ。

「ただ、もうちょっと、当世風になりませんか」

勘弥が付け加えた言葉が耳に障《さわ》った。

「当世風……」

〈鼠小僧〉では、潔く自首した幸蔵が、役人の非道さに立腹し、別の役人の情けで脱獄していく幕切れになっている。その辺を改めよということだろうか。

あるいは、そもそも、義賊、盗人だが人の情けには厚い人物を主役にというのが、当世、成り立つものかどうか――。

「まあ、やってみよう」

「それから、できれば」

勘弥はそう言ってこちらの顔を値踏みするように見た。

「新聞を道具立てに使えませんか」

魂胆は丸見えだ。

去年始まった条野採菊の『東京日日新聞《とうきょうにちにち》』は、今年になって岸田吟香《きしだぎんこう》らも加入、勘弥はこれまでの引き札やチラシに替わるかもしれぬ「新しい」宣伝手段として注目している。芝居の方でも新聞を宣伝して、恩を売っておこうというのだろう。

――抜け目のないことだ。

「分かった。なんとかやってみよう」

そう返答してみたものの、どうにも本腰を入れてやる気の起きないまま、今日に至っている。

――忍の惣太に、鼠小僧。

決して、彦三郎の芝居が小團次と比べて悪いというのではない。むしろ口跡や押し出しなど、彦三郎の方が優れていると思えるところもある。

なのに、なんだろう、この物足りなさは。

――当世風、か。

古の時代に材を採る時代物《じだいもの》。今の人々の情けを描く世話物《せわもの》。芝居の世界はおおよそこの二つを見せることで成り立っている。

――ああ、そうか、私は。

新七の頭を、昔聞かされた言葉がよぎった。

〝近年、世話狂言人情を穿ち過ぎ、風俗に係わる事なれば、以来は万事濃くなく、色気なども薄くするように〟

小團次の息の根を止めてしまった、当時のお上からのお達し。

芝居にかかわる皆に向かって言われたことではあるが、新七と小團次は、他の誰でもない、自分たちに向けられた言葉だと受け取っていた。それだけ、当時の世情に鋭く肉薄する芝居をやっている自負があったということだ。

――今の私はどうだ。

散切り頭の女方を出してみたり、台詞に「開化」や「文明」の文句を入れてみたりはするものの、どんどんと変わっていく今の世情を、人の宿命を、本当に映そうとしているだろうか。

新七は矢も楯《たて》もたまらず、そのまま、浅草茅町《かやまち》にある採菊の家に向かった。新聞の発行もそこで行われている。

「あれ、師匠じゃありませんか。どうしました」

「採菊さん。教えてほしいことがあります」

「なんですか、藪から棒に」

「今の世の仕組みでは、人殺しや泥棒をしたら、まずどうなります？　近頃実際にあった罪人の話なんかも詳しく教えてほしい」

「え……？」

「それから、例えば東京からできるだけ早く遠くへ逃げようと思ったら、どんな手がありますか？」

〈髪結新三〉では、すべてが白日の下になったのは八丁堀《はっちょうぼり》の町奉行所だった。しかし、〝当世〟ではどうなるのか。

「ちょっと待ってくださいよ。お知りになりたいことがいろいろあるようだ」

采菊はそう言って、机の脇で堆《うずたか》くなっている書類の山を崩しながら、新七と向かいあった。

「じっくり、ご相談に乗ろうじゃありませんか」


――移り変わる世に、置いて行かれた者たち。

罪を犯してしまう者、痛い目を見てしまう者。そこには今の急過ぎる世の変化があるのだ。

采菊にあれこれと教わるうち、新七の中には新たな主役たちの人物像と筋ができてきた。

もとは大身旗本の家に生まれた男。しかし家禄《かろく》が失われ、身を持ち崩し、酒に溺れる。世を恨む気持ちは、頑として刀を手放さず、髷もそのまま、武士の特権に固執し続けて、まわりの者たちに八つ当たりするなど、荒《すさ》んだ態度となって現れて、ついには人を殺してしまう。

一方は、学問を志しながら、恋に落ちた書生。新しい世とは言いながら、〝身分違いの恋〟は悲劇を生む。心中を止められ、逃避行のための費用まで与えられた幸運は一転、身に覚えのない強盗、殺人の容疑をかけられて逮捕、連行され、やがて裁判が開かれる――。

「……この新聞に記載ある船岡門三郎《ふなおかもんざぶろう》というは……電信器械の便利の自在、すべて究理《きゅうり》の詳法《しょうほう》を発明なして開化に進み、今日《こんにち》おのが頑愚《がんぐ》を……。ちぇっ、こんな七面倒くせぇ台詞、言えやしねえ」

稽古が始まると、主役の浪人、鳥越甚内《とりごえじんない》役の彦三郎はたびたび渋い顔をした。

「〈鼠小僧〉みたいなのって言ったじゃないか。京まで逃げた挙げ句に坊さんに説教されて酒を断って、新聞読んで友達の難儀を知って、電信で白状して蒸気船に乗って自首するたぁ、……なんなんだ、これ」

「まあそうおっしゃらず。私は面白いと思いますよ。新しい」

嫌がる彦三郎を、勘弥が懸命に説得しながら、稽古が続いた。

時代物の大仰な言い回しとも違う、新聞に使われているような、新しく作られた見慣れぬ漢語が連なる、ゴチゴチした台詞に苦労したのは、彦三郎ばかりではなかった。

——そういえば。

これを書いている間、筋と人物像にばかり専心して、演じる役者のニンや柄については一度も考えなかった。彦三郎が苦労するのも無理はない。

——なんてことだ。こんなことは初めてだ。

役者を当てはめながら書く——作者のもっとも大事な決まり事をすっかり忘れていたことに今更気付いて、まずいと思ったが、もうどうしようもない。

苦心の〈東京日新聞〉——本当の新聞の名だと字数が名題にはまらないので「日」の字をひとつ削った——は、十月三十一日、どうにか幕を開けたが、新聞や電信、蒸気船、紙幣番号などの道具立てが少し話題になったきり、あとは何の評判にもならなかった。

「まあ、こういうこともありますよ」

苦笑いの勘弥に慰められつつ、しかし新七は、心底に新たに点《つ》いた小さな火を、大事に大事に消さぬよう、ただただ黙っていた。

二　繰返開花婦見月　くりかえすかいかのふみづき

明治七（一八七四）年正月七日。

守田勘弥は、どう手を回したものか、尾上菊五郎を中村座から引き抜き、この春から守田座へ出勤させるという。

「うちの初芝居はゆっくり、三月の心づもりでお願いします」

正月と二月は中村座に遠慮との意味なのか。勘弥にも少しは情けがあるらしい。

勘弥の野心的な――時に強引な――金と人の動かし方には新七ももう慣れっこになっている。あまり裏を聞くと余計な忖度《そんたく》をしてしまいそうになるので、向こうから打ち明けてくるか、他所からよほどの苦情でも飛び込んで来ぬ限りは聞かぬようにしていた。

そうでなくとも、今、芝居――新聞などでは「演劇《えんげき》」というようだ――界隈では、いよいよ予ての大懸案が動き出そうとしていて、新七もやむを得ず、そこには一枚関わらずにはいられぬ仕儀になっていた。

――さて、出かけるか。

菊五郎を抜かれてしまった中村座は、おとつい初日を開けたばかりだが、実は一幕だけ筆を添えたところがある。

あくまで客演《スケ》だから余計な口出しをする気はないが、人気者がいなくなったのをあれこれと工夫、苦心していたのが気がかりでもあり、一度は顔を出そうと思っていた。守田座と違って猿若町は気軽に歩いて行かれるのがありがたい。

そう思い至って二階から下へ降りていこうとすると、出入りの米屋が来合わせていて、階段下の櫃《ひつ》に米を量り入れているところが見えた。

——あれ？

慣れた手つきで升で米を量る、その米屋の左手の親指に、新七の目は釘付けになった。指が明らかに升の中に入っている。つまり、その分、米の正味の量は、升より少ないことになる。

——わざとか、うっかりか。

声をかけるかどうか迷っていると、米屋の横に誰かが立った。顔は見えないが、着物の柄から見て、娘の糸だろうか。

親指がさっと、升から出た。

——わざとか。

なんてことだ。正月の七日から、嫌なものを見てしまった。

よほど小言を言おうかと思ったが、台所方にまで口を出すのもと思い直し、その日はそのまま出かけることにした。

——罰当たりめ。

とんだ序幕のついた初芝居だったが、幸い中村座の入りは悪くはないようだった。

この年は芝居に関わる者にとっては、二十年越しの悲願がようやく叶うはずの年であった。

河原崎権之助を、九代目團十郎に——何度か浮かんでは潰れたこの話が、今度こそはうまくいきそうだったのだ。

むろん、いったん他家へ養子に出た権之助が成田屋へ戻るには、いくつも踏まねばならぬ段取りがあった。

権之助はまず、河原崎の方にきちんとした跡取りを立てるべく、自分の名前をいったん「三升《みます》」と変え、養母の甥《おい》に当たる福次郎《ふくじろう》に「権之助」を譲った。さらに、「権之助」名義で芝居興行の鑑札を取り、芝新堀町《しばしんぼりちょう》に河原崎座を建てると、福次郎改メ権之助を座元に据え、自分は座頭となって、柿落としに自らの九代目團十郎襲名披露興行をしようというところまでこぎ着けたのだ。

この一連の動きはどれも、いつどこから横槍が入るか分からぬ、文字通り薄氷を踏むようなものだった。

座元や役者など、芝居に関わる者から苦情が出たら新七が一手に受ける。魚河岸連などの贔屓筋で何かあったり、古くからの成田屋の借財についてまだ何か浮かんで来るようなことがあったりしたら、そちらは尾寅《おとら》こと尾張屋寅吉《とらきち》がすべて面倒を見る――そんなある種どこか侠客めいた〝約定《やくじょう》〟に加わってでも、團十郎を世に出したかったのは、亡き七代目との約束を、やはり亡き小團次の意志も重ねて、どうしても果たしたかったからであった。

「師匠。あちらにも何かお書きになるんでしょうが」

横槍の一本に化けるかも知れぬと危惧していた勘弥は、「團十郎の襲名は劇界全体の慶事だから」と大人の対応を見せたものの、河原崎座の柿落とし興行に対しては、正月の中村座に見せたような配慮をする気はないらしく、新七に「あちらに負けぬものを書いてくださいよ」と念を押してきた。

守田座の一幕目は〈八犬伝〉、中幕は〈腰越状《こしごえじょう》〉。ここまでは手堅くお馴染みを並べてあるが、次の二幕目が新七自身にとって、一番の懸案だった。

実はこれを書き始めてから、もう三月《みつき》以上かかっている。一つの筋でここまで筆に迷うのは、これまでに例のないことだ。

理由は、前の〈東京日日新聞《とうきょうにちにちしんぶん》〉の時と同じく、筋と人物像を立てるのに没頭するうち、役者を当てて書くことをつい忘れがちになってしまうことにあった。

――新しい世の、新しい芝居。

それでもようやくのことで書き上げ、勘弥や彦三郎、菊五郎らに読んで聞かせると、反応は様々だった。

「……また面倒くさい台詞が多そうだな」

勘弥が小さい声で「新しい」と呟いた脇で、彦三郎はため息交じりに渋面を作っている。最後は菊五郎の「何だか、面白そうだ」の一言があって、なんとか稽古に入れることになった。

一方、河原崎座の團十郎襲名に当たっては、〈新舞台巌楠《しんぶたいいわおのくすのき》〉との名題で「太平記《たいへいき》」に材を採り、新しい團十郎が楠木正成《くすのきまさしげ》、児島高徳《こじまたかのり》、琵琶《びわ》法師《ほうし》の三役を演じることになっている。

――出《で》の鳴物もなし、見得もなし、柝もなし、か。

新・團十郎の強い要望が随所に取り入れられ、これまでのいわゆる芝居らしい手法は頑《かたく》なまでに省かれることになって、同座している他の役者たちは不安と不満をため込んでいるようにも見えるが、團十郎はまったく意に介する様子はない。

――互いに、幕が開いてみないと、な。

七月三日、先に初日を開けたのは守田座である。

――少し、甘かったろうか。

何ヶ月もかかって書き上げた台本は、市井《しせい》の人々の間で起きる人情悲喜劇である。

「高い利のつく金などは、借りようとは思わっしゃるな。まして当時大蔵省でご製造になるこの札には、いちいち番号が記してあれば、めったなことはできませぬぞ」

ぱらぱらとだが、客席から笑い声が起きた。〈東京日新聞〉の時には罪の証拠として重く用いられた紙幣番号だが、こたびはあくまで軽く、時世を示す小道具に留めている。

「おまえがそんなにならしゃんしたも、お米を粗末にしたゆえかと」

米相場に入れ込んで財産を失った仙右衛門《せんえもん》は、牛鍋屋の五郎七《ごろしち》が、自分の息子を拐《かどわ》かして外国へ売ったと疑っている。

妹とその恋人の難儀を救いたい左吉《さきち》は、妹の恋人から大事な書き付けの入った紙入れを盗んだのは、五郎七に違いないとやはり疑っている。

仙右衛門と左吉は、相《あい》前後して五郎七のもとへ直談判《じかだんぱん》にやってくるのだが、ここで新七は、三人の人物の身の上に、ある仕掛けを施した。

芝居が進むうちに、仙右衛門は目を、左吉は耳を病んでしまう。さらに談判の相手である五郎七は癇《かん》のせいで口がきけなくなる。

荒唐無稽《こうとうむけい》とも思われそうな仕掛けだが、有名な狂言〈三人片輪《さんにんかたわ》〉による趣向であるとは、分かる人にはすぐ分かることなので、むしろここが筋の要《かなめ》であろうと、客の方では期待してくれるはずと目論んだ。

見えぬ、聞こえぬ、話せぬ三人の男たち。どたばたと滑稽にすれ違う談判は、誰にも何ももたらさぬまま、次の幕が開く。

それぞれの疑いは、まったく見当違いの方向から順に晴れ、やがて病も癒える。

「……若い折から三十年来、枡目《ますめ》を盗んで生業《あきない》したその報いにて……」

我が子の無事を知り安堵した仙右衛門だが、眼病のせいでその姿を見ることも叶わぬのを悲しみ、己の来し方の所行を悔いる。

せっかくの再会も束の間、よんどころなくすぐに北海道へ向けて発ってしまう我が子。やがて戻ってきた女房ともども、次はいつ会えるとも知れぬその身にもう一度、せめて一声と、必死で新橋のステーションへ出かけて行く仙右衛門だが、無情にもその願いは叶わない。

我が子の乗った横浜行きの汽車の最終がすでに出た後と知り、無念の涙に暮れる仙右衛門を演じた菊五郎が絶句し、地団駄を踏んで地面にふしまろぶと、客席からは啜《すす》り泣《な》きが聞こえてきた。

——通じたか。

〈東京日新聞〉の時にはついぞ得られなかった、客の気持ちの波をぐっと引き寄せた感覚が、新七にはあった。

——菊五郎に、左團次か。

役者への当てはめは、こたびもあまり十分とは言えなかったが、仙右衛門と、そもそもの発端となった盗みを働いた銀次《ぎんじ》との二役を何の文句も言わずに引き受けてくれた菊五郎と、以前の〈丸橋忠弥〉の時と同様に、「西洋床屋」という新しい風俗を「写実」で見せた左團次に、助けられた思いがあった。

——ただ、な。

左團次も菊五郎も、團十郎や勘弥のような敢えて「新しい世」を期する、といったところはほとんど感じられない。

とりわけ菊五郎は、子どもの頃、〈鼠小僧〉で蜆売りを演じて小團次を唸らせた稽古研究熱心は今も変わらぬどころか、舞台に上がっている時の自分の見え方や、台詞や所作の工夫など、こだわりぶりは増すばかりだが、芝居が新しいとか古いとか、品が良いとか悪いとか、どうあるべきだとか、そういったことを考えているふうはまるでない。

ただ台本にある通りを工夫しているだけだ――何か聞けば、きっとそう答えるだろう。

――それがかえって良いのだろうか。

仙右衛門の人物像の種は、あの升をごまかした米屋の姿だった。

名のある大悪党ではなく、実はすぐ隣にいる誰かの悪事、それゆえに誰にでも降りかかりそうな災難――新しい世だというなら、そんなものもきれいに白日《はくじつ》に晒してくれないか。市井に暮らす人々の願いを込めた筋は、むしろ作者の思惑を越えて、音羽屋のニンに合ったのかも知れない。

一方、守田座から遅れること数日、河原崎座では、九代目團十郎襲名興行の稽古が続いていたが――。

「白猿《はくえん》さん、やっぱり出られないそうだ」

「なんだ、せっかく兄弟で並び立とうって時に」

九代目にとっては異母兄にあたる、市川白猿は、長らく上方で地道に立役として足場を固めていた。ようやくの團十郎の復活に力を添えるべく、このたび東京へ戻り、自分も七代目として海老蔵を襲名、弟とともに河原崎座の舞台に上がるはずだったのだが、稽古半ばで倒れたきり、初日を迎えても枕は上がらぬという。

「どうも、ツイてないな、成田屋」

台本はいくらか修正、やむを得ぬところは代役を立てて始まった初日、一幕目の〈新舞台巌楠〉――。

南朝方の武将、児島高徳が姿を見せ、桜の木に何か書きつけていると、公家の千種忠顕《ちぐさただあき》が傘をさして通り過ぎようとする。高徳は團十郎、忠顕は訥升だ。

二人とも黙ったままだが、互いに相手の心中を読もうとし、やがて察する――芝居ではよくある場面で、通常ならば見得やツケ、柝の音などで客はそうした人物の心情を感じることができるのだが、團十郎の強い意向で、そうしたものは一切入らない。

團十郎が黙ったまま引っ込み、訥升が傘を傾けてうなずくと、そのまま幕が引かれた。

なんとも言えぬ静けさが客席をしばし包み、その後あちこちからざわめきが起きた。

「これだけ？」

「今の、何？　どういうこと？」

やはり通じないだろう、と思って見ていると、引っ込んできたばかりの團十郎が、独り言にしては大き過ぎる声で呟いた。

「やはり、まだ早いかな」

舞台の袖で中空《ちゅうくう》を睨むように仁王立ちしているその姿を見るに忍びなくて、皆が遠巻きにしていると、左團次が役の扮装のまま、そっと新七のもとに近寄ってきた。

「師匠、あの」

市川宗家《そうけ》の慶事なので、左團次も守田座と兼座、こちらにも相応に出番がある。

「白猿さん、いよいよいけないらしいと、今楽屋に知らせが入りました」

「そうか……」

その晩遅く、白猿は四十二歳の若さで息を引き取り、七代目海老蔵の披露目は幻に終わった。

〈新舞台巌楠〉は、他の場にも「お経を聞いているようだ」「分からない」との不評が相次ぎ、客足は悪くなる一方だった。團十郎も観念したのか、もとは七幕あったのを、途中から削って五幕にし、空いた分は〈一谷嫩軍記《いちのたにふたばぐんき》〉の組討《くみうち》と陣屋で埋めることになった。

異母兄の葬儀と、不入りの芝居の後始末——九代目の厳しい船出を、新七はただ黙って見守るしかなかった。

「師匠。いいんですか、九代目にあんなことを言わせておいて」

「あんなこととはなんだ」

明治八（一八七五）年四月。

弟子たちの言い分は分かっていたが、新七は空とぼけていた。

自分の芝居が客に通じないのは、河竹が歴史をきちんと分かった上で台本を書いていないからだ――團十郎がそう言っているらしいのは、弟子たちから聞かされるまでもなく、すでに新七の耳に入っていた。

正直、むっとしている。そんなことを言われてまで書いてなんぞやるもんかと思ったのも本当だ。

ただ、今の芝居界隈のことを思うと、團十郎の八つ当たりにも、少しは同情の余地がある。

鑑札さえ取れば、誰でも芝居の興行をして良い――明治と改まった当初、そう言っていた政府だったが、鑑札を取ろうとする者が余りに多かったらしく、やがて東京市内の劇場は十座と限られた。明治六年のことだ。

もともとの江戸三座に由来を持つ座元や役者たちにとっては、これが実は思いがけず裏目に出た。「大《おお》芝居」は三座のみ、他は「小《こ》芝居」――そういった「格」を誇る意識は、芝居をする側や、江戸の頃からの客には根強く残っているが、新たに東京へ流入してくる多くの人々には、それ自体が「古い」考えに映る。面白ければどの座だって芝居は芝居だとしか思わぬ人が増えてくると、昔からの三座にとっては、何のことはない、客を奪い合う相手が増えただけということになる。

田之助が始めた京橋南鞘町の澤村座、日本橋久松町《ひさまつちょう》にできた喜昇《きしょう》座、同じく日本橋蛎殻町《かきがらちょう》の中島《なかじま》座、四谷荒木町《よつやあらきちょう》の桐座《きりざ》、本郷春木町《ほんごうはるきちょう》の奥田《おくだ》座――どこも人を集めようと躍起になっている。それは客だけでなく、役者にも及んでいた。

これまで三座の大部屋に甘んじていたような、「無名だがそこそこ腕はある」者たちが、新しい劇場で一旗揚げようと辞めていく。引き留めようとすれば、それなりに金も要る。役者だけでなく、裏方についても同じことが言えたから、座元はどこも、これまで以上に金の工面に駆けずり回ることになっていた。

市村座の流れを継いでいた村山座は、去年の四月、十五万円という巨額の負債を抱えたまま会計係が行方をくらませ、ついに閉場に追い込まれた。役者たちは残りの給金ももらえぬまま、それぞれ別の座へ散った。

目端の利く勘弥でさえ、一人で守田座をやっていくことは難しくなったらしい。今年になって「株式会社」というものを新たに作り、大勢から金を集めやすい形に変えて、座の名前も「新富座《しんとみ》」と変更してしまった。

そんな中で、河原崎座も苦戦しているのは目に見えていた。團十郎も人気はあるが、自分のやりたい〝新しくて渋い時代物〟をやろうとすれば、すぐに不評が立って客が来なくなる。

――河竹のせい、か。

冗談じゃない、二度と書いてやるものかと思う一方で、成田屋を見捨てられぬ自分がいる。

それにには、新七自身のやや こしい思いがあった。

――なぜこんなことに。

ふと見渡すと、芝居の作者がみな、とんと鳴りを潜めてしまっている。

桜田治助は、三代目はすでに引退を宣言して近頃は滅多に筆を執らず、四代目はどういうものか、新しいものを書く気配をほとんど見せない。

瀬川如皐も近頃、めぼしい仕事をしていない。去年、横浜にできた新しい劇場に頼まれて出かけて行ったが、何かと口出しをする学者たちと喧嘩になり、結局台本を書けぬままに帰ってきてしまったと噂になっていた。

そして、大勢いる新七の弟子たちはというと――。

「……〈畦倉重四郎《あぜくらじゅうしろう》〉か。講釈から材を採るのは悪くないが、この台詞はそのままじゃないか。客が聞いてどう思う。役者だって、見せ場が講釈とまるで同じでは張り合いがなかろう。一人でやる講釈の言葉と芝居の台詞では間が違うんだ。それにこっちはなんだね。私が先日書いた〈大岡政談《おおおかせいだん》〉にまったく同じ趣向があるじゃないか。お客さまはすぐ気付いて飽きてしまうよ。こんな工夫のないことでどうする……」

「……これは〈牡丹灯籠〉だね。圓朝の噺ってのは、噺としてうまくできているんだが、その分かえって芝居にするのは難しいんだ。〈牡丹灯籠〉としてやるからには、筋を壊してはいけないが、かといって、芝居の方が負けるようではつまらないからね……」

常々厳しくしつけているので、お馴染みのありものの補綴なら、たいていみなきちんとできるのだが、新しいものを書かせるとなると難しい。ついつい、小言ばかり言っている自分に気付いて、面倒な気持ちになることも多い。

自分ばかりが巧いと傲った気持ちを持つつもりはないが、勘弥や團十郎が今新しい台本を望むとして、さて頼める人材がそうそういるわけではないのも、実際のところだろう。

――で、これか。

より一層新政府との付き合いを重く見るようになっている勘弥からは、「ご一新からこれまでの新政府を芝居に」というとんでもない依頼が来ている。

――こんなの、間違いが起きたらどうするのだ。

事実と違ってはならぬと、官吏や学者にいちいち教えを乞い、お伺いを立てねばならぬ芝居。「武家の実名を用いてはならぬ」と言っていた徳川のお上のお咎めの方がよほどましだった。

さらに、文句を言っているはずの團十郎からも似たような頼みが来ている。こちらは古の大臣吉備《きびの》真備《まきび》を主役としつつ、近年清《しん》国へ談判に出かけた内務卿《ないむきょう》、大久保利通《おおくぼとしみち》の功労を賞揚する内容にしてほしいという。

——面倒な。

自分ももう来年は本卦還《ほんけ》りだ。本音を言えば、こういうのは若い者たちに引き受けてもらいたい。

そういえば昔、六十を過ぎると運が開けると、八卦見に言われたことがあった。

仕事は尽きない。劇場同士は鎬《しのぎ》を削っているが、新七は幸い、文句を言われつつも、どこからも引く手あまただ。

恵まれた六十歳だと、誰もが言うだろう。

……欲張りだから、難しい。

面倒だと思いつつも、勘弥の注文にも、團十郎の希望にも応えよう、応えたいと、ついつい調べ、考えてしまうが、もうそろそろ、この老体には無理難題、欲張りなのではあるまいか。

あの妙な男女《おとこおんな》の占いの方が正しいのかもしれぬと思いつつも、新七は結局、まだ未練に髷を落とさぬ頭の中で、思案を止めることはできないでいた。


冬。

さすがに次の正月が来たら、いよいよ髷を落とそうかと覚悟し始めていた新七の元に、思いがけぬ——いや、むしろ考えてみれば当然の——知らせが入った。

「九代目《く》が逐電《ちくでん》したそうです」

「逐電？」

「借金取りに押しかけられて、とても東京にはいられないと」

團十郎が負ってしまった借財の額は六万円――魚河岸の尾寅がいかに意地を見せようとも、とても助けてやれるような額ではなくなっていた。

――成田屋。

七代目、八代目、そして、小團次の顔が、新七の脳裏に代わる代わる、浮かんでは消えていった。

三　女書生繁　おんなしょせいしげる

明治八（一八七五）年十一月。

九代目團十郎逐電の報は、瞬く間に芝居に関わる者たちの知るところとなった。

新七が書いた〈吉備大臣志那譚《きびだいじんしなものがたり》〉が河原崎座でかかったのが五月。團十郎の巧みな台詞回しを生かし、好みに添ったすっきりした舞台になるよう苦心した甲斐あって、客入りは悪くなかったのだが、積み重なった借金が即座に減るというわけにはいかなかったらしい。

その後、〝河原崎〟を座名から外し、地名に因んだ〝新堀座《しんぼりざ》〟に変え、金集めの術《すべ》に長《た》けていそうな人を他から頼んで智恵を借りて、八月からは中村座との合併興行を試みていたが、十月になってとうとう力尽きたのだろう。いや、尽きたのは金と運と言うべきか。

上州《じょうしゅう》や野州《やしゅう》で、地芝居《じしばい》へ出たりしているらしい――はじめのうちはそんな風の噂も漂《ただよ》ってはきたが、師走になるとどこへ逼塞《ひっそく》したものやら、ぱたりと消息が途絶えてしまった。

「お光《みつ》さんの死に目にも会われぬとは」

「せめて密かに知らせる伝手はないものだろうか」

養母であったお光――以前に夫を強盗に殺された人である――がこの十二月五日に病死し、もしかしたらこっそり姿を見せるのではと思われたが、借金取りに見つかるのをおそれたのか、あるいは本当にまるで知り得ぬところにいたのか、結局團十郎不在のまま、野辺《のべ》の送りも済んでしまった。

「師匠、本当に、どこにいるかご存じありませんか」

「私が知るはずないだろう」

何か思うところがあるのか、勘弥は時折、新七に探りを入れてくる。

――ここぞとばかりに金で縛るつもりか。

魚河岸連が出し損《そこ》なった助け船をこっちから出せば――勘弥はそう企んでいるようだ。

――どうも、な。

十月に新堀座と中村座が打った合併興行では、中幕に〈勧進帳〉を出すというのが目玉であった。もちろん、團十郎の弁慶である。

ただ、富樫を誰にするかで向こうは困った。まずは、弟子の市川権十郎《ごんじゅうろう》に稽古《スケ》をさせてみたものの、どう贔屓目に見ても團十郎と釣り合わぬというので、なんとか左團次に客演を頼めないかとの話が新富座に来た。

良い話だ。新七はそう思っていたのだが、勘弥がこの話に曲がった横槍を入れた。

どうしても左團次に出てほしければ、以前に出た時の倍、給金を出せ――こうふっかけたのだ。

おそらく、向こうが渋ってきたら、それをとっかかりに、團十郎の新富座出演の交渉をもちかけるつもりだったのだろう。ところが、この時は向こうが意地を見せて、倍の給金を払った。團十郎をいち早く見つけ、今度こそ金に物を言わせ、魚河岸連と引き離して新富座に――勘弥が考えそうなことではある。

「師匠。見つけやしたよ、九代目《く》」

しかし、年の初めにそう言ってきたのは勘弥ではなく、魚河岸、尾張屋の寅吉だった。

「借金取りから逃げてあっちこっち転々としてたようですが、柳島で、知り合いの店の寮に隠れ住んでるのをやっと見つけやしてね。ただもう、そこも借金取りに嗅《か》ぎつけられていたようですが」

尾寅は辛うじて借金取りたちを宥められるくらいのものを渡して、團十郎がなんとか中村座から出られるよう、奔走するつもりらしい。

「ただ、悔しいことに、この尾寅にも、さすがにまるごと肩代わりできるほどの甲斐性は……」

悔しそうな尾寅の顔を見つつ、勘弥の思い通りになるのは時間の問題だろうと新七は思った。

――せめて、尾寅の面子《メンツ》だけでも立ててやってくれると良いが。

新七にとっては、ともに「九代目團十郎」実現のために苦労した、大事な人である。

それとなく気をつけていると、そこは如才《じょさい》ない勘弥のこと、絵師で芝居通の梅素亭玄魚《ばいそていげんぎょ》を使者に立て、「魚河岸連は今後、團十郎が新富座へ出ても文句は言わない代わり、新富座へ出ている時は贔屓としての付き合いを一切しない」という約定を取り付けて、ようやく九月、團十郎の新富座出演が実現することとなった。

――こりゃあ、面白い。

團十郎、菊五郎、左團次、訥升、そして彦三郎。豪華な顔ぶれだ。

一番年嵩《としかさ》の彦三郎が四十三、一番若いのが菊五郎で三十一。團十郎と訥升が同い年で三十七、間に挟まれた左團次は三十三。いずれも男盛りである。

――面白いが……、大丈夫か。

この顔ぶれなら〈太閤記〉が良かろうということになって、最初の顔寄せの日になった。

神妙な面持ちで現れた團十郎が、どこへ座るべきか迷っている。他の役者たちは團十郎に頭を下げて口々に挨拶はするものの、どこへどうぞと案内しようとはしない。

「すみません。あ、九代目はこちらでお願いできますか」

慌てた様子で姿を見せた勘弥が團十郎を座らせたのは、〝書き出し〟と呼ばれる、花形、二枚目の役者が就く位置であった。

ややあって團十郎が黙ってうなずき、言われるままに座ると、他の者たちが一様に安堵している様子が見て取れた。

成田屋の九代目。しかも、借財まみれとは言いながら、己で一座を他に構えている人だ。新堀座はもちろん、中村座に出ていても当然のごとく〝座頭〟の扱いを受ける人を、いったいこの新富座ではどうするのか――役者たちが戸惑っていたのも無理はない。

「音羽屋は、またいつものか」

「しかし、彦の旦那が来ないってのはどういうわけだ」

まだ揃わないのは菊五郎と彦三郎である。

かような折、目立ちたがり、人の気を惹きたがりの菊五郎がわざと遅れてくるのはみなよく承知していたので、誰も心配する者はなかった。されど、常はむしろ誰よりも先に姿を見せて全員に睨みを利かせ、菊五郎の遅刻を諫めるのをある種〝吉例〟のようにしている彦三郎が姿を見せないことに、この場にいる全員がぴりぴりし始めた。

「まさか、不承知とか」

「そんな馬鹿な」

ひそひそとそんな声も聞こえてくる。

己がでんと構えているというのに、わざわざ大枚払って團十郎を招くというのはどういう了見か――

彦三郎がそう怒って勘弥と一戦交えるのではないかと、心配したり、邪推したり、面白がったりする声があるのは、新七もよく知っていた。

「お迎えに上がれ。丁重にな」

勘弥の指図で、狂言方から人が三人出された。

「なぁんだ、兄ぃの方が遅いのか。珍しいな」

一人、菊五郎が、その場のぴりぴりをまるで意に介さぬ様子で姿を見せた。

菊五郎の姉が彦三郎と長らく連れ添っていたのを、しばらく前に、彦三郎の情婦沙汰《いろざた》のせいで不縁になったといういきさつもあってか、菊五郎は他の者と違って遠慮のないふるまいに及ぶようだ。

やがて廊下がざわざわとして、前後に人を従えた彦三郎が胸を反らして姿を見せた。

「ごめんなさいよ」とことさら鷹揚な調子で言いながら、居並ぶ人の前をゆっくりと横切り、至極《しごく》当然といった様子で上座に着く。

團十郎がすっと立ち上がった。

「兄貴。こんにちは」

丁寧な、この上なく丁寧な、お辞儀だった。

「うむ」

彦三郎がにっこりと笑った。

――ああ。

勘弥のことだから抜かりはあるまいとは思っていたものの、つい安堵の息が漏れる。

九月十五日に初日を迎えたこの芝居は、彦三郎が光秀を、團十郎が斉藤利三《さいとうとしみつ》を演じた序幕、また彦三郎の秀吉と團十郎の柴田勝家との応酬になった大徳寺《だいとくじ》焼香の場などが評判になり、勘弥のもくろみは大きく当たった。


次に勘弥は、〈天草四郎《あまくさしろう》〉をやろうと言い出した。これは、團十郎と彦三郎との顔合わせのために、〈太閤記〉ではいくらか影の薄くなってしまった菊五郎に気を遣ったらしい。

五年前、中村座で菊五郎が四郎を演じ、獄門《ごくもん》にされて首だけになった体《てい》で台詞を言う様が評判になったことがあった。それを当て込めというのだ。台本を書いたのは瀬川如皐だ。

「あれは、如皐さんのだからなあ」

渋る新七を、勘弥は懸命に説得した。

「いやいや、別物として、師匠がお書きになればいいでしょう。何しろこっちは実録です」

如皐の台本では、天草四郎ではなく、七草四郎となっている。ご一新前の書き方だ。

「菊五郎の天草四郎、彦旦那の板倉重昌《いたくらしげまさ》、團十郎の森宗意軒《もりそういけん》、左團次の大矢野松右衛門《おおやのまつえもん》なんてどうです。立派な顔ぶれです、他では絶対真似できません。たとえば序幕あたりは……」

新七が渋るのを見越してか、ずいぶん念入りに調べてきているらしく、筋の希望などもすらすらと述べ立てる。

「そんなに言うなら、もう勘弥さんがご自分で書いたらいいじゃないか」

軽く茶化しただけのつもりだったのだが、勘弥はよほど思いがけなかったのか、「えっ」と目を白黒させて絶句した。

「い、いえいえ、そうはいきませんから。ともかく、お願いします」

押し切られる形で承知して、十一月三日に初日が開いた。

「容堂公の写しだかなんだか知らないが、役者があんなに動かないんじゃ困る」

菊五郎の奮闘もあって客の評判は良かったが、彦三郎が團十郎の芝居をこうけなし始めたあたりから、どことなくぎくしゃくした空気が漂い始めた。

四幕目で、鍋島信濃守勝茂《なべしましなののかみかつしげ》を演じる團十郎が、例によって山内容堂公を持ち出して何かとこだわったのを、彦三郎は不快に思ったらしい。

もう出ない――彦三郎がそう言い出さなければいいがとまわりがはらはらしながら、日数《ひかず》をどうにか重ねた、十一月も末のこと――。

新七は自宅にいた。そろそろ、来春をどうするかを考えなければならない。

そう思いつつ、ふと先月のことが思い出された。

――どうしているか。

〈太閤記〉が千秋楽を迎えてしばらくして、訥升が暇乞《いとまご》いに来た。

「上方へ参ります。弟のことも気がかりなので」

弟――田之助の興《おこ》した澤村座は、去年のはじめに人手に渡り、今は中橋《なかばし》座と名前も変わって、田之助とも訥升とも縁のない劇場になった。

田之助も訥升もいなくなって、いわゆる看板役者は不在だが、かえってそれが今いる役者たちを奮い立たせ、芝居そのものは面白くなったとの評判で、二年目となる今年も上手《じょうず》に生き残っている。

江戸三座一の老舗だった中村座が、この十月でとうとう廃業、閉場したことを思えば、中橋座の奮闘ぶりは見上げたものだ。

「弟のやつ、散々世話になっておきながら、師匠に挨拶もなしに東京からいなくなっちまって。申し訳ありませんでした」

その後田之助は上方へ行ったらしい。京や大阪で、時折まだ舞台に姿を見せることがあるとの噂も聞こえてくる。

暇も告げられぬままだったので、そのことを知ったのは、去年の十月、訥升が新富座に出るようになってからだった。

「勘弥さんのおかげで、少しは蓄えもできましたし」

「そうか。身体に気をつけてな」

散々振り回され、都合良く使われながらも、やはり長らく共に役者として生きてきた弟のもとへ行ってやりたいという訥升の人の良さを、新七は惜しみつつ見送った。自分には一言も告げずに姿を消した田之助の振る舞いも、その気性をよく知る身としては、心中察するに忍びない。

——二人とも、息災《そくさい》でいれば良いが。

そう思いつつ、唐突《とうとつ》に、いつか見たあの男女《おとこおんな》を芝居に出すとしたら、どんな趣向になるだろうなどと、とりとめもない思いつきが浮かんできたものの、形になる気配は見せぬまま、その夜は眠りに就いた。

「父さん、父さん。起きてくださいな」

糸の声である。薄闇に、妙に慌ただしい。まだ夜明けにもならぬようだ。

「父さん。火事ですって」

「火事？　どこだ。すぐに逃げる支度をした方が良いか」

「いえ、うちは今のところ平気なんですけど、劇場が」

「劇場？　新富座か」

「はい。今、使いの人が来て。火元は日本橋の西河岸らしいけれど、火の勢いが強くて心配だって」

日本橋から新富座までは十二町（約千四百メートル）ほどもある。

――頼む。燃え広がらないでくれ。

祈る他にどうすることもできずにいると、劇場に泊まり込んでいた門弟たちが続々と、新七のもとへ帰ってきた。

「師匠、だめです。あの辺一帯、どこも丸焼けです」

「新富座と中橋座、両方とも燃えちまいました」

弟子たちははじめ、手に手に桶《おけ》を持って火消しに当たったらしいが、やがてもうどうにも素人が手出しできる状態ではなくなり、あとは着の身着のまま逃げてくるより他なかったという。

「みんなに、温かいものを出してやってくれ」

妻と娘たちにそう指図し、新七はむっつりと考え込んだ。

――これは、さすがの勘弥でも。

株式会社というのは、かような折、芝居を支えてくれるものなのか、どうか。新七にはまったく見当も付かない。

それでも、最初に動きを見せたのはやはり勘弥だった。

「仮小屋でもなんでも、とにかくなんとかします。必ず、今年中、いや、半年以内には幕を開けてみせる」

勘弥はそう言って株主たちを説得に回り始めた。

ただ、収まらないのは役者たちの方だった。

「旦那。どうしてもですか」

彦三郎はすぐにでも名古屋へ行って芝居をすると言い出して聞かなかった。どうやらすでに向こうの興行人と約定まで取り付けてしまっている上に、菊五郎も同道するという。

「それは契約違反でしょう」

勘弥は色を為《な》して詰め寄ったが、それで引くような相手ではない。「小屋もないのにどうしてろというんだ」と言われればそれまでである。

結局、「新富座が建て直り次第、帰京する」との念書《ねんしょ》を入れることで手が打たれ、二人は東京を離れていった。

借金まみれの團十郎も、彦三郎と前後してやはり東京を出て行った。新堀座の方は閉場せざるを得なくなり、所属していた役者たちも散っていった。

悪いことは続くもので、この年の大晦日《おおみそか》に、今度は馬道《うまみち》八丁目から火が出て、閉場していた中村座の建物まで焼失してしまった。

――これは。

明治十年正月。

仕事のない初春など、これまでにあったろうか。

――そろそろ隠居か。

財産や家作を整理し、門弟たちに当座のものを渡して、自分は家族だけでどこかへ引っ込もう――

新七はそこまで考えたが、勘弥は「必ず幕を開けるから待ってくれ」と言い張って聞かない。どこでどうかき集めてきたか、焼け跡に材木が次々に運び込まれているのを見て、「今のうちにいくらか出資したら、あとあと良い目が見られるかも」との色気を出す株主などもあるという。

隠居ならいつでもできる、しばらくゆっくり書見や種取《たねと》りでもしようかと、新七は自宅にある文箱《ふばこ》の一つを開けた。

――おや、こんな記事。錦絵新聞か。

去年の春、新七がしばらく目を患ったことがあった。仕事を休むわけにもいかず、弟子たちもそれぞれに忙しい時期だったので、娘の糸に、自分が考える台詞をしゃべって書き取らせてみた。

こちらが思いつくままついつい先を急ぐので、糸は相当苦労して、途中「馬琴さんのお嫁さんの気持ちがようく分かった」などと泣き言を漏らしていたが、それでもよく間に合ってくれた。以来、新七は糸に書かせるのが面白くなってしまい、調子の悪くない時でもちょくちょく、この「筆取り」をさせている。

糸の方でもまんざらでもなかったと見え、近頃では何か芝居の種になりそうなものを見つけると、この箱に入れて父の目に留まるように仕向けてくるようになった。

「熊谷宿《くまがやしゅく》で男装の婦人拘引《こういん》さる……」

散切《ざんぎ》り頭《あたま》に男着物だが、乳房の膨らみで明らかに女と分かる。いささか猥雑《わいざつ》気味に誇張して描かれた挿絵《さしえ》と見えた。

ご一新前、装束でお咎めを受ける理由は〝奢侈〟とだいたい決まっていたが、明治の今はそうではない。

違式詿違《いしきかいい》条例――明治六年に出されたこのお触れによって、日常些末《さまつ》な「不行儀」がいくつも禁じられたが、その中に「婦人ニテ謂《い》ワレナク断髪スル者」、「男ニシテ女粧《じょそう》シ、女ニシテ男粧《だんそう》スル者（但シ俳優ハ除ク）」という条文があった。つまり「断髪男装の婦人」はそれだけで罪に問われるのだ。

——それが分かっていて、なぜ男装だろう。

新七はふと気まぐれを起こし、二人の娘を呼んで、考えを聞いてみることにした。

「まあ、珍しい、父さんがそんなことを私たちに尋ねるなんて」

糸が大仰に驚いて、妹の島《しま》と顔を見合わせた。

十六歳の時に「出家する」と親を脅《おど》すようにして生涯独身の許しをもぎ取ってしまった糸は、今年二十八歳。姉の得た許しを自分にも当然の権利のような顔をして、「嫁には行かず絵師になる」と、柴田是真《しばたぜしん》に入門してしまった島は二十二歳。妻の琴は内心あまり良く思っていないようだが、新七が許しているのでは仕方ないと黙認しているらしい。

「志《こころざし》かしら。立身出世の」

最初に口を開いたのは島だった。

「女学校もできたとは言っても、やはり何の道にせよ、男並みにやらなければ、しょせん一流とは言われないでしょう。男のふりをしてでも、学びたいことがあったのかも」

「そうね……。女のままでいては、できないことが多過ぎるものね」

糸も、妹の言葉に深くうなずいている。

——あの時の女は、何を心に持っていたのか。

妖《あや》しげな西洋のかるたの絵。新七に「欲張り」と告げた女自身の卦は、どんな絵が出ていたのだろう。

「あ、でも父さん、こんな迷信も聞いたことがあります。どうしても男の子が欲しい家は、先に生まれた女の子に、男の装束をさせて育てると、そのうち男の子が授かると。ただそんなふうに育てられた娘の方は、後々どうなるのかと思うと、なんだか気の毒ですけど」

どこで聞いたか読んだか、糸がそんなことも付け加えた。

――升《ます》が生きていたら、なんと返答しただろう。

末娘の升は、六年前の明治四年の五月に、病でこの世を去ってしまった。新七にはその前後半年くらいのことが、もやがかかったように判然としない。生きていれば今年十九歳、姉二人に負けず劣らずの、芯の強い娘になっていただろうか。

やがて、娘たちの言葉に導かれるように、一つの筋ができた。

〈富士額男女繁山《ふじびたいつくばのしげやま》〉――男装で育てられた女子がたどる、因果の物語である。

――主役は、誰だ。

役者への当てはめが疎《おろそ》かになったことはこれまでにもたまにあったが、まったく当てはめずに筋が出来上がったのは初めてである。

思いがけずそんなゆっくりした春が過ぎようという頃、勘弥から「四月には仮小屋で開けます」との知らせが来た。

――だいぶ安普請だが、仕方ないか。

焼けた新富座の威容《いよう》には比ぶべくもない。

「顔ぶれは、菊五郎、左團次、半四郎、芝翫、仲蔵、宗十郎《そうじゅうろう》……」

「彦の旦那は、戻ってないのか」

「それが、菊五郎に聞いたんですが、大阪に逗留したままだと。あれほど約束したのに」

團十郎も彦三郎もいない。芝翫は新しいものはできないし、仲蔵はやはり脇でこそ光る人だ。大阪から新たに加わった宗十郎がどれほど東京で通用するのか、勘弥も確信には至っていないようだ。

――この顔ぶれでは、どうしたって時代より、世話だな。

「実は世話の新しいので、こんな筋の腹案があるんだが、どうだろう」

男装の女書生繋を菊五郎、繋には辛い因果な存在となる敵役の車夫に左團次。それならうまくいきそうだ――新七はそう考えて、勘弥に人筋を話して聞かせた。

「へぇえ、男装の書生ですか、これは新しい。いいですね、早速お願いします」

勘弥も、役者たちも承知だというので、新七は早速、全体を四幕九場に仕立て上げた。

「……寝たい時には昼までも寝られる身体が私の望み。……この悪弊《あくへい》を脱せぬも、情欲の目が覚めぬゆえ……」

仇と知れた男を討つため、身を寄せるふりであえて女の媚《こ》びを作ってみせる姿態。その狭間《はざま》にちらりと、固い書生の男言葉による述懐がのぞく。

幕が開くと、男と女との不思議な境目を、菊五郎が巧みに演じ分けてくれた。鹿児島で二月から戦争が始まったせいで、客足の伸びにくい世情の中、健闘した芝居だったと言えよう。

ただ、初日から日数を経るにつれ、新七の頭の中には別の影が濃くなっていった。

――これがもし、田之助だったら。

同じ台詞でも、もっと違った芝居になっただろうか。あるいは、田之助が演じると思い描いて書けば、筋さえ違ってきたかもしれぬ。

菊五郎より田之助が良いという意味ではない。ただ、違う何かがあったかもしれないと、欲深く、思うだけである。

思っても、詮《せん》ないことだ――そんな新七の思いを知ってか知らずか、菊五郎が「師匠、勘弥さんには内緒ですが」と話しかけてきた。

「京で、会いました」

誰に、と問うまでもない。

「訥升のやつが、こっちの居場所をわざわざ突き止めてきて。〝おまえに会ってから死にたいって言ってる女がいるんだが、会ってくれるか〟って思わせぶりを言うんです。なんだそりゃあって行ってみたら、男衆に背負われたあいつがいました……。言われてすぐに気付かないなんて、私もずいぶん焼きが回ったもんだと、柄にもなく反省しちまいましたよ」

京でいっしょに舞台に上がってほしいと泣きつかれたのを、ここで勘弥との約束を違《たが》えたことが東京へ知れると、自分も行く末に困るからと、断腸の思いで断ってきたという。

「……もう、長くないかもしれません」

「そうか」

ふわっと、生ぬるい風が漂ってきた。安普請、仮小屋の新富座では、隙間風はやむを得ない。雨に降られぬうちに帰ろう。新七は劇場を後にした。

四　黄門記　こうもんき

四月から始まった明治十（一八七七）年の新富座仮小屋興行は、六月、八月と仕組みを変えて続き、いずれも菊五郎の奮闘でまあまあの入りとなったが、本普請《ほんぶしん》を勢いづけるほどの景気とはならなかった。

他の座が次々と閉場する中で、しぶとく生き残った本郷の春木座《はるきざ》——去年奥田座から改称した——が、演目の工夫で気を吐《は》いていたことも、新富座がかつてほどの評判を得られない理由のひとつだった。

――上手くなったな。

その春木座のために、次々と面白い台本を書いているのは、新七の弟子の竹柴金作だ。〈忠臣蔵年中行事《ちゅうしんぐらねんちゅうぎょうじ》〉や〈櫓太鼓成田仇討《やぐらだいこなりたのあだうち》〉など、今年になってぐっと腕が上がったようで頼もしい。いずれも補綴ものや講釈からの借用ばかりなのはまだまだ物足りないが、それでも、ずいぶん工夫の跡が見える。

先月、十月にかかった〈政談恋畦道《せいだんこいのあぜみち》〉も講釈ネタだが、それでも以前に一度「これじゃだめだ」と叱りつけたのを、諦めずに何度も書き直しての良作だったから、新七は内心、我がことのように喜んでいた。

――こっちも負けぬようにやらないと。

そう自分に言いきかせつつも、目の前に堆く積まれた実録本を見ると、つい、うんざりとため息がこぼれる。

――九代目《く》が戻ったのは喜ばなくちゃいけないんだが。

團十郎が好む写実の時代物は、新七には正直、心楽しくノって書けるというようなものではない。興行を休んでいた新富座に、彦三郎と團十郎、それぞれの消息が伝わったのは、十月も半ばを過ぎた頃だった。

彦三郎は、ついに大阪から戻らなかった。病に倒れ、そのまま彼岸の人になってしまったのだ。まだ四十六歳、これからいっそう立派な姿を見せてくれたはずと思うと、無念であった。

一方、四十路にさしかかった團十郎は、思うところがあったのか、頭を散切りにして帰ってきた。箱根、甲府、上州、名古屋、浜松など、地方の縁故や劇場を転々とした挙げ句に、ようやく勘弥と連絡が付いたものらしい。

新七をはじめ、作者の方はすでに散切りにしている者が大半だったが、看板役者で散切りにしたのは團十郎が初めてだったので、姿を見た者は一様に小さく「おっ」と声が出るのを止められなかった。

――で、その散切り頭の望みが、これか。

やっとのことで團十郎を迎えて喜んだ勘弥が、「ぜひ、この暮れに水戸黄門《みとこうもん》を」と言い出して、新七は今、呻吟《しんぎん》する羽目になっている。

講釈などでずっと語り伝えられてきた水戸黄門こと徳川光圀《とくがわみつくに》だが、なにしろ御三家の大名で、初代徳川将軍家康の孫にあたる人を芝居にというのはご一新前には考えられなかったことだ。

――諸国漫遊《まんゆう》も、副将軍も、嘘だとは。

講釈の『漫遊記』で知られている光圀の事績のかなりは事実と異なるらしい。光圀は箱根の関より西へは行ったことがなく、またそもそも副将軍などという職は徳川の世になかったのだそうだ。

できるだけ偽りのないようにとの勘弥の要求で、頼りにすることになったのは宝暦《ほうれき》の頃に書かれたとされる『水戸黄門仁徳録《みとこうもんじんとくろく》』なる実録本である。

とはいえ、客はきっと、神出鬼没で下々《しもじも》の味方になってくれる隠居を思い描くだろうから、まったくかけ離れたものは受け入れ難いかもしれぬ。一方で勘弥がこれを題材にというのは、新政府の推奨する〝勧善懲悪〟の方針に添うと期待してのことだろうから、そのあたりも裏切らぬようにせねばなるまい。かつ、実説から外れぬもので、しかも、團十郎のニンに合っていて……。

考えるときりがない。

それでもどうにか、「生類憐《しょうるいあわ》れみの令」が出ていた頃の世を背景に、犬のせいで難儀を被《こうむ》った魚屋を助ける人情譚《ばなし》と、三代将軍家光が残した大船安宅丸《あたけまる》をめぐる陰謀譚とを組み合わせて、勘弥や役者たちを得心させられる筋になった。

十二月二日に初日を開けたこの芝居〈黄門記《こうもんき》童幼《おさな》講釈《ごうしゃく》〉は、久しぶりに團十郎を見られるというので前評判も高く、実際に演じた黄門もこれまでの芝居にはなかなかないような、品のある人物像で人気が高まった。また菊五郎演じる船乗りが秘密を守ったまま舌を噛んで絶命する壮絶な場面や、能舞台の支度部屋にあたる「鏡の間」を舞台にした仲蔵と菊五郎の息を呑むようなやりとりなどは、情があって客の涙を誘った。

「大入りだ。ありがたい」

勘弥はしてやったりの顔で、本普請に出資してくれそうな人の間を飛び回っている。新七もほっと肩の荷を下ろす思いでいた、十二月十八日のことだった。

そろそろ来春の初芝居をどうするか相談せねば——そう思って劇場の作者部屋へ行くと、弟子たちがぎょっとした顔で一斉にこちらを見た。

——何かあったのか？

弟子たちが自分の顔を見てぴりっとするのはいつものことだが、それにしても様子がおかしい。

「師匠、新聞にこんな記事が」

恐る恐る差し出されてきたのは、昨日付の『郵便報知』の劇評欄だった。

……黄門記といへる俗書の作者、根も無きことを偽作して……かの狂言作者などいふもの、学問もなく理義《りぎ》に暗きにより……たとえ児戯《じぎ》にひとしき芝居なりとも……

掲載されていたのは「一紳士の投書」と題された長文だった。

新七の書いた〈黄門記〉では、将軍の治政を損なう悪役として登場する大老の描き方が史実に反しており、現在の子孫にあたる伯爵、堀田正倫《ほったまさみち》が「先祖である堀田正俊《まさとし》の名誉、引いては己の名誉の毀《き》損《そん》にあたる」とたいそう立腹しているという内容で、ご丁寧に「徳川実紀《とくがわじっき》」なる旧幕府の公文書だという漢籍の引用まで添えてある。

——名誉毀損？

『郵便報知』だけではなかった。

……今回の演劇を論ずれば、則《すなわ》ち違例《いれい》たることもとより論を待たず。……善を勧《すす》め悪を懲《こら》すの旨趣《ししゅ》に背戻《はいれい》し、その子孫たる者をして為《ため》にその先祖の栄誉を害し、併《あわ》せて子孫の栄誉に……

こちらは、今日付の『朝野新聞《ちょうやしんぶん》』だった。新七は両方の記事を代わる代わる、何度も読み返した。

——なぜここまで貶《おとし》められなければならないのか。

言葉にできぬ不快と怒りで、胸はふつふつと煮えるが、一方で、もし訴えられたらどうなるのかという恐怖が、首筋にぞっと冷たく迫る。

どうすればいいのかと途方に暮れていると、勘弥が姿を見せた。

「警視庁から呼び出しがありました」

「呼び出し？　この件で、ですか」

「はい。明日、出頭して申し開きをしてきます。なあに、ご心配には及びませんよ、なんとかします。とりあえず、二十日で千秋楽《らく》ってことにしましょう。その後の相談は、また改めてということで」

勘弥は宥めるように言った。だがその口調は軽く、少しもこちらの胸の内を汲んでくれているようには思えなかった。これまでなら頼もしく思えた落ち着き払った顔が、今日ばかりは憎々しく思えてくる。

ともあれ、このままここにいても仕方ないので、新七は自宅へ戻ることにした。

新富町から浅草まで、いつもの車夫は新七の顔をちらと見て何か察したのか、黙ったままひた走ってくれた。

迎えに出た妻も娘たちも何も言わない。おそらく糸はすでに新聞にも目を通したことだろう。

むっつりと黙ったまま、数日が過ぎた。

勘弥からは、「堀田伯爵を旧主と仰ぐ、依田柴浦《よださいほ》という官吏から新富座を訴える訴状が出されたが、警視庁は受理しなかったので心配無用」という知らせが来た。安堵したものの、考え込むうち、いっそう不愉快になった。

――なぜ、こう腹が立つのだろう。

日数を経て、さすがにいくらか頭が冷えている。狂言作者としての目が、自分の怒りをゆっくり検分し始めた。

確かに、当時の大老を世を傾ける悪人に描いたのは、どうやら史実とは異なってしまったらしい。それは確かに、自分の落ち度だったのかもしれぬ。

されど、狂言作者の立場と見識で、そこまで気づける者が、果たして今どこにあるものだろうか。「徳川実紀」など、読むどころか、この世にさような書物があるなどと教えてくれる人もなかった。そんな書物に書かれていることを、筋を立てる前に、どうやって知れば良かったのか。

それに、これはあくまで芝居である。この投書の主である「一紳士」の言葉を借りるなら「児戯にひとしき」、人々の遊びなのだ。

その遊びに「紛らわしい史実を入れるな」と言っていた徳川のお上の言い分はまだ納得できる。しかし新政府は、この「児戯にひとしき」ものに、「人々を開明に導け」と、教化とやらの役目を勝手に負わせてきたのだ。

芝居の作者は学者ではない。その「一紳士」とやらも、「学問もなく理義に暗き」と言っている通りだ。そんな狂言作者ごときに、人々の教化なんぞをさせるというのは、そもそも新政府の了見違いなのではないのか。

それでも、自分はその役目を真面目に考えて、台本を書いてきた。ご一新前なら事前に他人に見せるなんてあり得なかったものを、「仕組台帳を事前に当局へ出せ」との命令にだって従ってきた。

あの筋にこうした史実との齟齬《そご》、伯爵家とやらの名誉を毀損するとまで指弾されるほどの誤りがあったというなら、その時点でなぜ指摘してくれなかったのか。そのための検閲《けんえつ》ではないのか。

——検閲の役人ですら気付かなかったということか。

警視庁が訴状を取り上げなかったのは、己の不手際《ふてぎわ》を指摘されたくないからか。

——なんのための検閲だ。

いや、そもそも。

——今の芝居って、なんだ。

なんのために、自分はこんなに身を削っている。

ただただ客が入って、役者に人気が出れば、それが何よりのはずではなかったか。

悶々《もんもん》とする新七のもとに、勘弥から「初芝居の相談がしたい」と言ってきたのは、暮れも押し詰まった二十八日のことだった。

俥で街を通ると、そこここから餅つきをする威勢の良い声が聞こえてくる。遠目にはご一新前とさして変わらぬようだが、近づけば人々の頭から髷が消え、ところどころに洋装の警官が金ボタンを光らせて反《そ》り返っているのがやけに目に付く。

「師匠。正月は、元日から開けますよ」

「何だって。何をやろうって言うんだ」

「〈黄門記〉に決まっているじゃありませんか」

「ばかな。あれだけたたかれているのに」

名誉毀損は訴状こそ受理されなかったものの、新聞各紙ではまだまだ、「無知なる狂言作者」への批難が続いている。これまで劇評で〈黄門記〉を褒めちぎっていたところほど、むしろ掌《てのひら》の返しぶりが酷かった。

「だからこそです。これだけの騒ぎになれば、大勢客が来るでしょう。だいじょうぶ、堀田さまに関わるところを抜いてしまえば良い。師匠ならそれくらい造作《ぞうさ》もないでしょう」

お上の機嫌を伺っての抜き差し。昔から何度もしてきたことなのに、こたびはどうにも怒りがぶり返してならない。

「正月ですから、一番目は〈敷皮の曾我《しきがわのそが》〉で、二番目を〈黄門記〉にしましょう」

〈敷皮の曾我〉は、ご一新前、小團次のために書いたものだ。その役を團十郎にやらせるという。

——勝手にしろ。

しかし、勘弥の求めはそれに留まらなかった。

「それから中幕にはですね……」

勘弥が得意そうに話す目論みを、新七は「冗談じゃない。そんなことをして、またどこから何を言われるか、分かったもんじゃないだろう」と渋った。

「師匠、心配無用です。私がすべて、段取りします。必要なものは揃えるし、調略《ちょうりゃく》の策も考えてあります。やれば絶対、当たりますから」

やれば絶対、当たる。まあ、それは、そうかもしれない。しかし。

「本当だろうね。もし、また新聞沙汰になるようなことがあったら、私はもう書かない。隠退《いんたい》するよ」

言ってしまって、自分で驚いてしまった。これまでにも幾度か考えたことはあるものの、本当に己の口から〝隠退〟の二文字が出てこようとは。

明治十一（一八七八）年一月一日。

新富座の初日が開いた。

新聞に取り上げられて世間を騒がせたのが、確かに勘弥の言う通り絶好の宣伝になっていて、客は連日大入りである。

客の目当てはやはり〈黄門記〉だ。去年見たのとの違いを得意げに同行者に語って聞かせている半《はん》可通《かつう》も多く見られ、新七は耳を塞《ふさ》ぎたいようだったが、中幕に用意されただんまりの短い一場が、それらの客たちの目をさらに新しく惹いた。

草深い山道。散切り頭に軍服姿の菊五郎、左團次、宗十郎が居並ぶ中を、絣《かすり》の着物に木綿の袴《はかま》を着け、長めの丈《たけ》の書生羽織を重ねた團十郎が、本物の犬を連れてゆっくりと歩いてくる。

團十郎は一言も発しないが、菊五郎と宗十郎が空を見つめる体で「あのお方はきっとまた現れる」「あの星がその証拠じゃ」と呟くと、客席から割れるような拍手が起こった。

やがて團十郎が花道を引っ込んでいくと、黒衣の狂言方がチョンと柝を打ち、「二月をどうぞお楽しみにー」と言って幕が引かれた。

西郷隆盛《さいごうたかもり》を芝居に――これが、勘弥がもちかけてきた次の目論みである。この中幕のだんまりは、要するに前宣伝だ。

去年一月末、西郷を慕う鹿児島の学生たちによる弾薬掠奪《だんやくりゃくだつ》事件に端を発した西南戦争《せいなんせんそう》は、八ヶ月後の九月二十四日、西郷の死によって終結を見た。

ほんのつい三月《みつき》ほど前に終わったばかりの戦争を芝居に——実際にあった情死や盗賊を芝居にするのは昔からあったやり口だし、以前に上野戦争なども芝居に仕立てたことがあったが、〈黄門記〉で味合わされた苦汁《くじゅう》が、新七を尻込みさせた。

それを、「それでもやってみようか」という気持ちにさせたのは、勘弥の様々な手練手管もさることながら、西郷隆盛という人物のたどった運命を詳しく知るにつけ湧いてきた、言い知れぬ憐憫《れんびん》の情だった。新七の勝手な感傷と言ってもいい。

——西郷は、さぞ新政府に落胆したのだろう。

江戸市中の戦火を最小限に抑え、最後の将軍となった徳川慶喜の命を取らずに降伏を認め、戦地となった東国でも情けを忘れず——渋る新七のために、勘弥が八方手を尽くして、実際に西郷に会ったことのある人々に接近して多くの聞書《ききがき》を集めてきてくれたが、それらから得られた西郷の人柄や事績は、それ以前に新七が新聞などで知り得たものと特に齟齬はなかった。

時に人を欺《あざむ》く謀《はかりごと》略を巡らすことも巧いが、それは決して私欲を以てするのではない。そんな人だったのだろうと思われた。

そうして手柄のあった人が、朝敵《ちょうてき》と名指しされ、死を選ぶ他に先がなくなっていく経緯は、芝居として十分、見応えのある筋になりそうだった。

——しかし、な。

朝敵として死んだこの人は今、巷間にたいそう人気があるのだ。

ちょうど、長引く西南戦争の戦況に注目が集まっていた去年の九月、日ごろは空に見えぬ、異様に赤くて明るい星が、宵々ごとに南の空で姿を見せるようになった。誰言うともなく、それは「西郷星」と呼ばれるようになり、中には「星の中に軍服姿の西郷さんが見えた」などと言う者も現れ、ついには数多くの錦絵まで出された。

正月の中幕に「星が云々《うんぬん》」の台詞を入れたのは、こう言えば「西郷」と名を出さなくとも、人々が次の芝居の中身を推し量ることができると考えてのことだった。

ただ、朝敵として死んだ西郷について、あまり英雄豪傑《ごうけつ》、優れた人物として書き過ぎてしまうと、学者や新政府の役人などから、また何を言われるか分からない。

かと言って、悪人に書いたり、無様《ぶざま》な人に書いたりしては、きっと客がそっぽを向くだろう。何より、この人に今心を惹かれるところのある、自分の心情に対して忍びない。

新七の考えはあちこちへと飛び、筋や台詞に迷い、なかなか筆が進まない。

「師匠。すごいものを手に入れてきましたよ」

こちらの迷いを見透かしてか、勘弥が何か書状を手に、作者部屋へ入ってきた。

「なんですか」

「陸軍卿《りくぐんきょう》の山縣《やまがた》さまが、西郷に送った勧降状《かんこうじょう》の写しです。どうです」

鬱々とする新七とは対照的に、勘弥は近頃妙に嬉々としている。

〈黄門記〉の騒動を通じて、勘弥は幾人もの新政府関係者との知己《ちき》を得た。

最初に警視庁へ訴状を出した依田柴浦、その弟で、実は訴状の草稿を書いた元佐倉《さくら》藩士で漢学者の依田学海《がっかい》らを上手に懐柔《かいじゅう》すると、さらには「ぜひご教示を」と世辞八百でへつらって、今では、陸軍省の山縣有朋《ありとも》、大山巌《おおやまいわお》、海軍省の伊集院兼常《いじゅういんかねつね》、元老院議官《げんろういんぎかん》の秋月種樹《あきづきたねたつ》などとも誼を通じているらしい。

抜け目のない勘弥のことだ。取材のために骨折っているというよりは、今後、何かあった時のために味方を増やしているのだろう。むしろ一石二鳥と喜んでいる節が垣間見える。

まあこれでいいかな、と思うほどの筋ができたところで、新七はいったん、勘弥に見せることにした。〈西南雲晴朝東風《おきげのくもはらうあさごち》〉、七幕仕立ての長尺《ちょうじゃく》である。

「あれ、西郷の自害はやらないんですか」

思った通りの反応だ。

「うむ。派手な討ち死には、菊五郎の方がいいだろう。團十郎には、静かな芝居をしてもらったらいいと思ってね」

菊五郎演じる篠原国幹《しのはらくにもと》は、田原坂《たばるざか》で雨あられと降りしきる砲弾の中を駆け抜けようとして落馬する。一方、團十郎演じる西郷は、山縣の勧降状を読んで最期の決意を固める。

「なるほど」

「それに、せっかく手に入れてくれたありがたい勧降状だ。これで締めくくった方が、喜ばれるのではないかな」

勘弥は納得して帰って行ったが、新七の本意は別のところにあった。

山縣の勧降状を重んじて、今の新政府の面子も立てる。かつ、芝居の中で西郷を死なせないことで、「もしかしたらこの人はどこかで生きているかも」との客の情に訴える。

――判官と同じだ。

九郎判官義経は奥州で死んだというが、義経の死が芝居の世界で描かれたことはない。

敢えて、西郷の死を描かない。新七の密かな抵抗だった。

二月二十三日に初日を迎えたこの芝居は、新富座始まって以来の大当たりとなって、八十日もの興行を続けた。

「師匠。依田学海先生がたいそう褒めていましたよ。特に、お秋《あき》が良かったと」

四月も半ば、いよいよ本普請の新富座落成が迫り、忙しそうな勘弥が、新七にこう声を掛けてきた。

お秋は桐野利秋《きりのとしあき》の妾ということになっているが、実在の人ではない。「史実に反する」のかもしれないが、男ばかりで話が進むのがあまりに彩りに乏しいのと、西郷の配下たちの人柄を描くのに必要だと思ったので、おっかなびっくり作った役だ。

〈西南雲晴朝東風〉は大入りを続けているが、新聞諸紙の劇評では、筋や台詞のそこここをとらえて「史実と違うのでは」と揚げ足取りをするような論調も少なくない。役者たちの軍服が似合ってないとか、戦火を表すのに花火を使うとは低俗だなどという酷い言いがかりまであった。

ただそれがこたび「名誉毀損」のような騒動にならないのは、勘弥がお歴々を見事に懐柔してしまった結果であろうとは、誰の目にも明らかだ。

「なんなら今後は、警視庁へ出す台帳を、学海先生に前もって見てもらいましょう。喜んで見るとおっしゃってましたよ」

勘弥はそれだけ言うと、またいそいそとどこかへ出かけて行った。

新七は黙ったまま、自分の机の上を、いつもよりさらに丁寧に片付け始めた。弟子にさせればいいのにと言う人もあるが、こういうことを人任せにするのは嫌いな性分である。

——もう、やめよう。

隠退だ。

今年、六十三歳。作者としての暮らしもいつしか四十余年。「河竹新七」になってからでも、三十五年だ。

――ちょっと、欲張り過ぎたのかもしれない。

六十代に運が開けるってのは、ようやくそこで、心置きなく芝居から足が洗えるってことだったのかもしれない。

とはいえ、このままただ引っこむのでは、つまらない。こっちにだって意地もある。

視界の端で、何か動くものがあった。

どこから入ってきたのか、弟子の机に置かれている冊子の上を、小さな蟷螂《かまきり》が歩いている。

「ほら、行けよ」

冊子を窓際に持っていってやると、蟷螂は羽ばたいていった。

――自分の花道、自分で引いてやろう。

姿の見えなくなった蟷螂の描いた軌跡を見ながら、新七は密かに、心を決めた。

第六章

黙阿弥

黙阿弥隠退時の刷物　柴田是信画
（河竹家寄贈　国立劇場蔵）

父さんの隠退ですか？

どうなったら隠退って言うのか、それにもよるでしょうけど。芝居からすっかり離れるってことは、結局、今際《いまわ》の際《きわ》までありませんでしたね。

でも、〝河竹新七〟を弟子に譲って、「もう自分は隠退しましたから」って世間さまにご挨拶することは、ちゃんとやりました。思い立ってから実現するまで、三年ぐらいかかったでしょうか。

その間に、嫌な思いをたくさんしていたと思います。お役人さんとか学者さんとかが、前もって台本を見せろって言ってきたり、稽古にまで加わってあれこれ指図してきたり。そういうのはみんな、九《く》代目の團十郎さんが中心になって、お偉い先生方といろんな歴史のご談義をなさった上でのことだったみたいです。

おかしなことに、ご談義の場に父さんは呼ばれないんです。なのにその後、そこで話し合われたことを基にした台本を書けって言われて、挙げ句の果てに、たいていお客さまの入りが悪い……。

だからその頃は、父さんが今書いているのが時代物か世話物か、すぐに分かりました。ため息をいっぱい吐いている時は九代目さんの時代物。父さんと仲の良かった、仮名垣魯文《かながきろぶん》さんが皮肉のつもりでつけた「活歴物《かつれき》」っていう名前で知られているような芝居です。

そして、すらすらと筆を運んでいる時は世話物。こっちの主役はほとんど音羽屋さんでしたね。そうそう、もちろん五代目の菊五郎さんのことですよ。

仕事をしない父なんて私たち家の者には想像もつきませんでしたけど、でも隠退のおかげで、私には良いこともありました。父さんと箱根に旅ができたんです。五泊六日なんて、贅沢な思いをさせてもらいました。私はそれまで一度も旅なんてしたことありませんでしたから、見るものなんでも珍しくて。

一番楽しかったのは、道中で見かけた人や景色から、芝居の名題になりそうな言葉をその場で作るっていう遊びでした。〈箱根山美人大胆《はこねやまびじんのだいたん》〉だの、〈身破笠箱根秋雨《みのやれがさはこねのあきさめ》〉だの、〈霧隠磯音信《きりがくれきぬたのおとずれ》〉だの。

そうそう、その時思いついたもので、本当に父さんが書こうとしたのがありました。〈傀儡師箱根山猫《かいらいしはこねのやまねこ》〉――。

でも残念ながら、これは完成しませんでしたけど。

ちょうどその頃でしたか、父さんたら「来年には逝《い》くから、そのつもりでいてくれ」なんて。「これ以上生きるときっと政府が外国と戦争を始める。せめてそれは見ないで幕にしたい」とも言ってましたね。冗談とも本気とも分からなくて、返事に困りましたけど……。

でも、全部、その通りになりました。

そういう人だったんですよ。

一　霜夜の鐘　しもよのかね

……オヘリア懐中より指輪を出し、「思召《おぼしめし》がなくては品物があっても益《やく》なし」

ハムレット怒り「他に情夫《いろ》ができたか」……

明治十二（一八七九）年九月二十四日。

本普請の開場式から一年余を経た新富座の作者部屋で、新七は「ハムレット」と格闘していた。

福地桜痴によれば、作者はシェイクスピアという英国人で、欧州で最も尊敬される戯曲家――狂言作者よりこちらの言い方が桜痴先生にはお気に召すらしい——だという。

時代物では、どんなに新七が趣向を凝らしても、依田学海らが史実にこだわった細かい添削を入れてきて、どんどん地味な華のない芝居に変わっていってしまう。一方、桜痴が横柄に指図をよこす西洋の小説や戯曲の翻案《ほんあん》は、新七自身、自分で書いていて時代なのか世話なのかも正直よく分からなくなるほど、世界が摑めないままだ。

そろそろ隠退させてくれ——新七の意向を聞いた勘弥の返答は「もう四、五年我慢してください」だった。

「師匠の名があれば、客が安心して足を運んでくれます。もうしばらくお願いしますよ」

こう言われれば悪い気はしないものの、では実際に書いているものはと言えば、新七にとって納得のいく出来の台本は近頃ほとんどなかった。安心して来た客が、無念、がっかりして帰るのではないかと思うとやるせない。

舞台の方から、甲高《かんだか》い女の大音声《だいおんじょう》が響いてきた。

——あれをいつまでやる気か。

九月一日から始まった興行の二番目〈漂流奇談西洋劇《ひょうりゅうきだんせいようかぶき》〉。

筋そのものは決して悪い出来だとは思わないが、勘弥の画策で五幕に出ることになった西洋人の役者たちの芝居のせいで、客足は潮《しお》が引くように遠のいてしまった。

浄瑠璃や長唄、端唄の類なら、曲や演者の善し悪しにこっちで責任が持てる。だが、今まさに聞こえている西洋の唄や芝居が上等なのかそうでないのか、新七はもちろん、勘弥にだって真贋《しんがん》がついているとは到底思えない。

本格西洋劇——こんな前宣伝に惹かれて来た客たちが、この幕になるとまずぽかんとし、それからすぐに大笑いを始める。その笑いの波はあまりにも大きくて、新七が苦労して仕組んだ筋も、團十郎や宗十郎の気合いの入った芝居も全部飲み込んで押し流し、あとに残るのは「鶏が絞められているか、洋犬《かめ》が吠《ほ》えているような、おかしな唄の出る芝居だった」との悪評だけになっていた。

「師匠、ちょっと今よろしいでしょうか」

相撲《すもう》取りのような巨漢が丁寧にお辞儀をして姿を見せた。

「おお、彦作《ひこさく》か。新報の方はどうだ」

弟子の一人、竹柴《たけしば》彦作はこの二月から魯文と組んで会社を作り、『歌舞伎新報《かぶきしんぽう》』という雑誌を出し始めた。次にかかる芝居の名題や役者役名、新作の筋書、見巧者による役者評判記などを新聞と同じ大きさで六丁（十二ページ）に仕立て、所々絵入りで載せている。

これを定価三銭で売り出してみると思いのほか当たったようで、発刊当初は月に三回だったのが、近頃では毎月五回も出すようになっている。

「はい。それについて、師匠にお願いがございまして、参じました」

彦作はちょっとあたりを憚るような素振りをしながら、低い声でぼそぼそと用件を伝えた。

「ほう……。それは面白いな。よし、考えてみよう」

伝えられた提案は懐かしくも新しいもので、新七は久しぶりに心躍った。

――今日は帰るか。

もうこれ以上、「ハムレット」の本のそこここに書かれた桜痴の文字たちと付き合う気にはなれない。帰り支度をしていると、勘弥が部屋に入ってきて、ちらっと「ハムレット」を見やった。

「師匠。もうこんなものに構わなくていいです」

吐き捨てるような調子だった。

「それと、今の芝居は明日で千秋楽《らく》にします」

「おいおい、いいのか。契約違反になるだろう」

西洋人の役者たちは待遇の取り決めに細かいとこぼしていたはずだが。

「いいんです。これ以上続けたら損ばかり増える。違約金を払っても止《や》めた方がましだ」

よほど大損が出たらしい。

この日を境に、勘弥の西洋贔屓がぴたりと止んだ。ただ、お歴々との付き合いの方は相変わらずいけしゃあしゃあと続けていて、そこには「国営の劇場を作ってもらってそこの親玉に収まろう」という壮大な野心が丸見えだった。

――まあ、好きにしたらいい。

新七の方は、彦作からの提案に本腰を入れ、十一月にはついに『新報』誌上にその予告が出る運びとなった。

――当初の目論みとはずいぶん違ってしまったが。

彦作からの提案は、「三題噺の方法で台本を作って、連載してくれませんか」というものだった。

「まず題を予告します。その後に毎号一場ずつぐらい続きを載せていけば、人気になること間違いなしです」――彦作は大きな身を乗り出すようにこう言った後、さらに付け加えた。

「それに、これは誌上だけでいいんです。誰にどんな役をなんて考えずに、師匠がお好きなように書いてくだされぱいいんですから」

三題噺と言えば酔狂連《すいきょうれん》。文久の頃、魯文や落合芳幾《おちあいよしいく》、三遊亭圓朝なんかが集まってやっていた、即興で話を作りあう遊びである。

――面白かったな、あの頃。

それぞれ忙しい者ばかりなのに、仕事の隙を見ては集まり、出て来た三つの言葉と無心に向き合ってひたすら話を作った。今思えばなんと貴重な時間だったことか。

彦作との相談では、「新聞の見出しから題を選ぶ」とか、「歌舞伎新報の読者に題を投稿してもらう」などの案も出た。何より心躍ったのは、「実際の劇場でやることはまったく考慮に入れなくていい」という条件だった。

役者の苦情、学者の小言、座元の都合。

そのどれにも煩わされずに書けたら、どんなに良いだろう。

ところが、この件がどこからか勘弥の耳に入ってしまって、風向きが変わってきた。

「そんな良い趣向なら、ぜひ新富座でやらせてくださいよ。お願いします」

〈漂流奇談〉のせいで、勘弥は二万円という多額の借金を背負ってしまった。話題を呼びそうな新奇の策と見て飛びついてきた態度に、彦作は冷淡だったが、新七の方は「そういうことなら」と譲ってしまった。

巡査の保護、按摩《あんま》の白浪、天狗《てんぐ》の生酔《なまよい》、娼妓《しょうぎ》の貞節、士族の乳貰《ちちもらい》、楠公《なんこう》の奇計。

――嘘っぽい、六題噺になったな。

尾上菊五郎、中村仲蔵、市川左團次、岩井半四郎、中村宗十郎、市川團十郎。新富座の看板役者にそれぞれ当てはめての「題」を、結局新七が自ら作り、しかし表向きはそれぞれの役者がそれを提案したように、誌上では喧伝《けんでん》されている。

――だが、中身は本物だぞ。

落ちぶれ士族夫婦の抱えた秘密の罪。十円という金に振り回される路地裏の人々。

正義の人にも悪党にも、「時代」の波に乗れた人と乗れなかった人がいる。それぞれの悲哀がある。

――勧善懲悪なんて、たやすく言うが。

人の心が変わるということが、どれほど多難で、しかも、まわりをも巻き込むか。芝居の人物の心底《しんてい》、「己の心との難儀な道行き」とでもいうものが丁寧に描かれ、伝わってこそ、見ている人の心も動く。それが芝居ってものだ。

自分はもう何十年とこの世界にいる。人の心を動かすことの難しさは骨身《ほねみ》に染みている。誰かの狙い通りになんてたやすく動くものじゃないからこそ、動いた時が尊いのだ。

だいたい、お上に都合の良いように人の心を芝居で動かそうなんてのは、神も仏も畏《おそ》れぬ、不届きな考えなんじゃないのか――胸中にわだかまっていた、芝居を「民の教化の手段」や「西洋への見栄張り」としか考えていないお歴々への怒りを丹念に縒《よ》り、練り、綴《つづ》る。

上演は予定されているが、その前に一度活字になって多くの人々が読むと想像しながら書くことで、すべての因果が解き明かされる五幕。士族夫婦が陥った不幸の背景に、新政府への不満を募らせた者たちによる反乱計画があったことが明らかになる。ここが肝《きも》だ。

新七の筆にはこれまでとは違う、静謐《せいひつ》な熱が込められた。

新七は慎重に筆を運んだ。

読む人の同情が、反乱を企んだ側にばかり集まるように書いてしまうと、お歴々の誰かに見咎められて、せっかくの連載に水を差されかねない。あくまで「分かる人には分かる」、かような心情に共感しうる者だけが読み取れる、そんな筆加減を……。

――気付く人は、気付くはずだ。

今の政府の、胡散臭《うさんくさ》さに。

「いやあ、師匠。さすがです。ありがたい」

明治十三年。年始の挨拶に来た彦作は、しきりに扇子《せんす》を使い、えびす顔をばたばた扇《あお》いでいた。顔も懐もずいぶん温かくなったらしい。

〈霜夜鐘十字辻筮《しもよのかねじゅうじのつじうら》〉と名付けられたこの台本が暮れの十二月十七日、五十号から連載され始めると、『歌舞伎新報』の部数はうなぎ登りに伸びて、彦作や魯文を喜ばせた。

ただ、六月から始まった新富座での上演の方は、雑誌で好評だったほどには受けなかった。

――いいさ、それでも。

「分かる人には分かる」ように書く。いや、「分かる人だけ分かってくれれば良い」と、己を得心させる――隠退を見据えた新七にとって、雑誌連載で得た手応えは、堅牢な盾か鎧《よろい》でも得たような新境地となった。

その年の冬――。

「どうしても、ですか」

「ああ。それだけは譲らない」

自宅までわざわざ訪ねてきて粘っていた勘弥がついに折れ、新七の来年いっぱいでの隠退を本当に認めた。

「では、こうしましょう。来年の十一月が、師匠の一世一代、隠退興行になるってこと、思いっきり宣伝させてください」

勘弥が顔の前で手を合わせている。

「分かった。そのつもりでやらせてもらう」

役者でなく、作者の一世一代というのは異例だが、それくらいの花道を作っても罰が当たらぬほどの力を、芝居の世界に尽くしてきた自負はある。

勘弥の後ろ姿を見送って一人、二階へ上がろうとすると、客の前にあった湯飲みを下げに、糸が入ってきた。

「茶を淹れ直して、二階へ持って来てくれ」

「はい……。そういえば父さん、寄席に行かなくなりましたね」

以前ならこんな折、よくふらりと寄席へ行ったものだ。しかし近頃は、講釈場はともかく、寄席の方へはとんと足が向かない。

「ああ。ステテコ踊りなんぞ、見たくないからな」

どういうものか、寄席では噺家がちゃんと噺をやらず、ステテコだのヘラヘラだの、おかしな身振り手振りで刹那的に笑いを取る、世に言う「珍芸」なるものが流行っている。急先鋒は圓朝の弟子で、ステテコをやる圓遊《えんゆう》だ。

——圓朝はどう思っているんだろう。

間違ってもあんなものを認めちゃいまいに。

新七とは対照的に、新政府のお歴々と進んで交流を持っているらしいと聞いてから、どこか心隔てが置かれたまま、圓朝の噺を聴かなくなって久しい。

——そういえば、無舌居士《むぜつこじ》とか言ってたな。

お偉いさんの誰だかに禅問答を挑まれて呻吟の末にどうにかうまく返答をし、そんな号をもらったとかいう噂話を、劇場で誰かが話していた。

——無舌。舌なくして、しゃべる。

舌が無いと覚悟しながらの、噺。いったいどういう意味なのか。

茶が運ばれてきて、新七はふと、もしかしてと思った。

本当の芸を、分かる人にだけ。

——あいつも、戦っているのかもしれない。

機会があればまた圓朝を聴いてみようかと思いながら、さっき勘弥が言い置いていった、来年の春頃にぜひという頼みについて、思案を巡らせ始めた。

——〝きれいな江戸〟か。

ずいぶん宗旨替えをしたものだ。しかも、抜け目なく。

新七は勘弥とのやりとりを思い返した。

「来年、また上野で博覧会があるんだそうです。三月から六月まで」

「博覧会？」

「ええ。ほら、寛永寺のところで、煉瓦造《れんがづく》りの普請をしているでしょう。あそこが目玉になるらしいです」

それと芝居と何の関係があるのか、言わんとするところが分からずにいると、勘弥は目をぎらぎらさせて「博覧会があると、田舎者がたくさん東京に来ます。そいつらを芝居にも呼び込むんです」と鼻から荒い息を吐いた。

確かに、四年前にあった第一回の内国博覧会の期間中は、直前に西南戦争やコロリの流行があったにもかかわらず、明らかに地方から来たと思《おぼ》しき旅行者があちこちに溢《あふ》れていた。

そういう奴らをびっくりさせるような、華やかだった江戸を芝居で見せてやりましょうよ——ちょっと前までの西洋贔屓が聞いて呆れる、勘弥の提案だった。

——だが、悪くない。

年が明けると、新七は三ヶ月ほどじっくり時間をかけて、〝きれいな江戸〟の芝居を練った。〈天衣紛上野初花《くもにまごううえののはつはな》〉――松林伯円《しょうりんはくえん》の講釈〈天保六花撰《てんぽうろっかせん》〉に材を採った筋である。七年ほど前に〈雲上野三衣策前《くものうえのさんえのさくまえ》〉の名題で書いたものだが、こたび、大幅に手を入れて磨き上げることにしたのだ。

上野寛永寺の最後の門跡《もんぜき》だった法親王《ほっしんのう》、輪王寺宮《りんのうじのみや》は、戊辰《ぼしん》戦争の折、彰義隊《しょうぎたい》に担がれて上野戦争に巻き込まれ、東北に脱走して旧幕府方の旗印とされた人だ。芝居の舞台は天保だからもちろん別人だが、河内山《こうちやま》が化けるのがニセの〝上野の御使僧《ごしそう》〟だというのも、どこか因縁めいていると思うのは、新七の勝手な感傷だろうか。

役者の方は、團十郎の河内山宗俊《そうしゅん》、菊五郎の直侍《なおざむらい》、岩井半四郎の三千歳《みちとせ》。これ以上のはまり役はあるまい。

湯島天神《ゆしまてんじん》、大店《おおだな》の質屋、吉原、日本堤《にほんづつみ》、大名屋敷、遊女屋の寮、そして上野――。いずれの場も、今まったくないわけではないものの、ご一新前とはおおよそ風情が変わってしまっている。ただそのことに気付くのは、以前の江戸を知る者だけだ。

台本は役者たちの評判も良く、稽古が順調に進んでいったが、ある日、新七は思わぬ人の訪問を受けた。

「どうしなすった、こんなところへわざわざ」

宵闇に紛れるように、遠慮がちに新七宅の玄関先で案内を請うたのは、品の良い年増女《としま》――ではなく、半四郎だった。

座敷で新七と相対した立女方は、きれいな指を目の前にぴたりと揃えて「お師匠さまにお教えがいただきたい」と頭を下げた。

「あの、寮の場での拵えのことでございます」

病気で療養している女郎《じょろう》の三千歳。新七のト書きには「部屋着好みの拵え」とあるだけである。それから半四郎は、柔らかいよく通る声で、自分で考えた衣装や髪型について丁寧に説明した。

「大和屋さん、それでいいと思いますよ」

「よろしうございますか。本読みの時の様子や、いただいた台詞から、どうしてもこうしたいと思いましたが、さりとて……」

「確かに、当時の本物の女郎が、寮でそんな格好はしていないでしょう。でも、こたびの芝居では、それでいい、いいや、それが良いと思う」

「どなたかから、お咎めがあったりはしないでしょうか」

控えめな女方は不安げに小首を傾げた。もう五十を越えているはずだが、とてもそうは見えない。

「何か言われたら、責めは私が負います。安心してください」

口元を緩め、安堵の息を漏らした半四郎は、来た時と同じく、たおやかな身のこなしで帰って行った。

――さすが半四郎だ。よく感じ取ってくれた。

拵えは役者の領分で、作者から細かに指図するものではない。だが半四郎は台本から、こちらの込めた思いを確実に汲み取ってくれたようだ。

三月三十一日、いよいよ幕が開いてみると、この芝居はたいそうな人気になった。大名をやり込める河内山の啖呵も、直次郎と三千歳の悲恋も、いずれも劣らず評判である。

半四郎が相談に来たのは、病気療養している三千歳を「頭を潰島田《つぶししまだ》に結い、菖蒲《あやめ》模様の着物と打掛を着て、きちんと化粧をしている」ように拵えていいかどうか、ということだった。

「史実」を求めよというのなら、これは嘘だ。寮にいて、病で臥っている女郎がそんな格好をしているはずがない。

しかし、こたび新七の描いた三千歳はそれでいいのだ。直次郎が惚れた女郎。芝居の最後まで、吉原の女として輝く三千歳は、もはやこの世には存在しなくなった「きれいな江戸」に咲いた、幻の恋の徒花《あだばな》を成り立たせる、「架空事《つくりごと》」の要なのだから。

――分かる者だけ、分かれば良い。

史実とは違うことも、新七が敢えてそこに描こうとした〝きれいな江戸〟の意味も。

幸い、團十郎も勘弥も、学海も桜痴も、千秋楽まで誰もこの点について意見してこなかった。おそらく気づきもしなかったに違いない。

ただ「簑で笄《こうがい》を挿しているのは妙だ」とだけは、半四郎の耳に入れた人が誰かあったようで、途中から笄だけは止めにしてしまったが、拵え全体が変わることはなかった。

架空事の江戸。

博覧会の客を当て込んだらこんな芝居になったというのも、何かの因果かも知れぬと、新七は密かに思った。


明治十四（一八八一）年冬――。

十一月二十日に新富座で初日を迎えた、河竹一世一代〈島衛月白浪《しまちどりつきのしらなみ》〉は、連日大入りを続けていた。

團十郎、菊五郎、左團次、半四郎……看板役者たちの役がみな、「実ハ泥棒」で、それぞれ、来し方の悪事の因縁に悩み苦しんだ果てに、行く末を選び取る物語である。

菊五郎と左團次が招魂社《しょうこんしゃ》の威圧的な大鳥居前で対峙する大詰めでは、短刀を手にした二人の鬼気迫る命のやりとりに、客席が水を打ったように静まりかえる。そのぴんと張り詰めた空気の中に、團十郎が登場して穏やかな結末へと導いていくと、割れるような拍手が新富座に響き渡る。

——これでひとまず、幕だ。

千秋楽の後に「名納《なおさ》めの会」をしてはどうかと、何人もの人から水を向けられたが、新七はすべて断り、その代わりに「引汐《ひきしお》」と題した挨拶状を三百枚作って、ごく限られた芝居界隈の人だけに配った。

柴田是真の描いてくれた浜辺に群れる蟹。文面を清書してくれたのは綾岡輝松《あやおかきしょう》だ。

……茲《ここ》らが汐の引時とて、引き祝いしてまた元の、浪《なみ》の素人に帰るになん
　腸《はらわた》の無き愚かさに直《すぐ》な道
　知らで幾年《いくとせ》横に這《は》う蟹

隠居名は黙阿弥。

時宗の本山、藤沢の遊行寺《ゆぎょうじ》から与えられた、正真正銘の阿弥号である。

黙の字に秘めた思いは——そのうち、分かる人だけ、分かってくれれば良い。

胸のうちで一つ、柝の音が鳴った。

二　演劇改良　えんげきかいりょう

明治十九（一八八六）年六月。

隠退を宣言してから五年目の初夏、黙阿弥は新橋で夕刻に汽車を降り、俥を拾った。

「どちらまで」

「浅草へ」

阿弥号を授けてくれた藤沢の遊行寺へ参詣し、一泊しての帰り道である。

隠退と言っても、仕事が途切れることはない。あくまで「新富座の立作者の座からは退いた」までのことで、黙阿弥の名はずっと、「スケ」の断り書き付きながら、番付の作者一覧に載り続けている。

「黙阿弥なんて名になさるから、もうお書きにならないのかと思ったら、ずいぶんお盛んに書いてらっしゃるではありませんか」――いつだったか久しぶりに寄席へ行き、三遊亭圓朝に会ったらそう冷やかしてきたから、「おまえさんだって無舌のはずがずいぶんしゃべっているじゃないか」と返してやると、猫背をちょっと震わせてくすっと笑った。

高座の方は年季が染《し》みたのか、ゆっくりと丁寧な語り口にいっそうの艶《つや》が加わって見事だった。

圓朝は菊五郎とは親しいらしく、ご自慢の幽霊画なんかを貸し借りするような仲だという。

――珍しく、先月は逆になったな。

その菊五郎が、芸風のまったく異なる團十郎と張り合っているのが、ここ数年の芝居界隈だ。と言っても、客入り、見巧者の評ともに音羽屋の方がずっと分が良かったのだが、この六月だけは珍しく、九代目の勝ちになった。

両方の台本を書いた黙阿弥としては、いささかややこしい気持ちを抱かざるを得ないところがある。

團十郎の「活歴熱」は相変わらずだ。仮名書魯文が皮肉で付けたあだ名がすっかり染みついているが、本人は至って真面目に取り組んでいる。

黙阿弥も頼まれれば断らずに書いているが、いかんせん不評不入りが続いていた。中でも酷かったのは一昨年の暮れの〈北条九代名家功《ほうじょうくだいめいかのいさおし》〉だった。

浅草に新しくできた猿若座《さるわか》の柿落としにぜひと頼まれたのだが、これは正直もう二度と御免被《ごめんこうむ》ると言いたいほど、「史実考証」が黙阿弥の頭を悩ませた。

鎌倉幕府第十四代執権、北条高時《ほうじょうたかとき》の暗愚。家臣である本間山城入道《ほんまやましろにゅうどう》の忠義とその死。高時を討とうとする新田義貞《にったよしさだ》が龍神に祈りを捧げて海を渡った奇跡――この三幕をというのだが、ともかく、いわゆる芝居らしい趣向を少しでも工夫しようとすると「史実と違う」と横槍が入る。

團十郎に加勢するお歴々は以前からやかましかったが、明治十六年に「求古《きゅうこ》会」なる史実考証のための連《れん》だか講《こう》みたようなものができて以来、いっそう鼻息が荒くなっている。

なにしろ、件《くだん》の依田学海はもとより、ご一新前は久留米《くるめ》藩で有職故実《ゆうそくこじつ》の指南《しなん》をしていたという松岡《まつおか》明義《あきよし》や、帝国大学で教授の地位にある小中村清矩《こなかむらきよのり》、帝《みかど》の御用も承《うけたまわ》るという大和絵師《やまとえし》の川辺御楯《かわなべみたて》など、黙阿弥ごときはとてもお近づきになれる気のしない、ものすごい顔ぶれが月に一度、團十郎の屋敷で膝をつき合わせて「ああでもない、こうでもない」と思案した分厚いものを渡されて「さあ書け」と責め立てられるのだから、堪《たま》ったものではない。

苦心惨憺の挙げ句に幕が開くと、難解な言い回しの台詞、動きの少ない芝居に客は案の定、すぐに飽きてしまった。

團十郎が道具に凝りに凝った三幕の「太刀流し」では、本物の鎧兜を着けた役者がずらりと並んだが、客席ではあくびが連発され、挙げ句に「五月人形！」とヤジが飛ぶ始末だった。

唯一、面白がられたのは、團十郎扮する高時が天狗に嬲られて気を失うまで踊り続けるという、およそ史実反映とは関わりのない一場のみだった。

日ごろから團十郎に手厳しい魯文は、この評判の良かった一場を「北条九代目鼻の高時」と題して、落合芳幾の手で漫画に仕立てさせ、『歌舞伎新報』に載せた。画には「主人の鼻の高時がたうたうと尚古癖《しょうこへき》といふ難病にかかりしかば」などの文言が添えられており、画に描かれた天狗たちは、大天狗の依田学海をはじめ、見る人が見れば求古会の誰それと分かる仕掛けが施されていたので、怒った團十郎がとうとう魯文に絶交状を送りつけるという場外の一幕が付いてしまった。

さらに悪いことに、名題に「北条九代」と入れたのを、「成田屋も九代目で滅ぶという呪いなんじゃないのか」と中傷した人があったらしい。名題を付けるのは作者だから、書きあぐねていた黙阿弥の底意《そこい》だったのではとおかしな勘繰りをされてしまい、以来團十郎との気持ちの隔ては大きくなる一方である。

――そんなら他の者に頼めばいいのに。

そうは思うのだが、今のところお歴々には自ら台本を書こうという人はいないらしい。また今ほとんどの劇場で作者として仕事をしているのは、ほぼみな黙阿弥の弟子筋だから、いくらかでも團十郎の意に沿って書けそうな者は他に見当たらないというのが現状である。

「もう成田屋には書いてやらなくてもいいんじゃないですか」

魯文や竹柴彦作などはここまで言うこともあり、己でもそう思わぬでもない。それでも踏みとどまってしまうのは、この世界で長らく生きてきた者にしか分からぬ情《じょう》でもあり、柵《しがらみ》でもあり、また、頼まれたものを「できぬ」と言いたくない、黙阿弥自身の意地でもあった。

そんな團十郎とは対照的に、菊五郎がごく無邪気に「あれがやりたい」「これがやりたい」と頼んでくる役柄や趣向は、むしろこちらが進んで筆を執りたいものが多い。

中でも面白かったのは去年の暮れ、千歳《ちとせ》座に書いた、〈四千両小判梅葉《しせんりょうこばんのうめのは》〉だった。

実はこの台本は、昔、小團次と組んでいた頃に書いた〈十六夜清心〉――本名題は〈小袖曾我薊色縫〉――と同じ、安政二（一八五五）年に起きた江戸城本丸の御金蔵破りに材を採ったものだ。

あの時は、大当たりだったにもかかわらず、お上の意向を憚ってあっちを変えこっちを削りした挙げ句に、打ち切りにせざるを得なかったのだが、こたびはむしろ反対で、それこそ思いっきり「史実に基づいた」趣向で作ることができた。

「師匠。このお二人が、本物のお牢の中についていろいろ話してくれますよ」

菊五郎はそう言って、もとは囚人だったという人物を連れてきた。二人とも今は堅気だが、かなりの期間を牢で過ごしたことがあるという。

「なんでこんなお人たちとお近づきになったんだ」

「田村《たむら》さんのご紹介ですよ」

菊五郎が田村さんというのは、もとは代言人《だいげんにん》（弁護士）で、近頃は千歳座の経営に関わっている田村成義《なりよし》のことだ。ご一新前は牢屋敷同心《ろうやしきどうしん》の息子だったという田村は、自らも東京府の囚人取調係をしていたことがあり、そうした事情に通じていた。

役作りに人一倍熱心な菊五郎がこんな格好の材を見逃す筈がなく、「御金蔵破りをやりましょう」となったのだった。

――小團次が見たらどう言っただろう。

伝馬町の牢内の場など、客が物見高《ものみだか》さで前のめりになるのが分かる、極《ごく》大入りだった。

――大和屋といっしょに向こうで見ていてくれたかもしれないな。

若い頃に小團次の相手役、十六夜を演じた半四郎は、三千歳を演じた翌年に逝った。

――私も近々逝くから。

とはいえ、今のところ浮世はまだまだ、七十一歳の黙阿弥に仕事を持ってくる。

菊五郎に頼まれて書いた千歳座の芝居は、今年の三月の〈盲長屋梅加賀鳶《めくらながやうめのかがとび》〉も当たり、気を良くして五月には〈恋闇鵜飼燎《こいのやみうかいのかがりび》〉をやることになったのだが、これは残念ながらあまり受けなかった。

――ちょっと違ったらしい。

〈恋闇鵜飼燎〉は、黙阿弥になってすぐの明治十五（一八八二）年に序幕だけ『歌舞伎新報』に載せたものだ。〈霜夜の鐘〉と同じく、上演は考えずに書き始めたものの仕上げに至らぬまま、他の仕事の忙しさにかまけてほったらかしになっていたのを、菊五郎が「ぜひ」と言うので改めて書き通してみたのだったが――。

――あいつに、引きずられたのかもしれないいな。

主役は芸妓の小松《こまつ》。客と心中するが、男が先に大川へ落ちた直後、水音や鳥の羽音で我に返り、自分も死んだと見せかけて逃げ、ひとり自由の身になろうと企てる。

心根は純なのに、いや、純だからこそ、その場その場で自分に都合のいいようにしか生きられない、どうしようもない悪女。

菊五郎の巧さが、この小松の役にだけはかえってはまらなかった気がする。

――田之助がいれば。

連載を始めた頃には、誰に当てはめて書いたつもりもなかったのだが、知らず知らず田之助の影を追ってしまったのかもしれない。

田之助が死んでからそろそろ八年になる。黙阿弥がこれまででたった一度、渋々ながら洋服を着た新富座の開場式から、ほどなくのことだった。

――いや、役者のせいだけじゃない。

文字で読んで面白いものと、芝居にして面白いものとは違う。それは〈霜夜の鐘〉の時から薄々感じていたことだ。

どうしても真っ当な道に立ち戻ることのできない小松が、狼に食い殺され、やがて首だけが川へ落ち、流れ流されて鵜飼をしている兄の甲作《こうさく》の網にかかる。世阿弥《ぜあみ》の能〈鵜飼〉の趣を根底に置いた、罪深い女の最期の様《さま》は、文章だと世の無情と痛ましさを伝えられると思うのだが、芝居にしてしまうと、設定のむごたらしさと、それとは裏腹に作り物の狼がどうにも真に迫らないのとで、白々しくなってしまったのは否めない。

——何年やっても、気付くことは多いな。

翻《ひるがえ》って、苦手苦手と思っていた「活歴」の方では、むしろこたび良い手応えがあった。同じ五月の新富座では〈夢物語蘆生容画《ゆめものがたりろせいのすがたえ》〉。材になったのは天保《てんぽう》の頃に起きた「蛮社《ばんしゃ》の獄《ごく》」と呼ばれる事件で、團十郎の渡辺《わたなべ》崋山《かざん》と左團次の髙野《たかの》長英《ちょうえい》、それぞれが死に至るまでの奮闘と心の葛藤を描いた芝居だ。

こちらは大入りとなり、團十郎が芝居中で牡丹と竹の画を扇に描くのを「あの扇をぜひ欲しい」というご贔屓が大勢いて捌《さば》ききれぬ程だったなどという楽しい騒動もあった。

ただ、「長英先生が遊女に金をもらったり、人を脅《おど》しつけたりするとはけしからぬ」との苦情が劇場に持ち込まれ、「また〝名誉毀損〟か」と黙阿弥の肝を冷やした。結局、その場は省き、前後の台本に手を入れることで事なきを得た。

「断じて、先生がそんな不道徳なことをするはずがない」——子孫だか教え子だか、ともかく由縁の者だと名乗る人は、しきりにそう息巻いていたという。

——どうやったらそんなことが分かる。

「なあ、太郎」

そう呼びかけて、黙阿弥の目が中空へと注がれた。

黒猫の太郎。

いつから家に居着いていたのか、黙阿弥も朧にしか覚えていない。ひょっとしたら二十年近くいたのではとも思え、だとしたら猫にしてはかなりの長寿だったことになるだろう。

滅多に鳴き声を立てず、闇に溶け込むような風情で、書見をする黙阿弥や、縫い物をする糸、絵筆を握る島の側にひたと寄り添っていたこの猫は、一方でたいそう口がおごっていることでも知られていた。

黙阿弥がついつい甘やかして、自分の膳から魚を分けてやったりしていたからかもしれない。魚河岸の尾寅などは時折鯛の刺身などを誂えてきては、「尾寅の名にかけて、間違っても太郎にそっぽ向かれねえよう、じゅうぶん吟味して持ってきやしたぜ」とにやっと笑うほどだった。

この太郎が今年の正月、彼岸へと旅立った。

驚いたのは、「師匠のところの太郎が死んだそうだ」と聞いて、悔やみに来てくれた人の多さだった。中には、これまでに黙阿弥の一家の誰とも一面識もない、隣町の年寄りなどもいて、「かわいい子だった。いつも顔を出してくれて、膝にも乗ってくれて」と泣いてくれた。

糸は「太郎には、私たちの知らない顔がずいぶんあったんだね」と、感慨深げにしていた。

そうだ。一介の飼い猫すら、飼い主の知らぬ顔を持っていたのだ。

人ならまして、表も裏も、底の底もあろう。家族にさえ打ち明けぬ秘密を、墓場まで抱えていく人もいるに違いない。

長英は嘉永三（一八五〇）年に亡くなっている。今から三十六年も前だ。

猫と同列に論じては悪いが、しかし、いかに偉い学者だとて、生涯一度も遊女と縁がなかった、人を脅さなかったと、誰が断言できるのだろう。大事に関わった人であればあるほど、平素は身内にも見せぬ、存外な顔があったかもしれぬではないか。

思いがけぬ何かがひょっとしたら――そう想像してみるのも、芝居や小説の楽しみではないのだろうか。

――史実とは、何なのだ。

このあたりも、黙阿弥が「史実考証」のお歴々を苦手と感じるところではある。

倅が見慣れた路地へ入り、とりとめのない物思いが中断された。

「ここでいい。止めてくれ」

見慣れ、住み慣れた浅草。だが目下、黙阿弥は引っ越しの支度にかかっていた。

新政府は東京をいっそうの〝開化〟に向けて作り替えようと躍起《やっき》になっている。埋め立ての進む場所も多いし、家作の修繕や立ち退きの命令もそこら中に出ているようだ。

できるだけ、そういううるさい指図の及びそうにもない場所を探して引っ越そう――二年ほど前からそう考えるようになり、ようやく転居先の目処が立ちつつあった。

「ただ今」

「お帰りなさい」

「お帰りなさい」

妻と娘たちが変わらず出迎えてくれる。引っ越しは、この三人の為にも良いはずだ。

蚊遣りの煙がふわりと、あたりに漂っていった。

明治二十（一八八七）年四月――。

「島、あまり根を詰めるなよ」

「ええ、父さん。でも、こんなに空がきれいだもの。ものの色がよく見えそうよ」

次女の島が画帖《がじょう》を手に、黙阿弥の書斎のある離れと母屋《おもや》とをつなぐ渡り廊下から庭へ出て行こうとするのを見て、思わず声を掛けた。

入門の時は「女の弟子か……」と渋っていた柴田是真だが、いつしか、自分に依頼の来た宮内省の仕事などに島を名指して伴っていくほど、一門の中でも有望な者と見てくれているらしい。

ただ、このところ島は臥せりがちだった。時折嫌な咳をして、息苦しそうにしている。それでも、ここへ越してきてからはこうしてちょくちょく、楽しそうに庭を愛《め》で、絵筆を握ろうとするのが、父の目にはありがたい姿である。

浅草を出てこの本所二葉町《ほんじょふたばちょう》へ移ろうという気になったのは、広々としたところで良い景色を見ながら、島がゆっくり養生できそうだというのが、一番の理由だった。

敷地は五百余坪で、地所は浅草の十倍以上だが、建坪はあえて小体《こてい》にして、その代わり庭を広く取り、池も設えた。東側が三分の一ほど更地なのは、ゆくゆくは貸家をいくつか建てて、娘たちが行く末困らぬようにする腹づもりである。

「父さん、お客様です」

糸に呼ばれて行ってみると、座敷に勘弥の姿があった。

「どうなさった、わざわざ」

「師匠。内密のお話があります」

勘弥は興奮した面持ちで用件を告げた。おおよそを聞いたところで、黙阿弥は静かに「それで？」と返答した。

「それでじゃありませんよ。おいでなさるでしょう？」

勘弥は黙阿弥の態度に大いに不満らしい。

「私は隠退の身です。そんなところにのこのこ顔を出すのはお断りする」

信じられないと言った顔の勘弥に構わず、黙阿弥は言葉を重ねた。

「先方は作者なんかいらないと言っているんでしょう。だったらなしでいいじゃないか」

「そうは行かないことくらい、師匠だってお分かりでしょう。向こうがあんまり物を知らな過ぎるんだ。狂言方なしで芝居ができるわけがない。せっかくのとんでもないchance《チャンス》だってのに」

勘弥は西洋贔屓だった頃に覚えたらしい異国の言葉に力を込めた。

「どうしても狂言方がご入り用なら、そうですね……。其水に相談してみてください。使える者を見《み》繕《つくろ》ってくれるでしょう」

筋を立てる才は自分の前名を三代目として継いだ新七の方が高いが、そうしたきちんとした場をつとめるには、俳名を譲った其水の方がふさわしいだろう。

「あれ、三代目じゃなくていいんですか？」

勘弥はちらっと訝しそうにしたが、すぐにこちらの意を察したらしい。新七が時に酒席などで軽はずみをしてしくじったりするのは、どうやら勘弥にも知られてしまっているようだ。

「じゃあ、そういうことにさせてもらいましょう」

それからしばらく、役者や裏方、誰彼の噂や陰口をぽろぽろと漏らして、勘弥は帰って行った。

――帝の御前でやろうというのか。

数年前からそういう動きがあることは時折噂で流れてきた。ただ、「まさか本当にはなるまい」と言う者がほとんどだったし、また「やっぱり頓挫《とんざ》したらしい」とも聞いていたので、ここへ来て俄《にわか》に実現というのは、思いがけないことだ。

――私には、関わりないことだ。

自分の書いた台本が帝の前で演じられる。その名誉が欲しくないか、その様を目の前で見たくないかと言われれば、もちろんそんなことはない。

されど、今の默阿弥には、名誉への望みより、去年からごうごうと鳴り続けている、「演劇改良」と称した自分への罵倒――としか默阿弥には思えない――を見聞きしたくない思いの方が強い。

さっきの勘弥の話では、帝が芝居をご覧になるのは外務大臣井上馨《いのうえかおる》の屋敷で、現場の指揮を執っているのは参事官の末松謙澄《すえまつけんちょう》だという。

――末松謙澄。

洋行帰りで、福地桜痴の取りまきで、総理大臣伊藤博文《いとうひろぶみ》のお気に入りで――そして「演劇改良運動」の中心人物である。


……近代の作者はみな俳優の奴隷《どれい》たるに過ぎません、否奴隷と申して裁判沙汰になられては大変ですが……

……今日の作者は然《しか》らず偏《ひとえ》に俳優の意を迎えて俳優の注文通り台帳を書きまた注文通りにこれを改めるそうな是《これ》などは畢竟《ひっきょう》作者の無学（また無学と申しては訴えられるから）ではなし作者が大変な学問なくまた大変なえらい名作は一つもない……

……今の作者は一般に世間に名誉がらるるかといえば左様《さよう》ではない……

……こういう人が作者の全権を持っていては日本の美術上において大いに困ります……

……しかしいずれも経験のあるお方ですから新たに作者の出るならば随分その人にご助力をして願いたいのです。全体西洋の例から申せば作者は大抵学者名士の担任でなければ他人が承知しません……

これはいずれも、末松の述べたものだ。去年の十月にどこかで講演した内容が、直後から次々と新聞に載り、さらに八十頁ほどの小冊子にまとめられて出版された。

――これほどとは。

自分がお歴々から蔑《さげす》まれていることは前々から重々承知していたが、ここまで酷い罵詈雑言を目の当たりにすると、改めて言葉を失ってしまう。

役者に親切、お客に親切、座元に親切――役者の魅力を生かし、お客に受け、入りを良くして座元を儲けさせ、芝居の幕を開け続ける――それが作者たる者の真骨頂だと信じ、この道で生き続けてすでに五十余年。今なお多くの客が黙阿弥の作を喜んで見てくれる。

なのに、ここまで罵倒されるとは。

しかも、末松はまだ三十過ぎぐらいだという。いくら偉い学者か知れぬが、齢《よわい》まだ自分の半分にも満たぬ若者から、古希《こき》を過ぎてかように見下される日が来ようとは。

――黙っているしかないのだろうか。

自分が書いてきたのは、人の情に訴える言葉だ。学者の先生と渡り合い、論難するような言説は、残念ながら持ち合わせていない。

黙阿弥へのこうした攻撃は、これが最初ではなかった。

特に「無学」との批判は、黙阿弥が〈黄門記〉を書いた明治十（一八七七）年頃から度重なっており、もはや心も痺れて怒る気力も湧かないほどになっている。

仰《おお》せの通り、異国の言葉も読めない。歴史故実を調べる術も十分に持っていない。しかし、それはかほどに責められることなのか。

ちょうど末松の演説と同じ頃、桜痴も『東京日日新聞』紙上で「現在の狂言作者」を「概ね不学無文」と切り捨て、現在上演されている芝居はいずれも「伎倆《ぎりょう》の執るに足らざるを知るべきなり」と断じた。これには彦作が「いくらなんでもあんまりだ」と憤慨し、桜痴を名誉毀損で裁判所へ訴えたといういきさつがあり、末松はそれを承知の上でかような言い草をしたのだろう。

「裁判沙汰」「訴えられる」などの文言からはむしろ、「そもそもそちらに名誉などあるものか」とでも言いたげな、ことさら嘲笑するような調子が滲んでいて、いっそう不快だった。

しかも、桜痴も末松も、卑怯なことに黙阿弥の名をどこにも出していない。「名をわざわざ記すほどの価値もない」というつもりなのだろう。

桜痴や末松のこうした文章に接してから、そろそろ半年が経とうとしているが、黙阿弥が心に受けた痛みは深まるばかりだ。そんな末松が指図するという芝居の場に、どうして自分が出て行かれよう。

――やはり、並の素人《しろうと》の方か。

泥棒をよく登場させることから「白浪《しらなみ》作者」とも呼ばれた自分。その浪から引いて、身を転じて、批判の波には抗《あらが》わずに黙って芝居から足を洗う――。

隠退の挨拶状「引汐《ひきしお》」に込めた思いを改めて噛みしめる。

――ほんとうに、そっちになってしまうのか。

それしか、ないのだろうか。

天覧芝居は、四月の二十六日から四日間催されるらしい。其水はさっそく勘弥とともに支度にかかっている。

事前に世間へ広まると、伊藤や井上をよく思わないあたりからどんな妨害があるか分からぬから内密に――というけれども、芝居に関わる大勢の者たちがそれをみな黙っていられるはずもなく、とりわけ黙阿弥のところにはさまざまな噂が持ち込まれてきた。

「花道が三間（約五百五十センチ）しかないんですよ、〈勧進帳〉をやるっていうのに。六方《ろっぽう》なんて踏めないでしょう、一歩で終わっちまいます」

「義太夫《ちょぼ》も長唄もどんどん削れって。間は抜けるし、何やっているんだか、分かんなくなっちまうと思いますが」

「柝《き》もツケもなしだってんです、締まらない芝居になりそうですねえ、せっかく天子《てんし》さまやお后《きさき》さまにご覧に入れるってえのに」

どの噂にも、黙阿弥は特に何を言うでもなく、黙ってやり過ごした。「私にはもうかかわりのないことだから」と。

ことさら静かに過ごした四日間がようやく終わった頃、彦作が「師匠、これはいくらなんでも」と、小さな冊子を手に、本所の新宅を訪ねてきた。

「なんだ、お上品な冊子だな。筋書か何かかい」

軽い調子を装って言いつつも、その冊子がどんなものかは、一目見て分かる。飛び込んできた彦作の様子では、またよほど、こちらへのあてこすりでも書かれているのだろうか。

黙阿弥は震える手で小冊子を手に取った。

表紙には「勧進帳」とある。どうやら客に配るための台本を拵えたものらしい。

――なんだこれは。

総身の血が逆流するようだ。早鐘《はやがね》のように脈が打ち、こめかみが痛い。

「これはいったい」

なぜ。なぜこんなところに、こんな形で自分の名がある。

許せない。許せない。許せる筈がない。

どうすればいい。どうすればいい。どうすれば……。

三　言語道断　ごんごどうだん

勧進帳　河竹黙阿弥　作
星舎主人《ほしのや》、春泓小史《しゅんおうしょうし》　校正

――なんだこれは。

そもそも〈勧進帳〉は、黙阿弥の作ではない。

忘れもしない、この芝居ができたのは四十七年前。黙阿弥は当時二十五歳、作者としてやっていけるかどうか、心許ない思いをしていた頃のことだ。

能の〈安宅〉をぜひ芝居で――七代目團十郎（当時は五代目海老蔵）のたっての望みを入れ、共に苦心して書き上げた立作者は、三代目の並木五瓶であった。

七代目付の狂言方だった黙阿弥は、台詞覚えの苦手な七代目から黒衣の後見を頼まれ、この台本をまるまる全部諳《そら》んじた。七代目の演じた弁慶の台詞だけでなく、他の役の台詞も、長唄の詞章もすべて、今でもその気になればすらすらと口から出すことができる。

——よくも、こんなでたらめな。

でたらめなのは、作者の名だけではない。いや、むしろ最も許せないのは、長唄の詞章や台詞の改変、いや、改悪ぶりだった。

——まるで分かっちゃいない。

言葉同士のつながりが持つ意味も、唄の節《ふし》と役者の動きとの間合いも。

「露《つゆ》けき袖《そで》」は「萎《しお》る」んだ、「絞《しぼ》る」んじゃない。儚い落人《おちゅうど》の身の上と涙の露が取り合わせてあるんだ、何も夕立に降られたわけじゃない。

なぜ「時《とき》しも頃は」を「頃しも春は」なんてしてしまうんだ。「とき」と音が締まるから唄が動き出せるんじゃないか、「ころ」なんかじゃ唄方《うたかた》が満足に歌いだせやしない。それにこの節に「頃しも」なんて乗せたら、「殺しも」って聞こえちまうだろう。

おまけに「月の都」を「花の都」とは。息の抜けやすい「は」の音から唄いだすのがどれほど難儀《なんぎ》か、ちっとも分かっていない。「はな」と「つき」、いっぺん口に出して大きな声で言ってみるといいんだ、「はなの」じゃどうしてもふわっとしちまうだろう。それにここは「時しも」の「と」と「月の」の「つ」の音色《おんしょく》が揃えてあるからこそ、良いんじゃないか……。

唄い出しのほんの一部だけでさえ、「台無し」にされているとしか思えない。

「ひどい。あんまりだ」

役者の動きにはまらない音への改悪、役や筋に合わない改悪や余計な台詞の付けたしなど、数え上げれば切りが無い。こんなものを帝にご覧に入れたとは。

「そうでしょう。師匠、これは黙っていちゃだめです。なんとかしましょう」

彦作が身を乗り出してきた。

星舎主人、春泓小史。

末松のよく用いる号は確か〝青萍《せいひょう》〟だが、〝春泓狂士《きょうし》〟というのも見たことがある。

一方、桜痴の本名は源一郎《げんいちろう》で、〝桜痴〟がそもそも号だが、他に〝星泓《せいおう》〟もよく使っている。芝居の台本に名を入れるにあたって、桜痴が〝星舎主人〟としたのだろうか。末松は洋行前には、桜痴が社長をつとめる『東京日日新聞』の社員だった時期があり、二人は言わば師匠と弟子のような関係なので、〝狂士〟を遠慮して〝小史〟としたのかもしれぬ。

今の〈勧進帳〉の姿を作り上げたのは、並木五瓶と七代目ばかりではない。

初演で富樫を演じた八代目は、その後弁慶を演じている。その折、富樫を演じたのは小團次だった。二人とも台詞、唄、鳴り物の音、すべてを大切に扱って、この芝居の良さを客に伝えていた。小團次がほんの少しだけ台詞を付け加えたりしたところがあるが、それとてもごく慎重な、関わった誰しもが得心のできる改めぶりだった。

福地桜痴と末松謙澄。

二人に向かって、いや、世間に向かって、これまで先人たちが練り上げてきた〈勧進帳〉の真実の味わいが、こたび、いかに損なわれたかを訴える。九《く》代目がお歴々の言いなりになっている今、それができるのは自分だけだ。

「『新報』で何か書かせてくれるか」

言いながら、唇が震えてくるのが分かる。

もしかしたら、桜痴と末松の他にも大勢、「演劇改良」のお歴々がこの改悪に関わっているかもしれぬ。黙阿弥への罵倒《ばとう》が数倍になって返ってくることも十分考えられる。

――しかし、それでも。

ともかく、もう、この黙阿弥が黙っていることはできない。

「もちろんいいですが、でも、せっかく師匠がその気になられたんなら、『新報』より、もっと強いところへ出ましょうよ。師匠の味方、いるじゃありませんか」

「味方……」

彦作が誰のことを言っているかは、すぐに分かった。

「よし。すぐに相談してみよう」

黙阿弥はすぐに書状を認めることにした。

頼ったのは、『讀賣新聞《よみうり》』の記者で小説家でもある、饗庭篁村《あえばこうそん》である。

十年ほど前から顔見知りではあるが、篁村との距離が近づいたのは、去年の十一月、ちょうど福地桜痴や末松謙澄が諸方で黙阿弥に向けた罵詈雑言を吐いていた最中のことだ。

「河竹黙阿弥翁《おう》に告《つ》ぐ」――『讀賣新聞』に突然、こう題した文章が現れて、黙阿弥は「また何か罵られるのか」と思ったのだが、そうではなかった。


……近世空絶《くうぜつ》の狂言作者、学ばずして真理の蘊奥《うんのう》を極め、自然にして人情の秘密蔵を得たる、明治の近松、当今のシェイクスピア……


「朧月庵《ろうげつあん》」なる号による寄稿は、読むのが気恥ずかしくなるほど黙阿弥を褒め称え、かつ、今の「学者の嘲笑に関ずることなく」どんどん新作を書けと叱咤激励《しったげきれい》する内容だった。

あまりに思いがけない方からの翼賛《よくさん》だったので、正直、いったい背景にどんな意図があるものかと疑心暗鬼になって、すぐには喜べなかった。

しかし後に、この記事の仕掛け人が篁村であることが知れ、さらに、寄稿した朧月庵が坪内逍遙《つぼうちしょうよう》という帝大を卒業して間もない新進気鋭の文士で、かつ本当に黙阿弥に深い敬意と好意とを持ってくれていると分かり、以来、「思わぬところに味方がいるものだ」と密かに頼りに思うようになっていた。

逍遙とはまだ直接対面する機会を得ていないが、篁村なら気安い。歳は親子以上に離れているが、何かの折に二人とも「質屋の息子」であったことが知れて、近しい思いを抱いたところもある。

「必ず紙面を確保します、いつでも存分にお書きくださ い」――根岸《ねぎし》に住む篁村からは、ほどなくこう返事が来た。

「字面《じづら》からは末松謙澄と福地桜痴が二人がかりでやったようにも読めますが、こちらで事実関係を探ったところでは、おそらくは末松一人の仕業と思われます。桜痴を匂わせるような号を用いたのは、おそらく自分よりずっと大物の桜痴に〝虎の威《い》を借《か》る〟ためかと」――「校正」二人の名について、篁村はかような推論を伝えてくれた。

明治二十(一八八七)年五月八日、黙阿弥が意を決して書いた〈勧進帳〉改悪への批判は、『讀賣新聞』朝刊の一面を飾った。


……さても我が名に因みある観世《かんぜ》の家にもてはやす能のうちにも取り分けてよく作りたりと聞こえたる安宅といえるを……

題して「言語道断」。文字数にして千五百余、第一面のおよそ半分を占める、大きな記事だ。用いた号は「黒雪山人《こくせつさんじん》」。これは以前、やはり篁村に求められて坪内逍遙の小説について評文を書いた折に用いた「白雪山人《はくせつ》」をもじったものだ。

いずれの号にせよ、書いたのが黙阿弥であると分かるのは、篁村と逍遙ら、ごく一部の「分かる人」だけであろう。

——いくらか卑怯な気もするが。

篁村は、そんな黙阿弥の逡巡《しゅんじゅん》を察してか、「そもそも向こうが、おかしな名を用いておかしなことをしたのが始まりです。何より、師匠のお名前をあんなふうに使うなんて、師匠のことだけじゃない、これまでの狂言作者をみな蔑ろにしているのですから、師匠が気後《きおく》れなさることはありません。もちろん、分かる人には分かるでしょう」とも言葉を添えてくれた。

「ずいぶん大きく載りましたね」

届いた『讀賣新聞』を、糸が何度も読み返している。

「……など我が国の文章を広く読みたまわぬ……何とて謡物《うたいもの》の妙味を探り出したまわざるぞ。星舎の君の為に惜しむなり、我文学の為に惜しむなり……」

「これ、おれの前でそんなものを声に出して読むな」

「すみません」

自分が書いた最後の一文を糸が読みあげたのを聞き、思わず背筋がぞわりとしてしまう。

——向こうはどう出てくるのか。

また「無学な作者」と罵倒してくるのだろうか。

しかし、出て来たのは、一つの茶番だけだった。

舞台は桜痴の本丸である『東京日日新聞』。そこに七回にわたって掲載されたのは『校正勧進帳評判』と題した、今回の改訂〈勧進帳〉についての桜痴による批評と解説だった。黙阿弥の書いた「言語道断」にはまったく触れていないが、内容は明らかにこちらの書いたことを意識していることが見てとれる。

さらにその直後、今度は同じ新聞紙上で、桜痴の文章に向けての反論が七回、載った。筆者はもちろん、末松である。

「師匠。一本取りましたね」

「うむ……。妙な果たし合いになったものだ」

「いやいや。こちらには到底刃《やいば》の向けようがないと思ったのでしょう。あの師匠の文章を読んだら、間違いなくぐうの音《ね》も出ないでしょうから。自分たちで痛くない程度に傷を付け合うことで、適当に申し開きをしようなんざ、卑怯な奴らだ。無学だのなんだのと、二度と言わせるこっちゃありません」

彦作は上機嫌だったが、默阿弥はあまり良い心持ちはしない。

――まともに取り合う気はないってことだ。

批判と言いながら、二人はただただ筆の先で馴《な》れ合っているだけだ。〝黒雪山人〟から放たれた矢を、空中で弄《もてあそ》んで転《ころ》がしながら。

何をしても結局向こうのいいように利用されるだけなのではないか。

抱いた激しい怒りが、燃え場を失い、燻《くすぶ》っていく。

そんな默阿弥の燻りに、煙《けむ》りゆく道を付けてくれたのは、やはり篁村と逍遙だった。

「院本《いんぽん》作者河竹默阿弥翁《おう》を読者諸君に紹介す　春のや主人」

明治二十一（一八八八）年一月三日。

この日から、默阿弥がこれまでに書いた芝居の台本が「新聞小説」の体《てい》を取って連載されることになり、第一作には〈鼠小紋東君新形《ねずみこもんはるのしんがた》〉が選ばれた。

第一回の紙面には、〝春のや主人〟こと坪内逍遙が熱の籠もった紹介文を寄せてくれた。

「……主人は断じて言う、河竹翁は我が国の沙翁《さおう》なり。……百万の常花客《じょうとくい》三千八百万の読者諸君我日就《にっしゅうしゃ》社の院本を以《もっ》て徒《いたずら》に婦女子に媚《こ》びんとする尋常の筋書の掲載と同じものなりと思う勿《なか》れ……なんだかすごいですね」

糸が細い目を丸くしながら読み上げた末尾の部分には、黙阿弥を日本のシェイクスピアだと再び高らかに褒め称えてくれている。

黙阿弥はいくらか染まった頬を糸に見えないように顔を背けつつ、黙ってその賞賛を胸にしまった。

『讀賣新聞』での連載が〈鼠小僧〉から〈三人吉三〉へと替わった頃、「演劇改良会が解散、消滅した」との噂が耳に入った。熱心にやっていた、時代考証の研究や台本の作成、読み上げをして批評しあう会なども、すべてなくなったという。

「どういうことですか」

黙阿弥が尋ねると、篁村は鼻でせせら笑うように言った。

「伊藤博文が失脚したからですよ。欧化主義は今や批判の的です。舞踏会も天覧芝居も、ただただ伊藤を批判するネタに使われていましたし」

これでやっとうるさい罵倒が止むと安堵したものの、篁村の言葉にはなんとも言えぬ別の不快を覚えずにいられなかった。

――そんなもののために。

自分は心をすり減らしていたというのか。

黙阿弥は、改良主義者たちが唱えたことすべてを否定的に考えていたつもりはない。

たとえば末松が提唱していた「女方を廃止して女優を育てよ」などには、「一理あるかもしれない」

いつつも。

と思っていたのだ。ただ、それを現実に生かす智恵は、残念ながら自分には見つからぬ気がすると思

——芝居のためではなく。

黙阿弥にとっては気詰まりで苦手な人々の集まりだが、それでもみな、芝居をどうしたらいいか、

真剣に考えて寄り集まっているのだろう。そう信じていた。だから、罵倒されても嘲笑されても、一

応向こうの言い分を一通り聞いてみようとの一心で、ここまで我慢してきたのだ。

しかし、どうやらそうではなかったらしい。

——芝居を利用しようとしていただけか。

政治を動かすために。

そして、使えないと分かったら放り出す。

——なんだか、どんどんひどくなってやしないか。

「人々の教化に」と言われ、「勧善懲悪を」、「史実を」と求められてここまで来て、傷だらけの〈勧進帳〉

を上《うえ》つ方《かた》にご覧に入れた挙げ句が、これか。

どこまで恣《ほしいまま》に、弄ぼうというのだろう。

「どっちも、はずれだ」

「今、何か言いました？」

ふと呟いてしまった言葉を、糸が聞き咎めた。

「いや、なんでもない」

ばかばかしい。あんなことを思い出すなんて。

老いた八卦見の「六十を越えると運が開ける」、若い男女《おとこおんな》の「良い卦だけど、欲張りだから難しい」。

欲張ってなんぞいない。

良い芝居を作りたいだけだ。ただ、それだけだ。

雲散霧消《うんさんむしょう》を見せた演劇改良運動だったが、中で一人、福地桜痴のみが、諦めずに新劇場を開こうとしていると聞いたのは、讀賣で連載の〈三人吉三〉がそろそろ終わり、「次は〈村井長庵《むらいちょうあん》〉をどうでしょう」と篁村から相談された頃だった。

「劇場を……」

さすが、人々から「池之端《いけのはた》の御前《ごぜん》」などと呼ばれるだけあって、他の雲散霧消組とは違うらしい、と黙阿弥は聞いたのだが、篁村は「難しいと思いますよ」と言う。

「なぜですか」

「桜痴先生の『東京日日』は経営難が続いて、おそらく近々社長の座を追われるだろうと言われているんです。そんな人といっしょに劇場をやろうっていう人がいますかねえ」

それは確かにその通りだ。

「それに、もう噂を聞きつけて、勘弥の旦那が動き出してます。あの人にかかったら、素人の桜痴なんてひとたまりもないでしょう」

勘弥なら、今もたびたび黙阿弥のもとを訪ねてくるが、その話は初耳だ。

実は二年前、「改良会」の動きを見て「あんなのなら自分だって書ける」と奮起し、黙阿弥に弟子入りを志願してきたので「古河新水《ふるかわしんすい》」の名で特別に一門に名を連ねることを認めた。さすがに長年この世界を仕切ってきただけあって、お歴々の学者が右往左往している間に、そこそこのものを器用に書いて、新富座にかけたりしている。

――自分にまで黙っているということは。

かえって勘弥の本気具合が伝わってくる。

お手並み拝見――そう思っていた黙阿弥だったが、桜痴の新劇場は、思わぬ形でこちらを巻き込んできた。

「師匠。歌舞伎《かぶき》座にもスケをお願いしますよ」

明治二十二（一八八九）年の秋。

黙阿弥にこう言ってきたのは、歌舞伎座――桜痴の新劇場の名だ――を潰しにかかっていたはずの、勘弥だった。

桜痴が木挽町に建てた劇場は、建物はとうに完成し、名前の披露目もされたものの、勘弥の「四座同盟」なる奇策に阻《はば》まれて、出る役者が見つからず、いつまで経っても開場の目処がつかない状態に追い込まれていた。勘弥は、自分の持つ新富座に加え、他の中村《なかむら》座（猿若座から改称）、市村座、千歳座の四座で結託し、看板役者たちの出番を先の先まで買い切って、歌舞伎座が役者たちと出演の交渉をする余地のないように仕組んでいたのだ。

「どういうどんでん返しなんだい」

呆れ気味にそう聞くと、勘弥は得意げに、四座同盟を解くのと引き換えに歌舞伎座から三万円という大金を出させたこと、役者や演目に関して自分が権限を持てるよう仕向けたことなどを話して聞かせた。

――桜痴先生、負けたようだな。

しかし、あくまで座元は桜痴だ。きっと台本にも口を挟《はさ》んでくるだろう。

「もう私はいいよ。御免被る」

「そうおっしゃらずに。作者はちゃんと河竹一門で固めます」

弟子たちの仕事を盾に取られると痛い。

「書くのは御免だ。あくまで後見、相談役くらいにしておいてくれよ」

こう告げた黙阿弥だったが、いざ柿落としの支度が始まってみると、弟子たちから次々に寄せられる「ご注進」に、心の安まる隙《ひま》がなかった。

「なぜ〈黄門記〉なんだ」

柿落としの演目が〈黄門記童講釈〉になると聞いて、黙阿弥は驚いた。

「よく桜痴先生が承知したものだ」

改良派の急先鋒が座元をつとめる劇場開きに、〝無学の作者〟と罵った黙阿弥の書いた、しかも旧作とは。

「それが、金主の千葉勝《ちばかつ》が譲らないそうで……」

どうやら、新聞社のみならず、桜痴自身も懐具合は厳しいらしく、勘弥に払った大枚三万円の出所というのは、千葉勝五郎《かつごろう》――通称千葉勝という豪商だという。

「千葉勝はたたき上げの商人ですからね。九代目を主役にというなら、以前に大当たりした〈黄門記〉でなければと承知しないと」

千葉勝の他にも、歌舞伎座の経営に関わりのある者たちはたいてい、この案に賛成したらしい。

ちょうどこの夏以降、桜痴が収賄《しゅうわい》事件との関わりを取り沙汰され、それまでつとめていた東京府会の議員を辞職する羽目になり、取り巻きが減ったというような事情も、「改良劇」への熱に水を差すことになったようだ。

――なんだか、嫌だな。

三代目新七も彦作も、〈黄門記〉に決まったことで桜痴に対して勝ち誇った気分になっているようだ。しかし虫の知らせというのか、黙阿弥はむしろ、これから起きるであろう不快なことをいかにやり過ごすか、そればかりをつい考えていた。

「家の事情もあるのでな。私はあまり顔を出さないよ」

近頃、次女の島の体調があまり思わしくなく、絵筆を動かすこともめっきり少なくなっている。医者を呼ぶ回数も増えていて、できればそうした折は、家にいてやりたい。

「師匠がおいでにならないと、桜痴先生と九代目が好き放題を始めるのではありませんか」

彦作がそう心配するのを、黙阿弥は苦笑いで遮《さえぎ》った。

「私がいたって、ご両所の好き放題は同じだろうさ。まあ、仕切りだけはおまえたちできっちりやっておくれ」

作者の仕事は台本を書くだけではない。稽古の進行、道具の調達や確認、名題から大部屋まで、多くの役者たちとの細々《こまごま》とした打ち合わせ……舞台が出来上がるまで、すべてに目を配っていなくては務まらぬとは、入門してすぐに教わることだ。

学者先生たちは台本と役者しかロクに見ていないが、本来舞台にはそれ以外にも気働きのできる者がいなければ幕は開かない。

「私はあくまでここではスケだからね。新七と彦作の指図を十分に聞くように」

柿落としには、総領弟子の新七が関わるが、まだ立作者としての経験の浅い彦作の方を、ゆくゆくは歌舞伎座の芯に使っていくというのが、勘弥との間で取り交わされた約束である。『歌舞伎新報』で備えた知見を、ぜひ本業でも発揮してもらいたいとの、師としての親心でもあった。

できるだけ本所に引っ込み、木挽町へは近づかないようにしていた黙阿弥だったが、虫の知らせは見事に当たりつつあった。

十一月に入り、柿落としは二十一日と決まったが、それに先だって、八日に顔寄せの手打ち式を行うから出て欲しいと、勘弥が告げに来た。

「お怒りは重々承知していますが」

自宅にいても、歌舞伎座で起きていることは耳に入ってくる。

桜痴があちらこちらで「黙阿弥の作は荒唐無稽だから添削が大変だ」と吹聴《ふいちょう》して回っていること、團十郎の意向で大幅に出番の減らされた菊五郎が怒り心頭で、「この興行が終わったらもう二度と歌舞伎座へは出ない。それから、歌舞伎座でなくとも、團十郎と同じ座組ならどこにも出ない」と広言していること、團十郎と桜痴とで新たに入れた台詞がまるで「田舎壮士の演説」か「素人の講釈」のようで、客の退屈は請け合いと、新七も彦作もすっかり匙《さじ》を投げてしまっていること……。数え上げれば切りが無い。

——そして一番許せないのは。

噴き上がりそうになる怒りを堪えて、穏やかに返答をする。

「まあ、ここで私が式に出ないと言い張っても、何が変わるわけでなし、八日は出よう」

「ありがとうございます」

「ただし、洋服はごめんだよ」

「無論です。それを持ち出されると恐れ入る」

昔、新富座の開場式で、勘弥の強い希望で無理矢理洋服を着せられたことがあった。黙阿弥はあれから一度も、洋服に袖を通していない。

当時の狂ったような西洋贔屓を本人も恥ずかしく思っているのか、勘弥はしきりとぺこぺこ頭を下げてから、本所を後にしていった。

――しかし、これきりだ。

許せることと、許せないことがある。

十一月八日、黙阿弥はある決意を胸に歌舞伎座へ足を踏み入れた。

幅十二間（約二十二メートル）の大舞台、三階建てで、舞台とは別に大広間まである。

関係者がずらりと並ぶその大広間で、黙阿弥は柿落としの大名題を読み上げる役をつとめることになっている。

番付には、作は黙阿弥だが、桜痴が添削したとわざわざ丁寧に書き添えてある。それはまあ、百歩、いや、千歩も万歩も譲って、我慢しよう。

「〈俗説美談《ぞくせつびだん》黄門記〉……」

こともあろうに、断りもなく名題を変えるとは。

立作者がどういう思いで名題を付けるものか、桜痴は考えたこともないのだろうか。

それも、付けるに事欠いて「俗説美談」。

評判が良ければ自分が「俗説」を添削してやったからだと手柄に、もし悪ければ「もともとが俗説だから仕方ない」と言い訳しようとの、卑怯な思念に塗《まみ》れた改変としか思えない。

「私は、もう二度と、金輪際《こんりんざい》、歌舞伎座のためには書かない。ここの作者部屋へ来ることも二度とないから、そのつもりで」

式が終わると、黙阿弥は弟子たちにそう告げた。

師匠の胸中を十分察していたのだろう。誰も何も言わず、ただ深くうなずくのみであった。

四　春日局　かすがのつぼね

明治二十三（一八九〇）年十二月。

「師匠、お願いします。あの趣向、やりたいんですよ」

「ううむ。しかし、歌舞伎座だろう」

「そこをなんとか。〈戻橋《もどりばし》〉だってやらせてくださったじゃないですか」

「あれは以前に書いたものだからね」

わざわざ本所を訪ねてきた菊五郎の願いに、黙阿弥はなかなかうんとは言えずにいた。

開場から一年余を経た歌舞伎座では、金主である千葉勝五郎、座元兼作者の福地桜痴、そして守田勘弥が、三つ巴《みどもえ》になってもめ事を繰り返しているらしい。

七月には、桜痴の借金取りが劇場へ押しかけ、その日の売り上げを全部「差し押さえだ！」と叫びながらかっさらっていくという珍事が出来《しゅったい》し、激怒した千葉勝がとうとう桜痴を座元から外し、「一介の作者としてなら給料を払って雇ってやる」との扱いに変えてしまうという一幕もあった。よって今、歌舞伎座の座元は千葉勝である。

勘弥は勘弥で、自分が動かせるのを良いことに、役者たちを京や大阪などへ連れて行き、うまみを求めようとするので、新富座からも歌舞伎座からも不信や恨みを買っては、慌てて辻褄《つじつま》合わせをするのを繰り返す、綱渡りの日々である。

それでも、どう話がついたものか、柿落としの折に二度と出ないと臍を曲げていた菊五郎が、この十月にようやくふたたび歌舞伎座へ出るというので、以前別の機会に書いたものの、一度も舞台にかけず仕舞いになっていた常磐津の舞踊〈戻橋〉をやりたいという申し出を許したのだ。

自分の演じた鬼と左團次の渡辺綱《わたなべのつな》の取り合わせが好評だったのに気を良くしたのか、菊五郎が、「来年の正月にまた歌舞伎座へ出る、ついては新作を書いてほしい」と、立作者の彦作を通じて伝えてきていたのを、返答もせずにおいたら、とうとう直《じか》に乗り込まれた格好である。

「彦作にやらせますよ」

「彦作さんがいけないというんじゃないんですが」

菊五郎がいつになく真剣な顔になった。

五代目を襲名してはや二十二年、四十七歳の立派な男盛り、役者盛りである。

「息子が帰ってくるんです。ぜひ師匠のお書きになるもので、復帰させてやってくれませんか」

「息子？」

菊五郎の息子と言えば、今年六歳になった幸三《こうぞう》と五歳の英造《えいぞう》、それに養子で二十歳になる榮之助《えいのすけ》だ。

訝しんでいると、菊五郎がしんみりと言った。

「菊之助《きくのすけ》です。勘弥の旦那が連れて帰ってきてくれまして。許してやろうと思います」

そう言われて合点が行く。

菊之助は榮之助よりも前、菊五郎にとっては最初の養子だったのだが、四年前、色恋沙汰でもめ事を起こして勘当されてしまった。やむなく伝手を頼って大阪へ下り、名を「松幸《しょうこう》」と変えて役者を続けていたらしい。

「向こうの水が合わずに尾羽《おは》うち枯らしていたのを、勘弥の旦那が身の立つように計らってくれたそうで。九月には京都の北座《きたざ》で、〈関の扉《せきのと》〉の墨染《すみぞめ》をつとめたんだそうです」

〈関の扉〉の墨染、桜の精なら大役だ。勘弥がよほど骨を折ったのだろう。

常に目端を利かせる一方で、勘弥にはこうした情を重んじる一面がある。だから役者たちがつい言うことを聞く気になるのだろう。黙阿弥自身も身に覚えがある。

「菊之助が戻ったことをさらっと披露目《ひろめ》できるような、軽い所作事《しょさごと》をお願いします。この趣向でぜひ」

こう言われてしまうと、「歌舞伎座だからいやだ」とは言えなくなってしまう。

菊五郎の舞踊劇になら、桜痴が添削を入れてくることもまさかあるまい。

「分かった。書こう」

上機嫌の菊五郎を見送った後、自室のある離れへ行こうとして、黙阿弥の目はぼんやりと庭へ注《そそ》がれた。

――息子の披露目か。羨ましいな。

桜痴の仕打ちに怒って、「歌舞伎座にはもう書かない」と言ったのもさることながら、自分には今、長い凝った筋の狂言は、もう書ける気がしないのも正直なところだ。

――島。

去年の十一月二十五日、次女の島は彼岸へ逝ってしまった。歌舞伎座の手打式から戻って、半月余りのことだ。

日ごろは万事地味を良しとして、仰々《ぎょうぎょう》しいことの嫌いな黙阿弥だが、島の弔《とむら》いだけは、もうこれ以上無いというほど盛大に出した。

「これは、おれの生き弔いでもある。だから、おれが死んでももう弔いは出さなくていい」――黙阿弥の言葉を、妻の琴も、長女の糸も黙って飲み込んでいた。

実際、あれから、筆に力が乏《とぼ》しくなっている。歳のせいでもあろうが、やはりまだ三十四歳で、絵師としていよいよこれからというところで島が先立ってしまったのは、黙阿弥の根気を深く削《そ》いでしまったらしい。

――風船乗り。

菊五郎なら、西洋人でも器用に演じるだろう。しかし、それだけでは面白くない。

――見せてやりたかった。

人の乗った籠を、ふわふわと空へ運ぶ風船。スペンサーという英国人が上野公園でそんな見世物興行をしたのは、確か一周忌の前の日だった。島が見たなら、どんな画を描いただろうか。

明けて、明治二十四年一月八日。

歌舞伎座の正月興行の初日が開いた。黙阿弥の書いた〈風船乗評判高閣《ふうせんのりうわさのたかどの》〉は大切で、賑やかに一日を締める。

緞帳《どんちょう》が開くと一面の浅黄幕《あさぎまく》で、まず高らかに響き渡るのはラッパの音。吹いているのは東京市中音楽隊だ。海軍の軍楽隊にいた経験のある者たちが集まって作ったという、洋楽の楽団である。

その洋楽の音が次第に小さくなり、入れ替わりに、常磐津が始まる。


〽むら立つ雲も晴れ渡り、小春日和《こはるびより》のうららかに、そよ吹く風も中空《なかぞら》へ、やがてぞ上る軽気球……。


黒い背広に縞《しま》のズボン、頭には山高帽《やまたかぼう》をいただき、顎《あご》には髭《ひげ》を蓄《たくわ》えた菊五郎が登場すると、客席はやんやの声援で割れんばかりとなった。

――さすがだな。

同じように洋服を着ていても、西洋人と日本人とでは歩き方が違う。腰や背中の位置や歩幅《ほはば》、腕の使い方がきっと違うのだろうが、歩いてくる菊五郎は、菊五郎だと分かっているのに、どう見ても西洋人にしか見えない。

西洋人の菊五郎が山高帽を取って西洋風のお辞儀をし、今度は鳥打帽《とりうちぼう》をぎゅっと頭に被ると、浅黄幕がざっと引かれる。

舞台には何本もの綱で結わえられた大きな風船がふわふわ浮いていて、人が一人やっと乗れるほどの小さな籠がついている。


〽呼吸をはかり一声《いっせい》の、合図の声に押さえたる、綱を放てばたちまちに、虚空《こくう》はるかに

菊五郎が思い入れたっぷりに縄を解くと、風船がゆらぁあっと浮かび上がる仕掛けである。じゅうぶん上がったら、今度は客席に向かってひらひらと紙を蒔《ま》く。これは勘弥の提案で、紙は出資してくれている平尾賛平《ひらおさんぺい》の店、岳陽堂《がくようどう》の新商品「ダイヤモンド歯磨」のチラシだ。

やがて菊五郎の姿が見えなくなると、それまで建物の屋根などが一面に書いてあった書き割りがくるりと返り、最初の幕と同じ、浅黄色の背景になる。次に浮いているのは小さな風船だ。

この「遠見《とおみ》」は芝居ではよくある仕掛けで、例えば舟や駕籠が遠くにあることを表すのに、小さい作り物なんかを舞台の奥の方に出して見せる。

この小さい風船の方には、菊五郎と同じ服を着た幸三が乗っている。遠見に子役を使うというのも、芝居の常套《じょうとう》手段だ。

やがて幸三が風船から落下傘《らっかさん》に乗り移って向こうへ下りた、という体で姿を消すと同時に、菊五郎が俥に乗って再登場する。

「れでぃす、えん、じぇんとるまん、あはびいなっぷあり、すりーさうさんふぃ……」

この英語の台詞はさすがに黙阿弥には書けないので、台本には「何か英語で話す」とだけ書いておいたのだが、菊五郎は福沢諭吉《ふくざわゆきち》に英語の演説を教わったと誇らしげだった。

——桜痴も英語は得意なはずだが。

同じ歌舞伎座にいる作者にあえて頼まず、わざわざ福沢に習ったと吹聴するあたり、菊五郎の底意《そこい》、あてこすりに、黙阿弥は苦笑いしてしまう。

福沢諭吉と桜痴とは、かつて『今日新聞《こんにち》』紙上で企画された「日本十傑」番付で、伊藤博文や渋沢栄一《しぶさわえいいち》らを凌ぎ、一位と二位に選ばれて、「天下の双福」と並び称された。明治十八（一八八五）年、今から六年前のことである。

しかし、今となっては、福沢と桜痴では評判人望ともに雲泥《うんでい》の差だ。仇ともいえる御仁《ごじん》とはいえ、いささか憐憫の情を催さないでもない。

英語で演説し終えた菊五郎が満面の笑みを浮かべて花道を引っ込んでいくと、もう一度書き割りが開いて、背景が変わる。

現れたのは浅草十二階こと、凌雲閣《りょううんかく》。去年できたばかりで、物見台が人気だ。そこに陣取って風船乗りを見ていた人々が、三々五々建物から出て来たという体で、役者たちがばらばらと姿を見せる。

その中の一人、着物姿で、少し猫背に歩いてきて、時折うつむいてくすっと笑う男——菊五郎が演じているのは、三遊亭圓朝である。

凌雲閣の客の一人に扮した役者が、その圓朝に声を掛ける。

「おや、圓朝さん、そちらの若い衆は誰だい」

「私の倅でございます。久しく芸道修行のため、上方へ参っておりましたが、今度こちらへ帰りましてございます」

この後、舞台上には菊之助、榮之助、さらに、三代目の清元榮寿太夫《きよもとえいじゅだゆう》を襲名したばかりの菊之助の実兄が、養父である四代目清元延寿《えんじゅ》太夫と共に浄瑠璃の台から下りてきて勢揃いし、客に向かって「ご贔屓お引き立てのほどを」と頭を下げる。

役者と音曲、それぞれの道を歩くことになった兄弟。彼らを育てる養父二人と、その実子たち。いずれもこれからの芝居に欠かせぬ貴重な人々だ。いろいろ取り交ぜての披露は、客にきっとめでたい気分を味わわせてくれるだろう。

こういうのは、理屈抜きで他愛ないに限る。

「ああ、昔へかえって踊りましょう」

そう言っておかめの面を付けた菊五郎が踊り出すと、常磐津と清元の掛け合いになり、最後は総踊りである。

――昔へかえって、か。

現実《うつつ》では、帰りようのない昔。

訳もなく、涙が頬を伝った。


それから三月ほど経った頃――。

「父さん。珍しい方からお遣《つか》いが」

「珍しい方？」

糸は近づいてきて耳元でぼそっとその人物の名を囁いた。

――なるほど、珍しい。

黙阿弥は「まあ、話を聞こう」と、客間へ通すように伝え、簡単に身支度をした。

「ご無沙汰しております」

出された座布団を脇に置いたまま平伏しているのは、成田屋の番頭だった。

「本日は、九代目からの口上を預かって参りました」

今度は何の用かと思わず身構えると、相手はいっそう身を固くして頭を畳にこすりつけた。

「師匠に近々、福地先生からたってのご依頼があろうと存じます。その節《せつ》はなにとぞ、曲げてお聞き届けくださいますよう」

訳が分からないので、どういうことか尋ねようとしたが、番頭はただただ頭を繰り返し下げるだけで、すぐに逃げ出してしまった。

――どういう風の吹き回しだ。

成田屋の者というと、だいたいは肩で風を切って歩くのが常だから、狐につままれたようである。

狐の正体を明かしたのは、それから三日後に届いた郵便物だった。

「分厚い封筒。桜痴先生からですって、なんでしょう」

心配そうに佇《たたず》む糸の目の前で、封を切ってみる。

――台本？……。

添えられていた手紙を読んで思わず、「どうしたものか」と呟いてしまう。

「糸。新七と其水、それから彦作も、手が空いたらここへ来るように、遣いを出してくれ」

「承知しました」

急な呼び出しだったが、それだけによほどのことと思ったか、夕刻には三人が揃った。

「おまえたち、どう思う」

自分はあくまで隠居の身だ。弟子たちがこれを知ってどう思うか、黙阿弥はどうしても知りたかった。

三人は顔を見合わせていたが、ほどなく彦作が「いけませんよ」と語気を強めた。

「師匠に今更こんなことを頼めた義理ですか。人を都合良く利用するにもほどがある。お断りになってください。私たちのことはご放念《ほうねん》くださって構いません」

あとの二人もうなずきながら「九代目にせよ、歌舞伎座にせよ、いつでも絶縁する覚悟はできています」と口々に言う。

――やはり、今もそういう間柄なのか。

無理もない。

「そうだね。おまえたちの気持ちはありがたいし、もっともだ。私も、これが届いた端《はな》はそう思ったんだが……」

書いた台本を添削してほしい――これが桜痴の依頼だった。

つい先日から、今度は千葉勝と勘弥が金銭上で揉めて、訴訟にまでなっている。そのあおりで、歌舞伎座はほぼ團十郎の一枚看板のみと言ってもいい、寂しい顔ぶれだ。

そして、桜痴の書くものは客受けが悪いだけでなく、近頃では團十郎にさえ上演を拒まれてしまうという。

新作のみならず、旧来の当たり狂言〈忠臣蔵〉や、〈景清〉の改作さえ、劇評に「今一息面白からず」などと書かれる始末で、「改悪居士《こじ》」とまで陰口をたたかれていることは黙阿弥も知っていた。

……團十郎からは〝黙阿弥翁が添削してくれた上でなければ上演しない〟と言われ……

手紙の文面にはこんな箇所もあって、黙阿弥には胸に迫るものがあった。

――あの頭の高い先生が。

恥を忍んでとは、まさにこういうことだろう。

「あの桜痴先生が私にこうまで言って来るのは、よくよくのことだと思うのだ。それを無下《むげ》にというのも、無慈悲で大人げなかろうと思ってね。それに、あの立派な劇場に閑古鳥《かんこどり》が鳴くのは」

ふっと言葉に詰まった。歳を取ると涙もろくなるというのは本当らしい。

もう二度と行かぬと言い放ち、見限った場所。もはやどうなろうと知ったことではないと背を向けた場所なのに、椅子の色ばかり目立つ、不入りの客席の景色を思い浮かべると、なぜこうも切ないのだろう。

「客の来ない劇場ってのは、何より……寂しいじゃないか」

涙がこぼれそうになるのがきまり悪くて、「ちょっと、用を足してくる」と厠《かわや》へ行くふりをして、座敷を出る。

廊下でそっと手ぬぐいを使ってから戻ってくると、弟子たちは何やらこそこそと談合していたが、やがて彦作が大きな身体を揺すり、身体同様に大きな声で「師匠、おまえさまというお人は、まったく」と言って、笑いながら涙を浮かべた。

「そこまでのお気持ちなら、師匠の思うようになさったらいいと存じます。私たちに異存はありません」

其水が彦作を宥めるように言い、傍らで新七がほうっとため息を漏らした。

「分かった。では、そうさせてもらう」

それから五日ほど後――。

「ああ、ここでいい。あとは歩《ある》っていく」

桜痴からの手紙にあった刻限にはまだ少し早い。

俥を下りた黙阿弥は、山野堀《さんやぼり》に沿ってゆるゆると歩みを進めた。

――このあたりに来るのも久しぶりだ。

対面の場に八百善《やおぜん》を指定してくるというのが、いかにも桜痴らしいと黙阿弥は口元に微苦笑《びくしょう》を浮かべた。

詩は五山《ござん》　役者は杜若《とじゃく》　傾《けい》はかの　芸者は小萬《こまん》　料理八百善――こう歌ったのは確か蜀山人《しょくさんじん》こと大《おお》田南畝《たなんぽ》。ここでいう「杜若」は五代目の岩井半四郎のことだったか。確か先年亡くなった八代目の祖父にあたるはずだ。

――昔のことばかり思い出すのは。

歳を取った証拠だ。

しかしその劫《こう》を経《へ》た翁に改まって御用だというのだから、承ろうではないか。

桜痴と二人きりでの対面がどうにも気詰まりでならないのを、なんとか気持ちを奮い立たせる。

仲居に案内されて奥の座敷へ通ると、すでに桜痴は座っていた。

「師匠。よく来てくださった。まずはあちらへ」

「あちらへって……」

床の間の下、上座を指で差されて戸惑っていると、重ねて「さあさあ」と促される。

「私がお教えをいただくんだから、師匠が上座に決まっているじゃないか」

笑顔が如才《じょさい》ない。

――かように笑うお人であったか。

同じ場に居合わせたことがこれまでにもないではないが、直接口を利くことは滅多になく、まじまじとその顔と対面するのはほぼ初めてである。

紙の上に書かれた文字でしか、互いに相手のことを知らなかったといってもいいだろう。

「いや、このたびは、まことに……」

「いやいや。どうぞお手をお上げください。それから、お手紙でも申し上げた通り、金子については」

「いやいやいや。その件もようく承った。二度と申さぬから、どうか勘弁してやってくれ」

実は桜痴の最初の手紙には、「添削の労については、些少《さしょう》ながらお礼を払う用意がある」と書かれていたので、むしろ「金をもらうのならお断りする」旨、こちらから言ってやったのだ。

作者になりたいと入門してくる者は大勢あった。これまで、そういった者たちから、束脩《そくしゅう》だの月謝だの点料《てんりょう》だの、一度たりとももらった覚えはない。

金は劇場からもらうものだ。それが、狂言作者の道である。

「こう、互いに頭を下げていては話が進まない。どうか」

桜痴が思い切りよく背筋を伸ばして、手をパンパンとたたいたので、黙阿弥もようやく頭を上げた。

料理が並び、酒が運ばれてきた。

「師匠、どうぞ一献」

「ありがとうは存じますが、実は下戸《げこ》でして」

「おや、師匠もかい。実は私もなんだ」

どちらからともなく、ははと笑って、ようやく緊張が解け出す。

「……どうか、思う存分、修正を加えていただきたい」

「承知いたしました。ついてはその前に、伺っておきたいのですが」

「さて、何なりと承る」

「先生は、この狂言で、家康を誰にさせるおつもりですか」

桜痴の台本は〈春日局《かすがのつぼね》〉。徳川三代将軍家光の乳母で、のちには大奥を統率して時の帝に拝謁する名誉まで受けた女傑の物語である。この台本では、家光を将軍の座に就《つ》けるべく苦心奔走する姿が描かれている。

主役の春日局は当然團十郎だろう。ただ、事態を収める要となる家康は、出番はさほど多くないものの、團十郎と変わらぬか、本来なら上回る風格を持つ役者でなければつとまらぬはずだ。

「さあ、それは……。誰がいいだろうか」

彦三郎が生きていたなら、などとふと思いつつ、黙阿弥は桜痴に告げた。

「家康も團十郎にさせたらいいのです」

桜痴は驚いた様子で口をもごもごとさせた。

「しかし、それでは二人の対面の場が……」

「その対面の場ですが、何も春日局を出さずとも、他の大奥女中が家康公に子細《しさい》を伝えるようにしても話が進むと思います」

「なるほど……」

芝居の話になると、黙阿弥の口はすらすらと動き出す。

「それでは、その方向で、修正させてもらってかまいませんか」

「うむ。なにとぞ、存分に頼む」

「それから……」

他にもいくつかあった確かめておきたいことを言い尽くすと、桜痴は「やはり、この道の玄人《くろうと》は違うな」と言いながらしきりに頭をかいた。

別れ際、黙阿弥はもう一つだけ、桜痴に伝えたいことがあった。

「先生。残念ですが、私はもう老い先短い身です。ただ、私が持っている様々な芝居の智恵は、弟子たちにできる限り伝えてあります」

徳利一本も空かぬ間に、二人とも顔が真っ赤である。

「芝居は一人で作れるものではありません。ぜひ私の弟子たちを頼ってください。ご教示できることは惜しみなく申し上げるよう、言っておきますから」

桜痴はぐっと胸に詰まった様子だったが、やがて絞り出すように返答した。

「忝《かたじけな》い」


明治二十四（一八九一）年五月二十三日。

「桜痴作」「黙阿弥校」と記された〈春日局〉の台本が、金港堂《きんこうどう》から出版された。

歌舞伎座での初日が開いたのは、それから九日後の、六月一日のことであった。

〈春日局〉の評判が良いと聞いて、黙阿弥はここしばらく感じたことのない、晴れやかな気持ちを味わっていた。

――どっちでもなかったたな。

こんな幕切れは予想していなかった。

黙阿弥と名を改めて、隠退の披露目をした十年前、自分の胸の中には、二つの幕切れを思い描いていた。

一つは、このまま、時流の引汐の浪に流されるまま、黙って素人になる、すなわち、芝居から身を引く。

そしてもう一つは、再び時流の浪に乗ってもう一度作者として書く、すなわち、隠退を撤回して、黙阿弥の名で元の作者に戻る。

かつて、二人の八卦見の見立てが両方とも微妙に違っていたように、自分の書こうとした幕切れも、どっちもちょっとずつ違ったようだ。

当たり前だが、己の生きる道筋は、狂言の筋のように、己の思惑だけで書き切れるものではないらしい。

――それにしても、もう、じゅうぶんだ。

我ながら、よくやったじゃないか。

「糸。涼しくなったら、どこか旅にでも行こうか」

「まあ……」

糸が目を丸くしている。

「どこが良い。やっぱり箱根か。温泉にでも入るか」

柝の音は当分、聞かずとも良い。

明治二十六（一八九三）年一月二十二日午後四時。

黙阿弥は妻と娘に見守られ、灯火の消えるように永の眠りに就いた。七十八歳であった。

その月、歌舞伎座で演じられていた舞踊劇〈奴凧廓春風《やっこだこさとのはるかぜ》〉が、世に遺した最後の作となった。


〈了〉

元の黙阿弥　参考文献一覧

河竹繁俊編『黙阿弥全集』首巻、第1巻—第27巻　春陽堂
伊原敏郎『歌舞伎年表』第一巻—第七巻　岩波書店
石塚豊芥子『続歌舞妓年代記』廣谷国書刊行会
田村成義『続々歌舞伎年代記』市村座
伊原敏郎『近世日本演劇史』早稲田大学出版部
伊原敏郎『明治演劇史』早稲田大学出版部
『名作歌舞伎全集』第1巻—第25巻　東京創元社
河竹登志夫『黙阿弥』文藝春秋
河竹登志夫『河竹登志夫歌舞伎論集』演劇出版社
河竹登志夫『作者の家』第一部　岩波現代文庫
河竹繁俊『河竹黙阿弥』人物叢書　吉川弘文館
今尾哲也『河竹黙阿弥』ミネルヴァ日本評伝選
渡辺保『黙阿弥の明治維新』新潮社
河竹繁俊編『黙阿弥の手紙日記報条など』演劇出版社
飯塚友一郎『歌舞伎細見』第一書房
渥美清太郎『系統別歌舞伎戯曲解題』上・中・下の一・下の二　日本芸術文化振興会
吉田弥生『江戸歌舞伎の残照』文芸社
吉田弥生『黙阿弥研究の現在』雄山閣
倉田喜弘『芸能の文明開化』平凡社
倉田喜弘『芝居小屋と寄席の近代』岩波書店
倉田喜弘『幕末明治見世物事典』吉川弘文館
倉田喜弘『近代日本芸能年表』上　ゆまに書房
漆沢その子『明治歌舞伎の成立と展開』慶友社
六二総連編　法月敏彦校訂『六二連俳優評判記』上・中・下　日本芸術文化振興会

国立劇場調査養成部芸能調査室編『梅照葉錦伊達織』国立劇場上演資料集366　日本芸術文化振興会
国立劇場調査養成部 編『契曽我廓亀鑑』正本写合巻集6　日本芸術文化振興会
瀬川如皐『東山桜荘子』未翻刻戯曲集21　日本芸術文化振興会
鳥越文蔵監修　義太夫節正本刊行会編『京土産名所井筒』義太夫節浄瑠璃未翻刻作品集成7　玉川大学出版部
中村仲蔵『手前味噌』青蛙房
長谷川勘兵衛「長谷川勘兵衛実話」『演芸画報』昭和3年2月号―昭和4年1月号
木村涼『七代目市川團十郎の史的研究』吉川弘文館
木村涼『八代目市川團十郎』吉川弘文館
市川左團次（二世）『父左團次を語る』三笠書房
青木繁『若き小団次』第三書館
永井啓夫『四代市川小團次』青蛙房
ペヨトル工房編著『三代目澤村田之助』夜想ＥＸ　歌舞伎はともだち3　ペヨトル工房
尾上菊五郎『五代尾上菊五郎』日本図書センター
矢内賢二『空飛ぶ五代目菊五郎』白水社
伊原青々園（敏郎）『市川團十郎』エックス倶楽部
渡辺保『九代目團十郎』演劇出版社
松居松葉編『團州百話』金港堂
榎本虎彦『桜痴居士と市川團十郎』国光社
山田俊治『福地桜痴』ミネルヴァ書房
木村錦花『守田勘弥　近世劇壇変遷史』新大衆社
依田学海『学海日録』第四巻　岩波書店
末松謙澄『演劇改良意見』文学社
早稲田大学坪内博士記念演劇博物館編『江戸芝居番付朱筆書入れ集成』早稲田大学出版部
歌舞伎学会『歌舞伎　研究と批評』リブロポート（1～13）、雄山閣出版（14～）
讀賣新聞（ヨミダスパーソナルによる）

本書は『月刊武道』（日本武道館発行）で二〇二〇年五・六月合併号から
二〇二二年五月号まで連載したものに加筆修正しました。

装画　浅見ハナ
装幀　山影麻奈

著者

奥山 景布子（おくやま・きょうこ）

1966年愛知県生まれ。名古屋大学大学院文学研究科博士課程修了。文学博士。高校教諭、大学専任講師などを経て創作を始める。2007年「平家蟹異聞」で第87回オール讀物新人賞を受賞。09年、受賞作を含む『源平六花撰』で単行本デビュー。18年『葵の残葉』で第37回新田次郎文学賞と第8回本屋が選ぶ時代小説大賞を受賞。『圓朝』『浄土双六』『流転の中将』『義時　運命の輪』『やわ肌くらべ』『葵のしずく』、「寄席品川清洲亭」シリーズなどのほかに児童向け歴史小説なども手がける。

元《もと》の黙阿弥《もくあみ》

2023年1月26日　初版第1刷発行

著者　奥山景布子
編集人　熊谷弘之
発行人　稲瀬治夫
発行所　株式会社エイチアンドアイ
〒101－0047　東京都千代田区内神田2-12-6 内神田OSビル3F
電話 03-3255-5291（代表）　Fax 03-5296-7516
URL https://www.h-and-i.co.jp/
編集　HI-Story 編集部
図版・DTP　野澤敏夫
印刷・製本　中央精版印刷株式会社

乱丁本・落丁本は小社にてお取り替えいたします。

ISBN978-4-908110-12-2　¥1800